ラノベ古事記

日本の建国と
初国シラス物語

著
小野寺優
YU ONODERA
イラスト――東京モノノケ

もくじ

CONTENTS

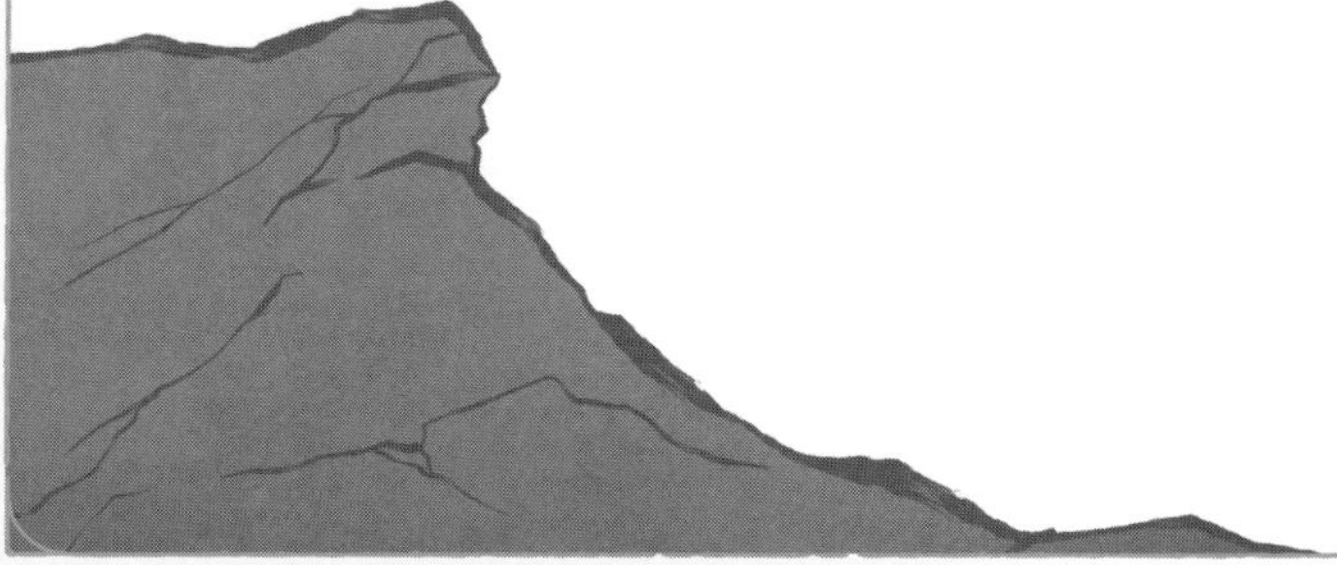

陸奥国
相津
越国
常陸国
信濃国
甲斐国
美濃国
武蔵国
馬国
丹波国
駿河国
相模国
総国
磨国
山城國
尾張国
遠江国
河内国
近江国
参河国
伊豆国
淡路島
大和国
伊勢国
紀伊国
熊野
大神神社
伊勢神宮
白檮原宮

古事記の時代の日本地図

Map of Japan in the Age of Kojiki

美濃国
丹波国
尾張国
近江国
山城國
弟国
相楽
浪速
白肩津
生駒山
平城京
三輪山
大和国
河内国
伊勢国
宇陀
師木
神宮
吉野
白檮原宮
井光
熊野村
阿須賀

近畿地図
Map of Kinki
丹後国
因幡国
但馬国
播磨国
高島宮
吉備国
速吸門
血沼海
淡路島
男の水門
竈山
阿波国
紀伊国

本書のおすすめの読み方

本書では**明朝太文字部分**が**原文からの現代語訳箇所**※となっております。
古事記の原文を読む際にお役に立てれば幸いです。

●本書は古事記のストーリーを楽しんでいただくことを目的としているため、学術的な正当性を示すものではありません。
●相関図や目次に使われている名称の漢字について、基本的には古事記のものを使用していますが、一部わかりやすさを優先した表記に変更しています。

※『古事記』（岩波文庫）倉野憲司 校注の読み下し文を元にしています。

1 普通に読む

まずは、そのまま

2 明朝太文字部分にマーカーを引く

マーカーを引いてその部分を辿れば古事記の現代語訳が読めます。

3 古事記の原文と照らし合わせてみる

ストーリー部分が抜き出されています。原文読破のお役に立てますように！

序《じょ》

序

CHARACTER CHART

※712年当時
※天皇の名前は漢風諡

和銅《わどう》5年春の某日。柔らかな日差しに照らされた美しい平城京を、穏《おだ》やかな風が通り抜けた。なんとも気持ちの良い朝だ。つい先日、古事記を編纂《へんさん》・献上《けんじょう》した太安万侶《おおのやすまろ》と稗田阿礼《ひえだのあれ》は、またもや時の天皇・元明《げんめい》に呼び出され、2人並んで大きく頑丈《がんじょう》な扉の前に立ち止まった。

「あぁっっ……やっぱり陛下の前、緊張する………」

極度のプレッシャーで安万侶が胃をさすっていると、横で阿礼が「フン、このビビりめ」と、ボソリとつぶやき、右手を伸ばして勝手に扉をドンドン叩く。

「**うわっ!?**　阿礼さん、何を……まだ心の準備が！」

安万侶が思わず阿礼の腕を引くと、重厚な扉が《**パァァッ！**》と神々《こうごう》しく開き、中からまたまた神々しい元明天皇が《**ファサァァッ！！**》と両手を広げて現れた。

「**いらっしゃい、阿礼っ！　待っていたわ！！**」

そして元明は嬉しそうに阿礼の両手を取り、ぴょんぴょん跳《は》ねながら中へ招《まね》く。

「わっ。はぁ……」

頬《ほお》を赤く染めながらも、天皇を前に挨拶も何もせず、元明にされるがまま部屋の中へ入っていく阿礼を見て、安万侶はたしなめた。

「あ。コラ、阿礼さん！　陛下に対して『はぁ』とはなんですか。全く失礼なんだから……」

その声に反応して、元明は安万侶の方へ顔を向けると、困り眉をさらに困らせて、穏やかに微笑《ほほえ》む。

「あら。安万侶もいたのね？」

「はい？　……あっ、私、いりませんでした？」

「ううん。いてくれるなら、いてくれるでいいのよ？　ふふっ！」

元明と両手を繋《つな》いでいる阿礼が安万侶の方を振り返り、勝ち誇《ほこ》った顔で「プフッ！」と吹き出す。安万侶は頬を膨《ふく》らませて「むぅ」と、口を尖らせた。


2人を部屋に通すと、元明は嬉しそうにパチパチ手を叩いて語りかける。

「私ね、今日が来ることをとても楽しみにしていたの！　早く阿礼のラノベになった古事記の続きが聞きたくて。不思議とこの数日が4、5年にも感じてしまったわ！」

「……それは……とても不思議ですね？　よほど楽しみだったんですね？」

安万侶がスッと視線を逸《そ》らす。その横で、阿礼は気まずそうに小さく手を上げた。

「あ……あの……でも……元明様？　……なんで、わざわざこんな場所で？」

「**ああ。全くもって迷惑な話だ**」

阿礼の問いに低い声で返事をしたのは、時の右大臣《うだいじん》、かつ、**この家の主人《あるじ》の藤原不比等《ふじわらのふひと》**だ。

元明の右側に立ち、不機嫌な顔で偉《えら》そうに腕を組んでいる。この催《もよお》しの会場を勝手に不比等邸にセッティングした元明は全く悪びれずに、にっこり微笑んだ。

「あら、別にいいじゃない。だって、この家、無駄に広いんですもの！」

不比等邸は平城宮《元明宅》の真隣で、皇族《こうぞく》でもないのに、めちゃくちゃ広い土地を与えられていた。

さすが右大臣。

「……自分はこんな下っ端どもに使われるために、土地を広く取ったわけではありません」

相変わらず偉そうな不比等を、昔は同僚だったという阿礼が、ギッと睨《にら》みつける。

「フン。ボクだって、元明様に言われなければ、不比等なんぞの家に上がらんわ」

「黙れ、稗田阿礼。貴様のような奴婢《ぬひ》に発言権はない」

「はぁぁ？？？　ボクにだって官位くらいっ……！！」

同世代にも関《かか》わらず、未だに下っ端の舎人《とねり》という平社員をしている阿礼が、右大臣に食ってかかると、不比等は腰に手を当て、嫌味ったらしくニィッと口角を上げた。

「ああ、そうか。貴様のような低俗な人間は知らんのだな。では右大臣の俺が、直々に教えてやろう。……この日本には従五位《じゅごい》より下の官位はなく、皆《みな》一律に『奴婢』という名の、奴隷《どれい》として扱《あつか》われるんだ」

「グッ！　ふざけんなよ、不比等っ！！！　んなわけないだろう！！！！　お前、もう一回、大宝律令《たいほうりつりょう》、読み直して来いよっっ！！！！！」

その大宝律令を編纂した、主力メンバーの不比等が「フッ！」と、鼻で笑う。

「お前は誰に向かって………まあいい。それより、陛下。ラノベなどという、低俗な者共の文化にまで関心を持たれるのは大変結構ですが、自分にとっては全くもって興味のないものですので、こーゆーくだらない趣味の集まりは、ご自宅でやっていただけませんか」

阿礼が今にも不比等に殴りかかりそうだったので、正五位の官位でギリ人権を保った安万侶が、「阿礼さん、どうどう」と言って腕を引きなだめた。元明はこのビリビリした空気も全く気にすることなく、穏やかに微笑む。

「くすっ！　でもね、私、今日のお話は、三千代ちゃんと一緒に聞きたくって♡」

「そーなのー！」

元明の後ろからぴょっこり顔を出した美人すぎる大人ギャルは、橘三千代《たちばなのみちよ》。不比等の妻だ。

不比等の左目の下の神経がピクッと動く。

「三千代…………なぜ、お前がちゃっかり混ざっている」

怖い顔の不比等から身を守るように、三千代は元明の腕を取って組む。

「えー？　だってなんかミチ、歴史とかぁ？　そーゆーの、全然分かんないっしょ？　したら、あーちゃんが『**ここだけでいいから、みーちゃんに聞いて欲しい！**』ってゆーから」

「三千代…………陛下のことを『あーちゃん』と呼ぶなと言ったはずだ」

『あーちゃん』。おそらく元明の本名の『阿閇皇女《あへのひめみこ》』から取ったあだ名だろう。三千代は夫のクレームに対して、不機嫌にぷくーっと頬を膨らませる。

「はー。プピってばホント細かいよね？　あーちゃんがいーって言ってんだから、いーのっ！　あーとみーのことは、プピちょんにはカンケーないじゃん」

その夫婦の会話の横で「**ブフッ！**」と笑い声が漏れた。阿礼だ。阿礼は「ぷぴちょ……」と、小さく声を漏らし腹を押さえて、正座のまま床に伏《ふ》せてふるふる震えている。不比等はそれを横目に、深いため息を漏らし右手を額《ひたい》に当てて頭を抱えた。

「三千代………お前、これ以上、余計な発言したら、強制退出だからな」

「**えぇっ!?　ひどくない？？？　ミチ、ちゃんとお勉強しようと思って来たのにぃ！！！**」

オーバーリアクションの三千代の横から、元明も参戦する。

「**そうよそうよ！**　子育てがいち段落した妻が、こうして新しい趣味に目覚めようとしているのよ？　それを邪魔しようとするなんて……許せないわっ！！！」

「**あんたは、自分の沼に三千代も引き込もうとしているだけだろう**」

「そっ……そんなことは………」

図星だった元明がスッと視線を逸らすと、三千代がバッと両手を広げて元明を庇《かば》うように、前へ出る。

「あーちゃんはミチを沼に落としたり、そんなひどいことしないもん！　**ミチ、あーちゃんの悪口言う人は、プピちょんでも許さないんだからっ！！！！**」

「**みーちゃんっ！**　……そう、そうよ。もっと言ってやって！！！！」

三千代の助太刀《すけだち》によって、元明がまた元気を取り戻す。女子2人からのイマイチ噛《か》み合っていないのに息ぴったりの波状攻撃に、不比等は両手で目を覆《おお》った。

「ああっ……お前らは……1人ひとりですら面倒なのに、2人揃《そろ》うと尋常《じんじょう》じゃない面倒くささになるんだ……なぜよりによって、そこがくっついた………」

その問いに元明と三千代は肩をくっつけて、それぞれの右手と左手を合わせてハートマークを作る。

「「あーとみーはズッ友☆」」

「黙れ、ババァ共」

「「んなっっ！！！！！？？？？？」」

ここからの2人の総攻撃に不比等は両耳を塞《ふさ》ぎ、そそくさと席を離れて出口へ向かった。

「あー。うるさいうるさい。クソ。付き合ってられん。俺は忙しいんだ。仕事に戻る」

「はいはいっ、家庭を顧《かえり》みない仕事人間サマは、さっさと職場にお戻りくださぁ〜い！」

妻の三千代に自分の家を追い出され、不比等は扉のところで恨《うら》みったらしく振り返る。

「三千代………お前、プライベートについて一切の発言をするなよ。分かったな」

「ふぇーーい」

そして去り際にビシッと安万侶と阿礼の方も指差した。

「お前らも。俺の、家を、汚すな」

「はい！」

安万侶がベタッと平伏《ひれふ》し、阿礼がプイッとそっぽを向いている間に、不比等はさっさと仕事に戻ってしまった。


家主がいなくなると、三千代は解放されたように両手を上げて伸びをする。

「あーもー！　やっと重っ苦しいのが、行ってくれたよー！！！　で、今日、なんだっけ？」

三千代に笑顔を向けられた元明も、悪霊退散《あくりょうたいさん》でもしたかのような清々しい笑顔で、パチンと手を叩く。

「くすっ、お待たせしました！　本日はこちらの阿礼がね、初代・神武《じんむ》天皇が大和《やまと》の地で日本を治《おさ》めるようになるまでの経緯や、初期に活躍した天皇達のお話をラノベで……あ、そうだ。みーちゃん、『ラノベ』って分かるかしら？」

「え、らのべ？　何それ？　ミチ、分かんない」

「ラノベはね、『ライトノベル』の略で、ライトに軽く読める小説という意味なのだけれど、阿礼がそんな風にラフに歴史のお話をしてくれるから、みーちゃんにも聞いて欲しくて」

「おー。ラフな感じなら、ミチでも、その歴史の話？　聞けるかも。たぶん」

清楚《せいそ》な元明とギャルの三千代。見た目のギャップに初めは戸惑《とまど》った安万侶と阿礼だったが、とても仲が良さそうだ。元明は三千代の袖《そで》を握ると、困り眉の上目遣《づか》いで訴えかける。

「みーちゃんには、どうしても垂仁《すいにん》帝のお話を聞いて、理解して欲しいのよっ！」

「ん？　あれ？　それ、あーちゃん、この前も言ってなかったっけ？」

「ええ……そう。私もなんとか……何度か、あなたにこの熱い想いを伝えようとしているのだけれど…………みーちゃん、私が喋《しゃべ》ると寝ちゃうんですもの……」

「あはは っ！　正直、あん時、あーちゃんが喋ってたこと、ミチ、なんも残ってないや」

「ええ、そうでしょうね。だって、あなた、寝てたもの」

「ごめぴ♡」

「でも阿礼の話なら……あそこまで砕《くだ》いてあれば、みーちゃんでも聞けるはずだから！」

「おけおけ。そーゆーことね！　分かった。ミチは全て理解した。よっしゃー、阿礼にょん！いっちゃってぃ☆」

萌え袖の三千代に急に両手で指差され、阿礼は戸惑いつつも背筋を伸ばす。

「へ？　あっ、ボク!?　……わ…………**はいっ！**」

それを安万侶が慌てて止めに入った。

「ちょちょっ……待ってください！　このまま話に入るのは危険です。ラノベモードに入った阿礼さんの世界観、ヒドイから。**事前にお伝えした方がいいことがあるでしょう！**」

すると横で、阿礼が首をひねる。

「ん？　そうか？　安万侶は細かいからな……」

「いや、これ、全然、細かくないですからねっ！　ストーリー中でなくても、陛下のことを『元明様』って呼んでる時点でおかしいことに気付いてください！！！」

そう言って安万侶は正座のままグッと前へ進み出ると、元明の前で頭を下げた。

「陛下！　ここに臣下《しんか》である安万侶が申し上げます！！！」

「あら。何かしら？」

元明に微笑みかけられると、安万侶は前置きとして、上巻のダイジェストを語り出す。

「混元《こんげん》すでに凝《こ》りて気象未《いま》だ現れず、誰もその形を知らないほどの太古から、日本の歴史は始まりました。けれども、天と地が別れると、次々と神が生まれ、やがて男女の性を持った神、イザナキとイザナミが地上に降り立ちます。この2柱《はしら》は子供として島々や神々を生み、万物の親となりました。また黄泉《よみ》の国に出入りしたイザナキからアマテラス、ツクヨミ、スサノオの三貴神《さんきしん》が生まれ、スサノオの吐いたアマテラスの勾玉《まがたま》から天皇の祖先が生まれました。そして天岩屋戸《あめのいわやと》隠れ、八岐大蛇《やまたのおろち》退治、また、オオクニヌシの国造りと国譲りを経て、ようやく天孫《てんそん》ニニギが高千穂《たかちほ》に降り立ちます。こうして日本は……」

しかし、この話を遮《さえぎ》るように、元明は右手をピンッと上げた。

「はい！　安万侶、ストップ！！！」

「はい？」

「あのね？　安万侶のお話は、堅苦しいのよ。前置きが長すぎるの。眠くなっちゃうの」

「あれ？　これ、デジャヴ？」

「もっと、端的《たんてき》に、言いたいことだけを、まとめて伝えてもらえないかしら？」

困り眉の元明に見つめられ、安万侶は背筋を伸ばす。大丈夫。だって、このおねだりも2回目だもの。大丈夫。全然、傷ついてなんかいない。安万侶は平静を装《よそお》い言葉を続ける。

「分かりました。では、阿礼さんの語りの前に、私から注意事項を述べさせていただきます。**『ラノベ古事記』は、今までもこれからも、メタ発言の多い作品です。ご注意ください！**」

「メタ発言？」

「はい。『メタ発言』とは、メタフィクション発言の略であります。例えば、フィクション内の登場人物である我々が、未来人である作者や読者にしか知り得ない知識を喋ることです」

「未来人にしか知り得ない知識？　……例えば？」

「もう、この会話からしてひどいメタ発言ですが、特に私が気になる箇所を申し上げますと、**作中、天皇の名前は全て『漢風諡号《しごう》』となっております！**」

「え？　漢風諡号？」

「はい。そうです。元明陛下ですと、『元明』の部分が漢風諡号に当たります」

「あら……大変」

元明はハッとして、口元を押さえる。

「はい。陛下であればすでに事の重大さにお気付きかと思いますが、これが大変な失礼に当たるのです。というのも、本来『諡《おくりな》』とは『贈り名』であり、死後に生前の活躍を称え、美称し贈られる名です。なのに本書ではそれが無視され、**諡が生前から使用されているのです！**」

元明は動揺《どうよう》して、阿礼を見つめた。

「阿礼………私、まだ、死んでいないわ？」

「ごめんなさい」

阿礼は元明に頭を下げると、不満げに安万侶を見た。安万侶は得意げに続ける。

「また日本に諡が導入されるようになったのもつい最近の話で、それ以前の天皇の名前については、諡なのかどうかすら分かっておりません。ですので当然、過去の天皇に漢風諡号はありません。過去の天皇に漢風諡号があてられるのには、今からさらに半世紀の年月が必要です。またさらに高貴な方々を名前で呼ぶこと自体が失礼に当たりますので、**この部分だけとっても、二重に非礼な作品となるのですっ！！！！！**」

「あら………そうだったのね？」

元明が苦しそうに胸を押さえる。すると安万侶は身を乗り出し、渾身《こんしん》の一撃を放った。

「はい！　そのためメタ発言や非礼の気になる方は、とてもじゃないけど本書は読めません！

ぜひ、私が書いた、原文を読んでくださいっっ！！！！！！」

そしてキリッと爽やかな笑顔を元明に向けると、彼女もとびきりの笑顔を返してくれた。

「分かったわ、安万侶！　私、細かいことは気にしないことにするわっっ！！！」

「……え？　あ……そっち？　…………あっ、いえ、はい。そう……ですか……」

　前のめりになっていた安万侶が、スンッと肩を落とす。この感じからすると、自分がまとめ上げた古事記は、まだ読んでもらえていないのだろう。……泣きそう。

「あら？　安万侶、どうかしたの？」

「いいえ……いいんです……陛下がいいなら……それでいいんです…………」


　安万侶は静かにぺこりと頭を下げ、スッと後ろに下がった。横で阿礼がプフッと吹き出し、安万侶にだけ聞こえるように声を潜《ひそ》め、話しかけてくる。

（ククッ！　ザマァないな。よく言うよ。安万侶だって、古事記の中に『天皇』って表記してるくせに。本来は『大王《おおきみ》』だろ？）

（むぅ。……だって『大王』なんて言っても、今の人、誰も分からないじゃないですか）

（ボクだって、同じ理由だ。バーカ。現代人、和風諡号も諱《いみな》も誰も知らないだろ。奈良時代ですら古代天皇の和風諡号も諱も全員分正確に唱えられるのは、ボク１人くらいじゃないか？　どうせ安万侶も、全員は覚えてないだろ？）

（へっ!?　そっ……そんなことは……）

　安万侶が言葉を濁《にご》すと、阿礼は先ほどのお返しとばかりに、意地悪く口角を上げた。

（本当か？　なら、超基礎編からの問題だ。**ニニギのフルネームは？**）

（え、あっ……アメ……ニキシクニニキシ……アマツヒコ……ホノ……ニニギノミコト？）

（天《あめ》邇《に》岐《き》志《し》国《くに》邇《に》岐《き》志《し》天《あま》津《つ》日《ひ》高《たか》日《ひ》子《こ》番《ほ》能《の》邇《に》邇《に》芸命《ぎのみこと》だ。ヒタカが抜けたな。バーカバーカ）

（グッ！！！）

一度見たこと、聞いたことは忘れないという阿礼の前に、安万侶は完全敗北を喫《きっ》する。阿礼は得意げに胸を張り、腕を組んだ。


「ったく、表紙からして『ラノベ』って書いてあるんだ。あれこれ注意書きしなくたって、分かりやすさと、楽しさを求めた本だってことくらい分かるだろ？」

「分からない人だっています。阿礼さん、日本人全員を心優しい善良《ぜんりょう》なオタクだと思わないでください。全く……上巻だけでも天下のＫＡＤＯＫＡＷＡ様にクレームが入らないか心配だったのに、その上、天皇記までラノベ化しようだなんて………**正気とは思えない**」

「はぁ？　バカか、安万侶。**天皇記、バチクソ面白いからな？**　安万侶のあんなドマジメ文章に留めておく方がもったいない。宝の持ち腐れだぞ！」

「いや、それよ？　まず今の発言も俺に失礼でしょ？　まさに阿礼さんの、その感覚が普通じゃないの。他にも事前に陛下に言っておかなくちゃいけないことが、あるでしょう？」

「はぁ？　んなこと言われたって、ボクは別に……そんな………」

阿礼はぶつくさ文句を言いながらも天井を見上げると、しばらくして元明の方に向き直して、この作品の注意事項を付け足した。

「元明様、『ラノベ古事記』は前回同様、『最後まで楽しく読むこと』を目的とします。なので解説については、最低限の説のうちの1つを選択し、注釈《ちゅうしゃく》にすることなくストーリーの中に埋め込みます。また系図についても基本的には省き、特筆部分のみを入れ込みます。その他、日本書紀の記述や、各地伝承、また、ラノベとしての創作も含んだ内容になっています。……そして最後に、もう1つ。**作中の天皇は、全員老けない設定になっています**」

元明はハッとすると懐《ふところ》から手鏡を出して、自分の顔を確認する。

「あら……本当だわ？　私、50代なのに、若くて可愛い」

「**元明様は元から可愛いです。**しかし、そのお肌まで10代のようにピチピチされている理由は『ニニギが奪《うば》われた神の能力は**不死**のみであり、**不老**の力が奪われたとは書いていない』という箇所が根拠になっています。また、本書の著者が『**登場人物の見た目が若くて綺麗じゃないと筆が進まない**』という脆弱《ぜいじゃく》精神の持ち主であり、この設定にすがらないと作品が成り立たないので、ボクらのような『神の血を継ぐ主要キャラ』も老けない設定になっています」

「……なるほど。それなら仕方がないわね。分かりました。許可します」

元明が若くて綺麗な顔でスッと目を瞑《つむ》る。すると、安万侶が阿礼の顔を覗《のぞ》き込んだ。

「なんだ。それで不比等様も阿礼さんも推定50代なのに老けてなかったんですね？」

「ああ。藤原・中臣《なかとみ》は、アメノコヤネの末裔《まつえい》。稗田は、アメノウズメの末裔だからな」

「ふっ！　岩戸&降臨メンバーじゃないですか。……神代からの腐れ縁だ」

安万侶にからかわれると、阿礼は嫌そうに口を尖らせる。

「……んなこと言ったら、安万侶んところの多氏《おおうじ》だって、辿《たど》れば神武天皇じゃないか。ご希望なら安万侶にニニギのコスプレさせて、天孫降臨ごっこでもしてやろうか？」

「ははっ……それはさすがに、畏《おそ》れ多いかなぁ……」

安万侶が気まずく笑うと、２人の雑談を聞いていた三千代が、割って入った。


「ふっ、待って？　それって、みんな神様の子孫ってこと？　イタくない？　ウケる」

この狭い空間に『神の末裔』が何人も存在するという、子供じみた中二病設定のような話に、三千代はプフッと吹き出した。しかし、阿礼はキョトンとして首をかしげる。

「え？　でも、三千代様？　三千代様の実家の、県犬養《あがたいぬかい》氏もカムムスヒ様の子孫ですよ？　陛下も当然、アマテラス様の末裔だし」

まさかそのイタ設定が自分にも適用されているとは思わなかった三千代が、目を丸くする。

「は？　誰それ？　え、てか、ミチも神様の子孫なの？　それ、やばくない？？？」

「そりゃ、日本ははじまりからして神様だらけの国ですから……肝心の『人の起源』が残っていないくらい。この『人の起源』ですら『そこらへんから生えてきた』と聞くので、となるとそれってもはや人じゃなくて、神だし……ルーツが辿れない人も含めて、神々の血を引いていない日本人が存在するのかってくらい、日本は『神の末裔』だらけの国で……」

「うっそ……冗談でしょ？　それはさすがに日本、イタすぎなんじゃ……てか、阿礼にょんが、ミチの神様知ってんのも謎なんだけど」

「それは『氏《うじ》』があれば、その父か母のどちらかを遡《さかのぼ》って最初の人に辿り着くことができますから。天皇は特別で『氏』はないけど、男系なので父方を辿っていけば初代・神武天皇がいて、さらに辿ればアマテラス様に行き着きます。また、『稗田』は女系なので母方を辿っていけばウズメ様に行き着きます。だから『県犬養』って名前だけで、カムムスヒ様の子孫だと分かる。**……ボクらは、名前がご先祖様と自分を繋ぐ架け橋になっているんです**」

阿礼の話に、三千代は大きな目をさらに見開き、ポカンと口を開いた。

「うっそ………やば。今、ミチ、超鳥肌立ってんだけど。ねぇ、あーちゃん、触って？」

三千代が袖をめくって腕を出すと、元明は親友を憐《あわ》れむように顔を覗き込む。

「あなた……この時代に生まれて、よく氏神様を知らずにここまで生きて来られたわね？」

「**えっ!?　これってそんな常識なの？**　……いやでも確かに、パパがよく『おむすび祀《まつ》る』とかなんとか言ってた気が………ミチのパパ、なんか変な宗教やってんだと思ってた……」

「カムムスヒ様ね、それ、たぶん」

「うける。ご先祖様とか、知らんくてごめんだし。じゃあ今日、その神様も出てくんの？」

三千代に質問され、阿礼は首を横に振る。

「いいえ、カムムスヒ様が出てくるのは、上巻なので今回は出てこないです。今日は天皇記を最初からラノベ風に解釈したものを、お伝えすることになっています」

「えー。残念。そしたらミチ、あとでその話、読むね？　どんな神様か気になるもん」

真剣な眼差《まなざ》しで三千代に見つめられ、阿礼はビクッとたじろいだ。

「**へっ⁉**　え……えっと、そうですね！　**それは、安万侶が記《しる》した上巻で！　ぜひ！！！**」

このカムムスヒを阿礼が前回、『オネェキャラ』に仕立て上げたことを知っている、元明と安万侶は顔を見合わせて、三千代に分からないように「ふふっ！」と笑い合った。


三千代は気付かず、天井を見上げる。

「そっかー。県犬養って、そんなすごかったんだ。じゃあこの前、あーちゃんがミチに『橘』って名前くれて変えちゃったの、あれちょっと、もったいなかったんだね？」

すると、阿礼がフッと微笑む。

「いいえそれは……県犬養にはもう後継がいらっしゃいますから。『橘』は元明様が三千代様自身に『祖神《おやのかみ》』になって欲しくて、つけられたのでしょう。とても……素敵なお名前なので」

「**え？　あーちゃん、そーなの？？？**」

「ふふ！　阿礼のお話が終わったら、教えてあげる。楽しみにしていてね？　でも、その前に日本建国の話から、ちゃんと聞くのよ？　**あなたの生まれた国のお話なんだからね？？？**」

「わ、分かった………ミチ、頑張るっ！」

「神様……どうかみーちゃんが最後まで寝ずに聞けますように…………**阿礼！　頼んだわ！**」

「お任せを！」

阿礼が背筋をピンと伸ばすと、三千代がパチパチ拍手をする。

「おぉ〜っ！　なんか阿礼にょん、**プロの語《かた》り部《べ》っぽくて、かっこい〜ねぇ〜〜！！！**」

「え？　そう……ですか？　………へへっ♡」

三千代におだてられた阿礼は、だらしなく口元を緩める。そしてまた、気合いを入れ直してピシッと居住まいを正すと深く一礼をして、それっぽく語り出した。

「**それではお耳を拝借いたしましょう。今より語るは、日本建国の物語……**」

阿礼はフッと夢に落ちたように一度目を瞑ると、瞼《まぶた》を半分だけ開き、深く息を吸い込んだ。

神武天皇

【第一章】

第一章

神《じん》武《む》天《てん》皇《のう》

in 高天原
国づくり頑張ってね！
天照大御神《アマテラスオオミカミ》
高天原の最高神。
孫
瓊瓊芸命《ニニギノミコト》
アマテラスの孫
なので天孫。
山の神
木花之佐久夜毘売《コノハナノサクヤビメ》
息子
日向三代
火遠理命《ホオリノミコト》
別名「山幸彦」
海の神
豊玉毘売《トヨタマビメ》
正体がサメ(ワニ)
だった。
息子
鵜葺草葺不合命《ウガヤフキアエズノミコト》
鵜の羽で屋根を
葺こうとしたけど、
間に合わず生まれた。
海の神
玉依毘売《タマヨリビメ》
タマヨリもたぶん、
サメ。
息子
天＋山＋海＝
最強属性の子供達
長男
日向を出よう！
五瀬命《イツセノミコト》
ウガヤ家の長男。
弟大好き。
次男
陸は息苦しい…
稲氷命《イナヒノミコト》
母の国の海原に入った。
たぶん、サメ。
新羅で王様になった
という噂もある。
三男
イイ波乗った★
御毛沼命《ミケヌノミコト》
波の穂を踏んで
常世の国まで行った。
たぶん、サーファー。
末っ子
東に行こうぜ☆
神倭伊波礼毘古命《カムヤマトイワレビコノミコト》
幼名・サノちゃん。
本名・若御毛沼命。
たぶん、四男で名前考えるの
面倒臭かった。
イワレビコの臣下
……
道臣命《ミチノオミノミコト》
イワレビコ直属の臣下。
無口。
お供するっス！
大久米命《オオクメノミコト》
久米兵のリーダー。
目尻に刺青を入れている。顔が怖い。
部下
久米兵《くめへい》
日向最強の
精鋭部隊。
まかないが
美味しいと
定評がある。

日向の旅立ち

「平和だ……」

この物語の主人公、カムヤマト・イワレビコは、小舟の上であぐらをかきながら、ボーッと空を見上げて独り言をつぶやいた。

「全ては、このマイナスイオンのせいだと思うんだよな」

イワレビコはゴロンと寝転がって、穏《おだ》やかな川の上をゆらゆらと揺れる。この川は渓谷《けいこく》の底を流れており、切り立った岩壁から流れ落ちる綺麗な滝を、下から間近に仰《あお》ぐことができた。日本画の中に迷い込んだような絶景を独り占めできるので、イワレビコお気に入りの場所だ。

上を向けば緑……右を向けば緑……左を向いても緑……川を覗《のぞ》き込んでも緑……とにかく、緑緑緑緑緑。癒《いや》し効果が半端ない。

イワレビコが目を瞑《つむ》って滝の音を聴いていると、鼻の頭にトンボが止まった。ああ…………なんて平和なんだろう。

「やっぱオレ、高千穂《たかちほ》、好きだわー。何もしないをするって、最高の贅沢だと思う」

しかし、この癒し空間に招《まね》かれざる客が割り込んできた。

「あーっ！　サノちゃん、見つけたー！！！」

崖の上に架かる橋から顔を出して、ショタっぽいながらも年齢不詳の男性が必死にこちらに向かって手を振っている。

「げ、ニニギ様。ったく、サノちゃんって呼ばないでって言ったのに……相変わらずだな」

イワレビコは残念そうに視線を逸《そ》らす。ニニギといえば『天孫降臨《てんそんこうりん》』で天界の高天原《たかあまのはら》から地上の葦原《あしはら》の中《なか》つ国《くに》に降りてきた、伝説の神様だ。高天原の最高神・アマテラスの孫なので、天の神の孫という意味で、今も『天孫』と呼ばれている。

この高千穂をはじめとする日向《ひむか》はニニギとその息子のホオリ、そして孫のウガヤフキアエズの『日向三代』によって開拓されたらしい。

イワレビコはウガヤの四男なので、ニニギはひいおじいちゃんに当たる。

「もう見つかっちゃったか。ニニギ様って、呪いで短命になったって聞いたことあるんだけど………全く死ぬ気配がないんだよな」

イワレビコがニニギに聞こえないようにボソリとつぶやく。しかし、ニニギの方は早くしてよと言わんばかりにピョンピョン飛び跳《は》ねながら、必死にこちらに手を振っていた。

「**サノちゃーん！！　早く船着場に来てよー！！　呼び出しーー！！！**」

「あっ、はーい！」

イワレビコは、ニニギに言われるまま船着場へと小舟を進めた。


船着場に着くと、ニニギは頰《ほお》をぷくーっと膨《ふく》らませ、仁王《におう》立ちでイワレビコを迎える。

「もー！　サノちゃん探したんだよ？？」

「あの……ニニギ様、何度もお話ししてますけど、サノは幼名で今はカムヤマト・イワレビコと名乗っているので、せめてイワレビコと呼んで欲し……」

「無理無理。長い。**覚えらんない。**だって僕、孫も曽孫も玄孫《やしゃご》もいっぱいいるんだもん！！」

「いや、そう言われても、オレ、一応、**皇太子だし。**いい加減、覚えてくれないかな……」

イワレビコは呆《あき》れ顔で小舟を降りた。偉《えら》い神様のニニギだが、いつもこの調子で話しかけて来るので、どうも畏《かしこ》まった対応ができない。

「そんなことよりサノちゃん、お兄ちゃんから呼び出し」

「あ、イッセ兄ですか？」

「うん、大切な話があるから早く来いって」

「はぁ……せっかく高千穂まで来たんだから、もうちょいのんびりしたかったのにな」

現代の宮崎市に宮殿を構えるイワレビコは普段は都会暮らしなのだが、兄のイッセが「どうしても高千穂宮で話がしたい」と言うので、久しぶりに高千穂峡で息抜きをしていたのだ。しかし、高千穂在住で地理に詳しいニニギにすぐ見つかってしまった。

「今頃、イッセくんが待ちくたびれてるよっ！！」

ニニギが急かすので、イワレビコはサッと手際よく小舟を杭《くい》に繋《つな》いだ。その間に、ニニギはそそくさと高千穂宮に向かって歩き出す。イワレビコも小走りで後に続いた。

「はぁ……せっかくの避暑地《ひしょち》なんだから、イッセ兄も休めばいいのに」

「イッセくん、弟がサノちゃんだけになっちゃったから、きっと１人で寂《さび》しいんだよ」

「ははっ！　それで急かしてくるのか」

イワレビコはもともとイッセ、イナヒ、ミケヌと自分を含めた４人兄弟なのだが、今も日向にいるのは、イッセとイワレビコの２人だけだった。

「全く。イナヒ兄も、ミケヌ兄も、今頃、何してるんだか」

「あの２人ねぇ～。確か、イナヒくんは『**母の国へ行く。海が俺を呼んでいる**』とか言って、海に入ったまま帰って来なかったんでしょう？」

「そう。最近になって、新羅《しらぎ》で王様になったとかいう話も噂で聞いたんですけど、いかんせん本人からの連絡が全くないから分からなくて……」

「ふーん。じゃあ、ミケヌくんは？　最後に会った時、すごい日に焼けてた記憶はあるけど」

「ははっ、ミケヌ兄はサーフィンにハマっちゃって。突然『**田植え飽きた。俺、サーファーになる**』とか言って、波に乗って『常世《とこよ》の国』に行っちゃいました」

「あはは！　何それ超ウケる。なんだか大変そうだね。やっぱ、お母さんのタマヨリビメも、おばあちゃんのトヨタマビメも海神様の娘だから、何かしら影響が出てるのかな？」

「うーん。どうなんですかね？　オレはエラ呼吸できないけど」

イワレビコが首を撫《な》でると、ニニギはふふっと笑た。

9

ニニギとイワレビコがたわいもない会話をしながら、なだらかな坂道を登って行くと、やがて高千穂宮に着いた。

境内《けいだい》へ足を踏み入れると、急に周囲の空気が神聖なものに変わる。ここだけ気温が1、2度下がっているみたいだ。参道の真ん中をトコトコ歩くニニギの後ろを、イワレビコは遠慮がちに少し横に避《よ》けて歩いていく。会話がピタリと止んで、言葉が出てこない。……しかし、この静寂《せいじゃく》が心地よかった。

広場の周囲は雑多ながらも整備された木々が茂り、宮殿の入口には注連縄《しめなわ》が掛かっている。タッセル状に束ねられた藁《わら》が、右から七本、五本、三本と順番にぶら下がっているが、これは天神七代、地神五代、日向三代を表しているらしい。

本来、注連縄は結界の意味を持つが、家主のニニギは正面のど真ん中から宮殿へ入り、そしてクルリとこちらを振り返った。

「それじゃ、サノちゃん。ゆっくりしていってね！」

そう言って手を振ると、ニニギはスッとどこかへ消えてしまった。

「あっ……」

イワレビコは引き止めようとしたが、すでにそこにはニニギの姿はない。

「消えちゃった。ニニギ様って神出鬼没だよな……神だけに」

先ほどまでニニギがいた空間をイワレビコはポーッと見上げた。もちろんイワレビコもアマテラスの直系だし、カテゴリとしては神様になるのだろうが、どうも日向三代と自分は違うような気がする。

「なんていうか…………より人間？」

聞いた話によればニニギが若い頃、嫁に来たブサイクな神様を追い返したせいで、不老不死だったのに、寿命ができてしまったそうだ。この呪いの影響で地上に降りてきた神々の神力《しんりき》も徐々に弱まり、イワレビコに至《いた》っては神様らしい神力を持ち合わせていなかった。

「ただオレ、米を水飴に変えるイリュージョンだけは得意なんだけど……地味だよな」

そんな神力、年に数回の縁日でしか役に立たない。イワレビコが、自分のスキルの地味さにへこんでいると、宮殿の扉が開いた。

「お。旦那、見っけ！」

その声の方に視線を向けると、オオクメが立っていた。彼は日向自慢の精鋭部隊『久米《くめ》兵』を取り仕切っているリーダーだ。しかし、さすが精鋭部隊のリーダーというか何というか……**顔が怖い**。目尻に入れ墨が入って、眼光も鋭《するど》いし、**簡単に人殺せそう**。しかしイワレビコとは子供の頃からの長い付き合いだ。イワレビコはノーリアクションで会話を続ける。

「ああ、なんだ。オオクメか」

「…………」

「は？『なんだ』って、なんスか。イッセ様に言われて、わざわざ呼びに来てやったのに」

「…………」

「え、お前もイッセ兄に言われたの？　そんなに待たせたつもりないんだけどなー」

「…………」

「フッ、可愛い弟が視界から消えて、心配なんじゃないっすか？」

「…………」

「いやいや。弟ったって、オレもう子供もいるんだぞ？　どんだけ過保護なんだ……ってか、さっきから会話がしづらいな。ミチノオミだろ？　会話に混ざりたいなら、喋《しゃべ》って？」

そう言われてオオクメの後ろから顔を出した華奢《きゃしゃ》な人物はミチノオミだ。ミチノオミはイワレビコ直属の臣下なので、久米兵として部署が分かれているオオクメよりも立場は上になるのだろうが、とにかく昔から喋らないので、いつもオオクメが仕切っている。

「…………」

ミチノオミはイワレビコの袖《そで》をちょんと引くと、無言で奥の部屋の扉を指差した。

「あー。あの扉の向こう？　……分かった。ありがとな、ミチノオミ。行ってくるよ」

こうしてイワレビコはようやく、イッセが待つ部屋へと向かった。

ミチノオミに教えてもらった部屋の扉を開くと、奥であぐらをかいていた兄のイッセと目が合った。穏やかな高千穂宮に、ピリリと緊張感が走る。

「イッセ兄……えっと…………ごめん、遅くなった」

「ああ、イワレビコ。やっと来たか」

イワレビコが高千穂宮に到着したので、**兄のイッセと2人で会議を始めた。**イッセは、真剣な面持ちでイワレビコの方を向き、前のめりになる。

「今日はお前に大切な話があって、始まりの地『高千穂宮』まで来てもらった」

「ああ……でも、そんな顔しかめるような深刻な問題なんて、あったっけ？　日向はこんなに平和なのに……」

「**日向三代、国民から人気なさすぎ問題について**」

その議題に、イワレビコの顔が思わず引きつる。

「…………え。ガチなやつ？」

「そうだ。ガチなやつだ」

「それ、オレ、なるべく考えないようにしてきたんだけど……」

「イワレビコ、現実から目を背けるな。日向の方が最高神・**天照大御神《あまてらすおおみかみ》の直系**なのに、ウチよりもキャラの濃い、出雲《いずも》の**須佐之男命《すさのおのみこと》と大国主神《おおくにぬしのかみ》**に、神話は全部持っていかれてるだろ」

「うん……国民からの認知度も、日向の方が完全に出雲に負けてる」

イワレビコは悲壮感《ひそうかん》たっぷりにうつむいた。議題を提供したイツセは、真剣に続ける。

「そもそも元を正して考えてみろ。天孫は、何のために葦原の中つ国に降りたんだ？」

「えっとー…………葦原の中つ国を治《おさ》めるため？」

「そうだ。で、降りて来てから、天孫、何やった？」

「あー。……美人に初対面で求婚とか？」

「あとは？」

「顔がブッ……いや、好みではない女神を追い返す」

「あとは？」

「えっと……妻の浮気を疑う？」

「あとは？」

「…………え？　あと？」

「あとは？」

「……あと…………何かあったっけ？」

「なくね？」

「ないね」

「やばくね？」

「やばい」

イワレビコは黙ってうつむく。イツセはイワレビコの肩をポンッと叩くと、話を続けた。

「加えて、ホオリの爺さんも大したことやってない」

「えっと……兄弟喧嘩と…………あとは…………田植え？」

「ああ。国を治めなければならないのに、**豊作の神だから田植えばかりしている**」

「うっ……いやでも父さんは？　なんかほら、**ウガヤフキアエズ王朝とかいうカッコイイやつ。聞いたことあるだろ！**」

「親父に至っては実績どころか、何の神なのかすら分からない。鵜《う》の羽で屋根を葺《ふ》くのが間に合わなかったことしか分からない。他の情報は、俺らの親ってくらいだ」

「グッ！　………どうしよう。思ってたより事は深刻だ」

「そう。この問題は非常に深刻なんだ」

想像以上の日向神話の薄っぺらさに、イワレビコは頭を抱えた。イッセは改《あらた》まって弟の肩に手を置く。

「よし。では問題認識を共有したところで今一度、問おう。天孫は何のために葦原の中つ国に降りて来たんだ？」

「**国を治めるため**」

「はいっ！　大正解。そして、俺らは正統な後継者。**特にお前は、皇太子っ！！！**」

イッセの言葉にイワレビコは、ハッとして右手を胸に当てる。

「**あっ、大変。オレ、国、治めなくちゃ**」

「そうだよ！　一刻も早く俺らもキャラ立ちして、国造りを進めないとヤバイだろ！　そんで日本全国に**『俺らが国を治めてます！』って、知らすんだ！！！**」

「え？　シラス？」

「そう！　だって、俺らの目の届かない本島の方では、今でも近隣の支配者同士で争ったり、不当に人々を虐《しいた》げる奴がいるって話だぜ？　でもオオクニヌシ様から譲ってもらったこの国をアマテラス様の直系の俺らが治めるってことは、みんなで話し合って決めたことだ。すでに俺らが任されてるんだから、そもそも争う必要がない」

「そっか……日本がどんな国かみんなに知らせるだけで、この国が平和になるってことか」

「そーゆーこと！」

「**兄貴、天才っ！！！**」

「ふふ〜ん！」

弟からおだてられたイッセは得意げに鼻を鳴らした。一方のイワレビコは、手を顎《あご》に当てて首をひねる。

「そうすると、日向から情報発信するには、国の端っこすぎるよな……**どこを拠点《きょてん》にすれば、穏やかに天下を治めることができるだろう？**」

「んー。そうだな………太陽神・アマテラスの御子的には、東？」

「だなっ！　**やっぱり、東に行こう！**」

「**えっ!?　即決!?!?**」

イッセのぼやっとした意見がまさかの採用になり、言った本人が思わず驚く。するとイワレビコは根拠のない自信たっぷりの笑顔を兄に向けた。

「うん。今、ビビッてきた。この国の中心はもっと東だ！　知らんけど」

「ふっ！　分かった。そしたら、東に行こう。俺、お前のその直感で動くとこ好きよ？」

「へへっ、ありがと」

「よし。そうと決まれば『善は急げ』って言うし、**早速出航だなっ！**」

「**おーっっ！！！**」

こうしてイワレビコとイッセは、日向を出ることになった。

イワレビコの東征

東に向けて旅へ出ることを決めたイワレビコとイツセは、日向の港・美々津《みみつ》から船を出すことにした。いよいよ明日に出航が迫《せま》り、落ち着かずにイワレビコが船着場の近くまで来ると、髪がバサバサッと強い風になびく。

「**わっ!?** ……すげーいい風……**これ、絶対、今日、今すぐ出航した方がいいだろっ!**」

イワレビコは慌てて兄や臣下達を起こしに行った。

イワレビコに無理やり起こされた一行が、バタバタと準備を進める。当のイワレビコも船に駆け込むと、先に乗っていたオオクメが文句を言い出した。

「あぁあぁ、あぁあぁ、こんなに慌てて出るから。ほっとんど見送りもないじゃないっすか。起きてから旦那が旅立ったのを知って、みんな悲しむんだろうな」

準備が整った船から次々と落ち着きなく出港し、イワレビコの船の帆《ほ》も風で大きく膨らんだ。ミチノオミに指差されイワレビコが船頭から陸を振り返ると、美々津の人達が「起きよー! イワレビコ様が発たれたぞ! 早く起きよー!!」と、必死に走り回っていた。

「ほれ」

オオクメからジトッと睨《にら》まれる。

「はぁ……悪かったって」

イワレビコがせめてもと思い、彼らに見えるように大きく手を振ると、陸から「ワァア！」と歓声《かんせい》が上がった。朝焼けで海面がピンク色に染まり、真っ赤な太陽がゆっくりと顔を出す。

イワレビコが太陽に照らされると、オオクメは神々《こうごう》しい自分の主人を見上げて《ピュウッ》と口笛を鳴らした。そして柏手《かしわで》を打ち拝《おが》む。

「ありがたやーありがたやー」

「……なんだよ、急に」

「旦那、今、すげー日御子《ひのみこ》感出てる」

「まじか。やった」


海から眺める美々津は、波も浜辺も太陽に照らされキラキラ輝き、まるで神の島みたいだ。日向の名前通り日に向かって海が開けていて、太陽神アマテラスに見守られているような本当に美しい国。

浜辺にはイワレビコの妻のアヒラヒメが、涙を流しながらこちらを見送る姿もあった。彼女はまだ幼い息子のキスミミを抱き、傍《かたわ》らで長男のタギシミミが大きく手を振っている。その姿に目頭が熱くなり、イワレビコはくるっと前を向いた。

するとオオクメが、素《す》っ頓狂《とんきょう》な声を上げる。

「あれ？　待って旦那。太陽が右から昇ってるっておかしくない？　俺らって、これから東に向かうんスよね？　これって北に向かってない？？？」

「バーカ。北から迂回《うかい》しないと東に行けねーだろ」

「あ、そっか」

　こうしてイワレビコ一行は**すぐに日向国を発ち、筑紫国《つくしのくに》（九州北部）へ向けて船を進めた。**

　イワレビコの読み通り、風に恵まれ船はスムーズに**豊国《とよのくに》の宇沙《うさ》（大分県宇佐）に到着した。**するとこ**の土地に住む兄妹・ウサツヒコとウサツヒメという名前の2人がわざわざ足一騰《あしひとつあがりの》**宮《みや》という御殿《ごてん》を作り、**大宴会でもてなしてくれる。**

「イワレビコ様、イツセ様、ようこそ宇沙へっ！」

　足一騰宮は名前の通りに、宮を支える4本柱の内1本だけ足が長く川の中に挿《さ》さっており、庭先に穏やかな川が広がって見えた。まるで自分達が水の上に浮かんでいるみたいだ。その眺めがあまりにも美しかったので、イツセは思わず声を漏らした。

「うわぁ……すげー綺麗…………」

「本当に、素晴らしいな」

　イワレビコも感動して景色に見とれてしまう。東征《とうせい》で初めて訪れた土地でこの歓迎《かんげい》とは、幸先がいい。数日間、足一騰宮でお世話になったイワレビコ一行は、ウサツ兄妹にお礼を言ってまた船を出した。

宇沙の港を出ると、イワレビコ達は**そこから移動して、竺紫《つくし》の岡田宮《おかだのみや》**（福岡県）**に1年と、安芸国《あきのくに》の多祁理宮《たけりのみや》**（広島県）**に7年滞在した。**そしてその土地の人々にもてなされながら天下を治めるのにいい感じの場所を探して、ゆっくり東へ船を進める。**またその国から進んでここ吉備《きび》の高島宮**（岡山県）**には8年ほど滞在していた。**

「なぁ、イワレビコ……日本って……平和だな」

「だなぁ………オレ、本当、この国に生まれてよかったと思う」

「分かるー」

吉備の海にポツンと浮かぶ小島に建った美しい御殿で、のんびり空を眺めていたイワレビコとイツセは幸せそうに微笑《ほほえ》んだ。

「しかし、こんなに平和だと旅の目的も忘れちまうよな」

「旅の目的かぁ～。……ん？　**旅の目的？**　え、ごめん、イツセ兄。旅の目的って何？」

「は？　忘れたの？　ほら、あれだよ……天孫とか日向三代がなんもしなかったから、俺らがなんとかしなくちゃって話で……それだから、その……ほら…………あれだ……」

イツセがボーッと空を見上げている間に、イワレビコはハッとして右手を胸に当てる。

「**あっ、大変。オレ、国、治めなくちゃ**」

そして静かにうつむいた。

こうしてイワレビコ一行は8年ぶりに海へ出た。**吉備から進んだ時に、**速吸門《はやすいのと》（明石《あかし》海峡）

まで来ると、右手に大きな島が見えてきた。

「わー！　見てよ、イッセ兄。これって、淡路島《あわじしま》じゃない？　はじまりの島っ！！！」

「ほんとだ！　壮大だなー。なんか、テンション上がるわー！」

すると、急に速い潮流《ちょうりゅう》に乗り船が大きく揺れた。イワレビコは慌ててイッセの腕を掴《つか》む。

「うわっ！　やばいやばい。めっちゃスピード上がった。ちょっと怖い」

その中で、海に浮かぶ人が見える。

「ん？　何あれ？」

よく見ると、大きな**亀の背中に乗って、釣りをしながら羽ばたきをしている人が、速吸門のところにいた。**しかも、徐々にこちらに向かって来るではないか。

「え、ちょ、イッセ兄！　見て！　あの人、あれで魚釣ったんだけど！！！」

「嘘!?　なんであんなバタバタして釣れんの？　すげぇ。超人だ！！！」

「せっかくだし、呼んでみようよ！」

イワレビコが大きく手を振ると、向こうも手を振って応《こた》えた。**そこで呼び寄せ質問する。**

「突然、すみませーん！　**あなたは、どちら様ですかー？？**」

「うわー！　そのいでたちは、もしや天《あま》つ神《かみ》ですかー？　**僕はしがない国《くに》つ神《かみ》ですよー**」

「そうなんですかー！　実はオレら、このあたり詳しくなくてー。**あなたは、航路を詳しく知っていますかー？？？**」

「えぇー！　地元なんで**よく知ってますよー！！！**」

「よかったー！　そしたら、オレらにお供として仕えてくれないかなーー？？？」

「ああー！　全然いいですよー！！　喜んでお仕えいたしますーー！！！」

こうしてイワレビコは棹《さお》を下ろして差し渡し、おじちゃんを船の中に引き入れる。

「おじちゃん、名前は？」

「ふふ。僕はもう、あなたの仕奉人《つかまつりびと》です。ご自由にどうぞ」

おじちゃんが嬉しそうに微笑む。そこでイワレビコは彼に名前を授《さず》けた。

「ははっ。じゃー、『サオネツヒコ』って名付けるね。よろしく！」

突然登場したこのサオネツヒコさん、実は将来的に、都知事的なポジションの倭国造《やまとのくにのみやつこ》のご先祖様として、ちゃっかり成り上がる。

こうしてサオネツヒコが仲間に加わり、一行はその国からさらに進み、河内国浪速《かわちのくになみはや》（大阪府難波）の渡《わたり》を経て河内湖に入った。そして青雲《あおくも》の白肩津《しらかたのつ》（大阪府東大阪市日下町）に停泊した時、ちょうど日が暮れたので、そこで泊まることにした。


空が明るくなってきたのでイワレビコが船から周辺を見渡すと、一帯に平地が広がり奥の山から太陽が昇ってきた。

「わー。山からの日の出もいいな。この辺なら船が出しやすくて、国を治めるのに良さそう。でも、海沿いは攻められやすい？　あっちの山に囲まれてる奥の方が安心かな……」

物思いにふけりながらイワレビコが日の出をボーッと眺めていると、手前で何かうごめくものを感じた。違和感を覚えて、目を凝らす。

「あれ？　なんだろう、あの謎の武装集団…………**え？　武装集団？**」

見るからに強そうな軍隊がワラワラと殺気立って、こちらに向かってきているではないか。

イワレビコは慌ててイッセの船室《せんしつ》に飛び込んだ。

「**やばいやばいやばいやばい！　イッセ兄、起きて！　ねぇ、起きて！！！**」

「……んあ？　あ？　………何？」

「**軍だ！　軍来た！！！　やばい！！！　襲われるっ！！！**」

イワレビコの報告に、イッセは勢いよく身を起こす。

「**はぁ!?　バカ、早くオオクメ起こせよ！！！**」

「**へ？　オオクメ!?　あっっっ！！！　オオクメ！！！！**」

ここまでの旅があまりにも平和すぎて、ただの飯炊きとなっていた久米兵が、実は兵士であったことをイワレビコは思い出す。しかし、外に出るとオオクメはすでに武装をしていた。

「遅いっス、旦那」

「**ごめんっ！**」

「指揮は？」

「**任せる！！！**」

「はいよ」

武装を終えたイワレビコが船から乗り出すと、敵方の大将らしき人と目が合った。彼は大きな声で威嚇《いかく》してくる。

「登美《とみ》より参った、ナガスネビコと申す！　このエセ天つ神め。成敗してくれるっ！！！」

登美のナガスネビコが、軍を興《おこ》して待ち構え、戦うつもりで攻めてきたのだ。

「え？　ナガスネビコさん？」

「トミビコだっ！」

「へっ？　トミビコさん？　今、ナガスネビコって名乗ってなかった？」

「トミビコだァァっっっ！！！！！！！」

名前の確認だけでトミビコはブチ切れた。イワレビコはなんとか説得を試《こころ》みる。

「**分かった、トミビコさん！**　でもオレら侵略《しんりゃく》をしに来たつもりはなくて、できれば戦わずに話し合って、穏便《おんびん》にお願いしたいというか、それにさっきトミビコさんが『エセ天つ神』って言ってた気がするんだけど、その辺の事情をもっと詳しく聞かせ……」

「かかれぇぇぇーーーッッッ！！！！！！！」

トミビコが勢いよく剣を掲《かか》げると、兵士達が「**おおおおぉぉぉ！！！**」と声を上げ鼓舞《こぶ》して一斉に攻めてきた。

「ギャアアァァァ！！！！　この人、全然、話聞いてくんないっっっ！！！！！！！」

何だかよく分からないけど、待ったなしで開戦してしまった。油断していたイワレビコ軍もバタバタと戦場に出て、必死に立ち向かう。すでに全員が戦闘モードだ。

つい先ほどまで、話し合いでなんとかなる気がしていたイワレビコは、動揺《どうよう》して後ずさる。

「どうしよう……みんなが戦ってる……**オレも行かなくちゃっ！！！**」

イワレビコが急いで船に入れていた盾《たて》を取り降り立つ。すると、後ろでオオクメが叫んだ。

「**バッ！　何やってんだ、旦那っ！！！**」

「へ？　あ、あれ？　なんでオレ、盾持ってるの？　剣は？？？」

「**下がってろ、バカ！！！**」

今度はイツセに引き戻される。ミチノオミがイワレビコに向かってきた矢を剣でなぎ払い、オオクメはかかって来た敵兵をことごとく槍《やり》でブッ刺した。

「んあああ……ごめん、みんなぁぁ………」

テンパりすぎたイワレビコのせいで、**この地は『楯津《たてつ》』と呼ばれることになり、今では日下《くさか》の蓼津《たでつ》**伝承地に盾津顕彰碑《けんしょうひ》まで建てられてしまったのだが、**それはともかく。**

トミビコ軍からは無数の矢が放たれ、イワレビコの目の前で仲間達が次々と負傷していく。

逆光で矢筋も見づらい。どんどん押されていくのが分かる。しかし応戦したくとも、〝玉〟の自分が死んだら終わりだ。今は盾の陰から邪魔にならないように勝利を祈るしかない。

ここで兄のイツセが久米兵を率いて**トミビコと戦った時**、敵がすかさず矢を射ってきた。

「**んああ！　痛ってぇ！！！**」

イツセの声だ。イワレビコが振り返ると、**イツセの手にトミビコの放った痛矢串《いたやぐし》が**グッサリ刺さって負傷しているではないか。

「**イツセ兄っ！**　……あああ……痛そう…………」

「**痛てぇよ、バカ！　だいたい**俺は日神《ひのかみ》の子なのに、日に向かって戦ったら不吉だろ！」

「え、そーゆうこと？」

「だから、あんなムカつく卑《いや》しい奴に痛手を負わされんだよっ！　今よりもっと先に行って、**迂回してから太陽を背に敵を撃とう！！！**」

「わっ、分かった！　**オオクメっ！！！**」

イワレビコの声を聞いたオオクメは、悔しそうに槍を地面に《**グサッ！**》と突き刺した。

「……撤退《てったい》っスね。お役に立てず、すみません」

オオクメの指示で、久米兵が素早く退《ひ》いてゆく。生き残った全員が船に乗り込むと、一行はすぐに出航した。それをトミビコが追ってくることはなかった。

思わぬ襲撃に多くの犠牲を出しながらもなんとか海に出ると、イツセの考えどおり、一行は**南に船を進めた**。半島を回り込んで、東から先ほどの地を攻める作戦だ。

この人数ではトミビコの軍に勝てそうにないので、現地で仲間も募《つの》りたい……が、今はそれどころではなさそうだ。

「イツセ兄…………大丈夫？　顔色悪い」

「大丈夫だ。でも、どこかで血をすすぎたい」

「……分かった」

敵の追いつけない場所まで船を進めて開けた川に入ると、**血沼海**《ちぬのうみ》（大阪府泉南市）**に到って**、一行は負傷者の傷の手当てをした。イッセもその手の傷口を洗う。しかし流しても流しても血が止まらない。あたり一面が血の色に染まり、海まで流れて赤くなっていく光景を見て、イワレビコの背中がゾワッと震えた。

体育座りのままジッと海を見つめるイワレビコの後ろで、オオクメがポツリとつぶやく。

「まるで血の海っスね」

イワレビコは聞こえなかったようにしてうずくまる。それからこの地は、血沼海（茅渟《ちぬ》の海・大阪湾の古称）と呼ばれた。

イワレビコ一行はそこから船を進めて紀伊国《きのくに》（和歌山県）に入ったが、男《お》の水門《みなと》に差し掛かったところで、イッセが真っ青な顔をして倒れてしまう。

「イッセ兄っ!?」

イッセがつらそうに言葉を吐く。

「はぁっ！　俺、あんな下賤《げせん》な奴のせいで、手に負った傷で死ぬのかよ……」

そう言って悔しそうに大きな雄叫びを上げると、動かなくなってしまったではないか。

「え？　イッセ兄？　冗談だよね？　……まさか死んでないでしょ？」

イワレビコはしゃがみ込んで兄をさすったが、イッセはピクリとも動かない。

「嘘……？」

ずっと一緒だと思っていた兄が……大好きだった兄が……呆気なく死んでしまった。

「っっ……嘘だ…………」

信じたくない目の前の現実がつらくて悔しくて、イワレビコは両手を目に押し付け顔を覆《おお》ってうずくまる。

誰かが自分の隣に座って寄り添い、誰かがそっと背中をさすってきたが、イワレビコは顔を上げることができなかった。**それから、この水門《みなと》は男の水門と呼ばれる。**

——イッセの墓は今も紀伊国の竈山《かまやま》（和歌山県和歌山市・竈山神社）に残っている。

in 高天原
私の可愛い子供達が大変！
天照大御神《アマテラスオオミカミ》
高天原の最高神。
使え
建御雷神《タケミカヅチノカミ》
出雲を平定した武神。
過保護すぎるのでは？
高御産巣日神《タカミムスヒノカミ》
別名「高木神」。アマテラスをサポート。
全面サポート
布都御魂剣《フツノミタマノツルギ》
出雲を平定した時にタケミカヅチのお尻に刺さった伝説の剣。
八咫烏《ヤタガラス》
「大きいカラス」という意味。平安時代くらいから三本足キャラに転身。
金鵄《キンシ》
神武天皇の浮世絵でおなじみだけど、古事記には出てこない。元ネタは日本書紀。
5代孫
トミビコまじムカつく!!
五瀬命《イツセノミコト》
トミビコの放った矢が原因で亡くなる。
神倭伊波礼毘古命《カムヤマトイワレビコノミコト》
兄を亡くして、ガチへこみ中。最近、よく『天つ神の御子』って呼ばれる。
臣下
道臣命《ミチノオミノミコト》
大久米命《オオクメノミコト》
部下
久米兵
兄の仇
東征の旅で出会った人々
臣下？
ぽー。
倭国の主？
邇藝速日命《ニギハヤヒノミコト》
ニニギの兄のホアカリという噂もある、ロマンの詰まった神様。
エセ天つ神め!!
登美毘古《トミビコ》
別名「ナガスネビコ」。イワレビコ軍に奇襲をかけて、大成功。たぶん、脛が長かった。戦国時代のビッグネーム、織田家や伊達家の祖とも。
反抗？
宇陀の穿の主
兄宇迦斯《エウカシ》
弟宇迦斯《オトウカシ》
忍坂の原住民
土雲《つちぐも》
師木の主
兄師木《エシキ》
弟師木《オトシキ》
天つ神の御子様にお仕えします！
賛同
槁根津日子《サオネツヒコ》
速吸門で亀の背中に乗って釣りをしていた国つ神。
高倉下《タカクラジ》
熊野在住の高床倉庫のオーナー。タケミカヅチからフツノミタマを預かる。
贄持之子《ニエモツノコ》
吉野川で漁をしていた青年。食料調達が得意。
井氷鹿《イヒカ》
吉野で出会った国つ神。光った井戸から出てきた。尻尾が生えてる。きっと、ケモ耳も生えてる。
石押分之子《イワオシワクノコ》
吉野で出会った国つ神。岩を押し分けて出てきた。尻尾が生えてる。きっと、ケモ耳も生えてる。

大和国平定

兄と多くの仲間を失った**イワレビコはそこからさらに迂回して進み**、半島の東に停泊できる熊野川の河口を見つけて船を泊めた。川沿いにとりあえず足を進めるが、どこに向かっているのかは誰も分かっていない。おそらくはトミビコのところなのだろう。

長い間、誰も何も話さずに黙々と歩き続けていたが、**熊野の村（和歌山県新宮市）に到ったところで**イワレビコがポツリと小さく声を漏らした。

「………オレ、何もできなかった」

するとオオクメがすかさずフォローを入れる。

「旦那は何もしなくていい人だから。役立たずだったのは俺っス」

「役立たずどころか、オレは足手まといだったろ。戦場に立てないくせに、なんの策も考えてなかったんだ」

「そのための奇襲っしょ。策なんかなくて当然っス」

「奇襲くらい予想できたはずだ。オレがちゃんと備えてさえいれば……兄貴は…………」

そこでイワレビコが言葉に詰まってしまう。重い沈黙の中、オオクメは言葉を絞り出す。

「…………イツセ様が亡くなったのは旦那のせいじゃない」

そう言ってなんとか励まそうと差し伸べた手を、イワレビコは思いっきり振り払った。

「違う！　オレのせいだっ!!　みんなが死んだのも全部！！！」

イワレビコの荒れた感情むき出しの声に、思わず一行が静止する。すると突然森の中からワサワサッと音がして、**ふわりと巨大な熊が現れた。**

「はっ!?」

驚いて一行は身構えたが、その熊は、なぜかすぐに隠れてどこかへ行ってしまった。

「え？　何、今の……」

不審な熊が去った後をポカンと見ていると、**イワレビコは急にめまいがして全身の力が抜けてしまう。**

「んあ？　あれ………やば……立て…………な……」

「……旦那？」

イワレビコが倒れると、**他の仲間もみんな次々と意識が遠のき地面に伏《ふ》してしまった。**

一方、その頃。熊野に住むタカクラジという男は、不思議な夢を見ていた。

美しい白木の壁に囲まれた明るい一室。部屋の中なのに、雲が浮かんでいる神秘的な空間だ。

中心にはツンケンした雰囲気の若い女性が座っており、隣には長身のふんわりとした雰囲気の男性が立っている。

（あれ？　僕……ふわふわ浮いて…………あ、これって夢？）

タカクラジがボウッとその２人を眺めていると、部屋の扉が《**バタン！**》と開き、ヤンキー風のイカつい男性が入ってきた。

「タケミカヅチっす！　アマテラスの姉御、高木《たかぎ》の旦那、お呼びでしょうか！」

彼のセリフから、この状況を理解しようと、タカクラジは思考を巡らせる。

（タケミカヅチ？　確か出雲を平定した偉い神様だ。それにアマテラスって言ったら、天照大御神のこと？　高木は高御産巣日神《たかみむすひのかみ》のことかな……ずいぶんと豪華な夢だ）

どうやら、**タカクラジの夢でアマテラスと高木、２人の神様がタケミカヅチを呼び出した**ようだ。


タケミカヅチが部屋に入った途端、アマテラスは威圧的に怒鳴りつける。

「ちょっと、タケミカヅチ？　遅いんだけどっ！！！」

「え？　あ、ごめんなさい！」

「今ね、葦原《あしはら》の中《なか》つ国《くに》が大変なの。ひどく騒がしいみたいなの！　それで、可愛い私の子供達**が大変な目にあってるの！**　ねぇ、超可哀想じゃない？　可哀想でしょう？　きっと今頃泣いてるわ……ああっ！　私が泣きたい！　**ちょっと、タケミカヅチ聞いてる？？？**」

「聞いてますっ！！！」

「だいたいね、あの葦原の中つ国はもっぱらあんたが譲《ゆず》るように言い聞かせた国でしょう？　なんであんた、高天原《たかあまのはら》でボサッとしてんのよ。　**あんたが、なんとかしなさいよっ！**」

「へ？　なんとかって？」

タケミカヅチは首をかしげたが、アマテラスは容赦なく畳み掛ける。

「要は、あんた、タケミカヅチが降りるべしっっ！！！！！」

「はぁ？」

「**『はぁ？』って何よハァって！　私の可愛い子が悲しんでるのよ？　ほっとけって言うの？　ふざけないでっ！　一刻も早く地上に降りて、また平定してきなさいっっ！！！！！**」

「**はいっ！！！**　はい？　いや……でもあの…………」

「**何よ？**」

アマテラスに鬼の形相で睨みつけられると、タケミカヅチは言葉に詰まった。高木に助けを求めるようにチラリと視線を送ったが、にこりと笑顔だけ返される。

上司の援助を諦め、タケミカヅチは自分でアマテラスを落ち着かせる言葉を探した。

「いや、でも、えっと、そのぉ……ほら。姉御のお子さん達は今、頑張って自分達の力で国を治めようとしているわけじゃないですか。それに上から横槍を入れるってのは…………」

「**はあぁ？　じゃあ、うちの子を見捨てろって言うの？　なんなの？？？　何様なの？？？？　最高神に喧嘩売ってんの？？？？**」

あの伝説の武神・タケミカヅチが、苦しげな声で**これに返事をする**。

「ちっ……違………だから過保護すぎるのも本人のために良くないっていうか、さりげないサポートが大切っていうか……**あっ、あれだ！**　葦原の中つ国を平定する時に出雲で使った、『布都御魂《ふつのみたま》』って剣、あるじゃないですか。**俺が降りなくても、この国を平和にした専門の剣があるから、**そっちを降ろした方が自分の力で試練を乗り越えた感が出るんじゃないかなって。ね？　その方が自信にも繋がるし、後々もいい気が……なので、**この剣を降ろすべきかと**」

アマテラスは腕を組んで、タケミカヅチを見下《みお》ろす。

「**具体案**」

「えっ？　あー、えぇーと。**この剣を降ろす方法は**……あ！　熊野にタカクラジって男がいるんす。**タカクラジの倉のテッペンから貫き入れて、そこから落とし入れようかな！　そしたら、朝目覚めて縁起良く**いい感じに**そいつが取り持って、天つ神の御子に奉れる**から、大丈夫なはずです、たぶん！！！」

タケミカヅチがそう言うと、アマテラスは満足げに笑む。

「タカラクジ？　あら。……大きな夢のある、いい名前じゃない」

「そう！　だから大丈夫！　タカクラジならきっとうまくやってくれる！！！」

「分かったわ。おっけ、採用！　じゃあ、今すぐに降ろしなさい。今すぐにっっ！！！！！」

「**はいっっ！！！！！**」

「はいっっっ!?!?!?!?!?」

タカクラジはバサッと飛び起きた。

「え？　今の本当に夢？？？？？」

あまりにもハッキリした夢だったので、タカクラジは慌てて自分の倉に駆け込む。すると、倉の天井にはポッカリ穴が空いていた。その下にはこの世のものとは思えないくらい、綺麗でかっこいい剣が刺さっているではないか。

「やっぱり…………夢じゃなかったんだ」

タカクラジは身支度を整えるとすぐに、剣を持って走り出た。


こうして森を走って行くと、早々に山道に倒れ込んでいる集団を見つけた。タカクラジが、タケミカヅチから託《たく》された布都御魂《ふつのみたまの》剣《つるぎ》をぎゅーっと強く握りしめて近づくと、集団の先頭に倒れているリーダーらしき人物がいた。イワレビコだ。

「…………天照大御神の御子って、この人のことかな？」

タカクラジが一振りの剣を持ち、天つ神の御子らしき人物が伏せているところに来て、跪《ひざまず》き献上《けんじょう》すると、イワレビコがすぐにパッと目覚める。

「うわっ、起きた……」

「んっ、あれ……？　オレ…………長い間、眠っていたのか？」

そう言うと、イワレビコはフラつきながら起き上がり周りを見渡した。他の仲間も全員眠っているではないか。

「みんな？　……何があったんだ？　確か、大きな熊が目の前に現れて………」

イワレビコが倒れる前の記憶を辿っていると、心当たりのあったタカクラジは、熊の正体を明かした。

「あっ、それはきっと、この辺の荒ぶる神です。熊野の村人もよく熊神の邪気の被害にあっているから……。それで、あの……これ………どうぞ」

そして、とりあえずタケミカヅチの剣を献上する。

「え？　……あぁ、ありがとう」

状況が飲み込めないながらも**イワレビコが布都御魂剣を受け取った瞬間**、剣はひとりでにシュンッと振れた。すると、その先の木陰の奥で《**クァッ！**》と大きな鳴き声が聞こえ、**あの熊野の山の荒ぶる巨大な熊神が**、何もしていないのに**勝手に全身を切られてドサリと倒れたで**はないか。

さらにこれを皮切りに、ミチノオミがムクッと起き上がり、**この混乱で伏せていた仲間が、次々とみんな目覚めて起き上がった。**

「**えっ!?**　どーゆーこと？？？」

「うわ。すごい。一瞬で倒しちゃった。さすが建御雷神《たけみかづちのかみ》の剣……」

タカクラジの口から出てきたあまりにも有名な神の名前に、イワレビコは目を見開く。

「**タケミカヅチ様だって？？？**　え？　ごめん。オレさっきから全然、状況が飲み込めてないんだけど、どーゆーこと？」

　イワレビコがこの剣を得た経緯を問うと、タカクラジは自分が見た夢の話を語り出した。

「……それで夢の教えの通りに、翌朝、自分の倉を見たら、本当に剣があって。そのためこの剣を持って、献上しにきたんです」

「アマテラス様が？」

「はい。御子様のこと、とても心配されているご様子でしたよ？」

「そっか………アマテラス様、ちゃんとオレらのこと気にかけてくれてたんだ」

　兄の死で滅入っている時に、全く予想していなかったところからの援助を受け、イワレビコの涙腺がつい緩む。それを見たミチノオミがぽんぽん頭を撫でてきたので、イワレビコは恥ずかしそうに困り笑いを浮かべた。

　すると今度は突然《**キィン！**》と場違いなハウリングの音が森中に響き、鳥達がバサバサと舞い上がった。

《テステス……聞こえますかー？　テステス……》

「えっ？　何、この声」

　まるでマイクを通したような、次元を超えた音が聞こえてくる。

《あ、イワレビコくんですか？　よかった。聞こえているみたいですね。お疲れ様です、高木

です。なんだか、葦原の中つ国の平定も大変そうですね》

「高木？　え？　高御産巣日神？」

《はい、そうです。すみません、基本的にはそちらにお任せする方針でいるので、こちらもなるべく干渉しないように気をつけているんですけど……諸事情あって》

「諸事情？」

《コホン。では、読み上げますね》

「**何を？**」

ここでまた、高木による神様のお告げだ。

《えー。天つ神の御子よ、これより奥の方へ入り行くでない。荒ぶる神が非常に多くある。今、天より八《や》咫烏《たがらす》を遣《つか》わそう。さすれば、その八咫烏が汝《なんじ》を導くであろう。八咫烏の立つ後より続いて行きたまえっ！》

そう言った後に高木が一呼吸を置いて、紙をカサカサと畳む音も聞こえてくる。イワレビコは聞き慣れない単語に首をかしげた。

「えっとー。……『八咫烏』？」

《はい。でかいカラスです》

「はぁ」

《イワレビコくんも大変かとは思いますが、こちらも中つ国を譲ってもらった手前、それなりにやらないと示しがつかないので。頑張ってくださいね、天より応援しております。では》

「あっ……ありがとうございます！」

イワレビコが天に向かってお礼を言うと、ガサッという音の後に小さな声が漏れた。

《チッ、あの高飛車娘め……これが過保護なんだっつってんだr（**ブツッ！**）》

「**待って！　最後のは、こっちに聞こえてよかったやつ？？？？**」

イワレビコは聞き返したが、返事はない。どうやら何かの接続が切れたらしい。ミチノオミに袖を引かれ、指差された方向を見上げると、天からスーッと黒いカラスが降りて来た。

「あ、あれか……でかいカラス。八咫烏って言ってた？」

「……そうだ。天つ神の御子よ、お初にお目にかかる」

空から舞い降りた大きなカラスが、低いハスキーボイスを放つ。

「**うわ、喋った！**」さすが、高天原のカラス……よろしく」

「うむ。よろしく頼む」

八咫烏が《バサッ》と目の前の枝に降り立ったので、まじまじと見ると足が三本も生えているではないか。

「え、やば。八咫烏って、まさか、蹴球《サッカー》日本代表エンブレムの元ネタ？　**超カッコイイ！**」

「フッ、そうだ。吾《われ》も蹴鞠《けまり》は趣味にしている」

「へー。いいね」

「うむ。やがて東征の役目を終え平和を得たら、吾も葦原の中つ国に居を構えて、年に数回の蹴鞠イベントを催《もよお》しながら優雅に過ごすつもりでいる。そして吾は伝説の『鴨《かも》』となるのだ」

「え、待って？　鴨？　カラスでしょ？」

「違う。鴨だ。鴨はいいよな……常に水面で幸せそうにしている」

「あー。うーん。なるほどね。でも、さすがにカラスが鴨になるのは難しい気が……」

「天つ神の御子よ。信じれば、願いは叶うものだ」

「**そっか！　分かった、応援してる！**」

「**ああ！　進もうぞ、天つ神の御子よっ！！！**」

「**おーーー！！！**」

新しい仲間が増えたイワレビコ一行は、その教えの通りに、八咫烏の後に続き導かれ、敵が多そうなメインロードを外れて獣道を進んだ。ミチノオミが先頭に立って、木々を切って道を切り開く。どこまで続くのか分からない険しい山道を、登ったり下りたりしながら、少しずつ確実に足を進めた。

険しい山道を越えると、徐々に傾斜がなだらかになって、やがて平地に出た。視界が開け、穏やかな吉野川の河尻に出たところで、やっと第一村人を発見する。

「**人間だ！！！**」

久しぶりに見た自分達以外の人類に、イワレビコが思わず大きな声を出すと、青年は驚いて「**ぎゃっ！**」と声を上げた。ちょうど魚を獲っていた青年は、驚いて獲物を逃してしまったようだ。イワレビコは慌てて謝った。

「わ。ごめん」

「いいえ、大丈夫です……今日はいっぱいかかっていたので………」

突然背後に現れたイワレビコ一行に、青年は及び腰になりながらも丁寧に答える。彼が持った竹の罠には、たくさんの魚が入っている。

「うわー。それ、魚が入ったら逃げられない仕組みになってるんだ。……超頭いい」

「あ、これですか？　筌《うえ》っていう罠ですよ。この辺の人は、みんな使っています」

「へぇー」

この辺には他にも筌を作って魚を獲る人がいるらしい。ここまでロクな飯も食べずに進んで来たイワレビコ一行は、筌にかかった大量の魚を無心でジィーッと見つめる。それに気付いた青年は、魚の贄を持ったまま「ふっ」と笑った。

「あの……よかったら、皆さんで食べます？」

「いいんですかっ⁉」

前のめりになって聞き返したイワレビコに、その青年は笑顔で「もちろん」と答えてくれた。

イワレビコは半泣きで彼に質問をする。

「超優しい……あなたは、どちら様ですか？」

「僕は国つ神。名はニエモツの子と申します。あなたは身なりからして天つ神の方ですよね？　僕、初めて見ました。僕もお供させていただけませんか？　食料調達なら得意ですので！」

「えぇぇぇぇ……超嬉しい…………ぜひ、よろしくお願いします……」

ニエモツのおかげで、久しぶりに満腹になったイワレビコ一行はそこからさらに道を進んだ。


一行が山の麓《ふもと》までくると、突然、強い光を感じた。そちらに顔を向けると輝く井戸があり、なんと中から四つん這《ば》いで人が出てきたではないか。

「ギャァァァ！　昔、ホラー映画で見たやつっっっ！！！！」

イワレビコの声に驚いて、その人がビクッとして身構える。よく見てみると尻尾の生えた人が井戸から出てきたところだった。その井戸は不思議とまだ光っている。

「ヒャァッ！！！　モフモフ獣人キタァァァ！！！！」

今度は悶《もだ》えるイワレビコ。完全に不審者だ。尻尾の生えた青年は不安そうにこちらの様子をうかがっている。そこでイワレビコは目を輝かせて、青年に質問を投げかけた。

「あ……あのっ！　…………あなたは誰ですか？」

「……僕《あ》は国つ神……名はイヒカと言う……」

イヒカの返事にイワレビコは柔らかい微笑みを返す。

「イヒカくんかぁ～…………モフモフ……動いてる…………ふふっ……」

「あなたは……天つ神？」

「え？　あぁ、まぁ、一応。分類としては。……正確には『天つ神の御子』かな？」

「やっぱり。…………この辺、危ない…………案内する……」

「**ありがとうございますっ！！！**」


こうしてイヒカのモフモフの尻尾の後に続き、イワレビコ一行はその山の中に入った。しばらく進むと大きな岩があり、それが道を塞《ふさ》いでいる。

「あちゃー。これじゃ、通れないな……」

イワレビコが声を漏らすと、岩が《ズズズズ……》という大きな音を立てて分かれていく。

そしてまた尻尾の生えている人に会った。彼は、岩を押し分けて出てくる。

「**今度はモシャモシャ！！！**」

テンションの高いイワレビコの声に気付いて、モシャモシャの獣人がこちらを向く。

「お。見つけた。あんたが天つ神の御子だな？」

「ああ、そうだけど……あなたは誰？」

「俺は国つ神。名はイワオシワクの子だ。今しがた天つ神の御子がこちらに来ると聞いたから、こうして迎えに来た。ここからまた山が険しくなる。抜けやすい道を案内する」

「わ……本当に助かる。ありがとう！」

イワオシが言った通り山中は荒れていて、一行は道なき道を進んだ。彼らは**その地からズンズン足を踏み穿《うが》ち越えて宇陀《うだ》**（奈良県宇陀市）**に向かって進んだ。このことから、ここは宇陀の穿《うかち》**（宇賀志）**と呼ばれる**ことになる。

イワレビコはモフモフとモシャモシャの尻尾を眺めて、癒されながら進んだ。山道は相変わらず険しいが、振り返ると他のメンバーの足取りは軽い。少しずつだが、地元民の仲間が増えたことで安心感が生まれたようだ。

ホッとしてイワレビコが視線を落とすと、オオクメと目が合った。そういえばあれから全く会話をしていないことに気付く。**若干、気まずい。**イワレビコは視線を前に戻すと、歩きながらオオクメに話しかけた。

「あー、オオクメ？　…………あん時は、ごめんな」

しかしオオクメからは、とぼけた声が返ってくる。

「ん？　なんかあったっけか？」

「なんか……なかったっけ？」

「さぁ？　忘れた」

「そっか。……なら…………いっか」

「ああ。いいよ、別に」

２人の会話の横で、ミチノオミがわずかに微笑む。こうしてイワレビコ一行は、新しい仲間の案内のおかげで、スムーズに山を越えることができた。

やがて一行は宇陀の開けた場所に出た。そこにはポツリポツリと民家が見える。

「うおおお……！！！　人間の住む場所！！！！！」

昔ながらの竪穴住居ばかりだが、長い間ずっと自然に囲まれてきたので、人工物を見るだけでテンションが上がる。この辺の地理に詳しいイワオシは説明を加えた。

「あの奥にデカイ茅葺《かやぶき》の屋根が見えるだろ？　**ここ宇陀には**、兄弟でこの地を治めている**エウカシとオトウカシの2人がいる**。味方になってくれるといいんだが……」

「そっか、分かった。……八咫烏！」

「なんだ」

「まずは八咫烏を使わして、2人に問いかけてみたい。エウカシとオトウカシにオレらが来たことを伝えてくれ。2人が仕えそうだったら、オレらも後から向かう。もし難しそうだったら……一旦、作戦会議かな」

「承知した」

八咫烏がスーッと飛んで行き、エウカシとオトウカシの御殿《ごてん》に着くと、ちょうど2人が庭に出ていた。

「**カァッ！**　汝らがエウカシとオトウカシか？」

塀《へい》に止まった八咫烏が声をかけると、２人はビクリとしてこちらを向く。

「**カラスが喋った!?**」

「今しがた、天つ神の御子がこちらに到着なさった。汝ら、天つ神の御子に仕えないか」

八咫烏が問うと、突然上から物申してきた見知らぬカラスに、エウカシがブチギレる。

「**はぁぁ？？？　仕えるわけねぇだろ、バカッッ！！！！**」

するとエウカシは音の鳴る鏑矢《かぶらや》を持ち出し射ってきた。八咫烏はすんでのところでかわし、飛び立つ。そのため、この鏑矢が落ちたところを訶夫羅前《かぶらざき》と言う。

怖い思いをして急いで帰って来た八咫烏は、イワレビコの前でうつむいた。

「天つ神の御子…………**あいつら、殺そう**」

「**待って！**　これ初回だし、こっちも突然の訪問だったから。もうちょい広い心持とう！」

「チッ……ナメやがって………」

八咫烏は不服そうにブツブツ言っていたが、とりあえずイワレビコ一行は高台に拠点を構えてしばらく様子を見ることにした。

そして翌日も偵察に行った八咫烏が、戻って報告をする。

「天つ神の御子よ、エウカシが天つ神の御子を迎え討とうとして、軍を募ったぞ。**さっ、早く殺そっか？**」

「待って。なんで最後、爽やかに言ったの？」

「ねぇ、いつ殺す？」

「**可愛く言ってもダメ！！！**　何、キャラ変で通そうとしてんの？　だいたい、まだ全然人が集まってないだろ。対抗できないことが分かれば、エウカシの気も変わるって」

「フン！　どうだか」

　イワレビコがなかなか動いてくれないので、八咫烏は不満げに羽ばたき、木の上に飛んで行ってしまった。

　しかし、その後もエウカシは軍を集めることができなかったようだ。そして数少ないながらも集まった兵達は、なぜか丘の上に御殿を建て出したではないか。あれから毎日偵察に出ていた八咫烏は、中弛《なかだる》みしたこの状況を懸念《けねん》して、また声をかけてきた。

「天つ神の御子、大変だ。今日はエウカシが鼻糞をほじっていたぞ。汚い。そろそろ殺そう」

「殺さない」

　もはや日課となったやりとりをしていると、突然、エウカシの手下が訪れる。

「天つ神の御子様、先日は申し訳ありませんでした！　エウカシは御子様にお仕えすることを決めました。御子様のために大殿《おおとの》を新築しましたので、ぜひ宴《うたげ》にいらしてください！！！」

その誘いを聞いたイワレビコはニッと笑って、八咫烏を見た。

「ほーら」

気に入らない相手を葬《ほうむ》る口実をなくした八咫烏は、「チッ」と小さく舌を鳴らしてバサッと屋根の上に飛んで行ってしまった。こうしてイワレビコ達はその晩、エウカシの御殿に訪問することにした。


しかし夕方になると、今度は弟のオトウカシが訪れる。彼は遠慮がちに、モジモジしながらイワレビコの前に進み出た。

「あなた様が……天つ神の御子でしょうか？」

「そうだけど？」

「わっ……本物………」

オトウカシが拝み出す。イワレビコは気まずく笑いながら用件を聞くと、彼はまたモジモジして話し出した。

「あっ、あのぅ……実は、私の兄のエウカシが天つ神の御子の使いを射返した後に、御子様を迎え討とうと軍を集めていたのですけど、全然集まらなかったのです……」

「あぁ、それはこっちも把握してるけど？」

イワレビコが首をかしげると、オトウカシは険しい表情に変わる。

「そこで兄は新築の御殿を作って、その中に『押機《おし》』という人を潰す罠を張りまして……兄が御子様を待ち構えて殺そうとしており…………そんな恐ろしいことを考えるなんて、私は兄が怖くなってしまい……だからこちらへ参り出て、本当のことをお伝えしたのです」

「あー。……なるほど」

梁の上でこの話を聞いていた八咫烏が、どこか嬉しそうに「カァ！」と鳴いた。イワレビコは顔色を変えずにミチノオミとオオクメの方に視線だけ送る。

「ミチノオミ、オオクメ」

「ん？」

「エウカシさんが、どうやってオレをもてなすつもりだったのか聞いてきて」

「はいよ」

ミチノオミも無言でコクリとうなずき、オオクメは自分の槍を取る。こうしてミチノオミとオオクメの2人は、エウカシに使いを送り呼び出し、自分達も数名の久米兵と一緒に御殿へと向かった。


「おおー。こりゃまた、随分と立派な御殿を建てたなー」

オオクメがエウカシの建てた御殿を見上げてピュウッと口笛を鳴らした。この辺では珍しい高床式の立派な作りだ。呼び出しを受けたエウカシも、すぐにやって来る。

「皆さま、お待たせしました！」

「あ。エウカシさん、こんな立派な御殿を建ててもらっちゃって、逆に悪かったっスねー」

「いいえ！　天つ神の御子様をお迎えするのですから、このくらい当然です！　さぁどうぞ、皆さまお先にお入りください」

エウカシは嬉しそうにして、オオクメ達に御殿へ入ることを勧《すす》めてきた。押機の仕掛けでは数人ずつしか殺せない。ここに集まったイワレビコの使いは、ちょうどいい数だ。

それを知りつつも、オオクメは御殿へ足を進めてフレンドリーにエウカシの背中をポンポン叩いた。

「あははっ！　旦那のこと、そーやって『天つ神の御子』『天つ神の御子』って言うのやめてくださいよー。あの人、すぐ調子に乗んだから」

「いえ、本当のことではありませんか！」

「まぁねぇ……つっても、俺も天つ神の子孫なんだけど。旦那はやっぱ、特別なんかね？」

オオクメはエウカシの認識を確認しようと、軽くジャブを入れる。エウカシは自分が試されているとは気付かず、意気揚々《いきようよう》と返事をした。

「ええ！　天照大御神の日を継ぐ方となれば、それは特別なことかと」

「あはは。なんだ。エウカシさん、そこら辺の事情はちゃんと知ってんのか」

「**もちろんです！**」

返事を聞いたオオクメは、御殿の入口手前でピタリと立ち止まると、「はぁー」っと深くて大きなため息をつく。

「なるほどな。……で、どんな感じで旦那のことを、もてなすつもりだったんスか？」

「えっと、はい。まずはこちらの御殿に上がっていただいてですね……」

エウカシは中へ誘導《ゆうどう》しようと、オオクメの腕を押したが、彼はピクリとも動かない。

「そっかそっか。じゃーリハーサルってことで、エウカシさん。そこに上がってみよっか」

「え？　……いえ、お客様よりも先に上がるなんて、そんな」

「いいからいいから」

「しかし……」

エウカシが動揺していると、さっきまで笑っていたオオクメが、急に鋭《するど》く睨みつけてきた。

「…………『押機』っつーんだってな？　この罠」

「っ!!」

オオクメは顔面蒼白《そうはく》になったエウカシの胸ぐらを摑んで、罵声《ばせい》を浴びせる。

「なぁ、あんたがこの御殿作って、仕え奉るっつったんだろ？　なら、まずぁてめーでゴテン中入って、どーやって旦那に仕えるつもりだったんか、てめーで見してみろや？？？」

「ヒッッ！！！」

オオクメに押し飛ばされ、尻餅をついたエウカシが逃げ出そうとすると、すぐさまミチノオミが無表情のまま剣の柄を握りスッと抜いて道を塞《ふさ》いだ。

「クッ……」

逃げ道を探すエウカシに隙《すき》を与えないよう、オオクメはブンッと**矛を振り**、後ろの久米兵は**弓を構える**。エウカシは為《な》す術《すべ》なく、御殿の中へ徐々に後ずさっていく。

「あっ……あのっ、ごめ……んなさ……」

涙を浮かべて赦《ゆる》しを乞《こ》うエウカシに、オオクメは静かに冷たく笑みを贈る。

「ほら。エウカシさん……あと一歩っスよ？」

そして軽く、矛で突っついた。

「……っっ」

《ビチャン！》

高床から血がボタボタ滴り落ちていく。**結局、エウカシは自分で作った罠に打たれて死んでしまった**。敵が動かなくなったことを確認すると、オオクメは仕掛け付きの御殿の中を覗いてジロジロ観察する。

「はぁ～。ここでロープが外れて、上から重りが落ちてくる仕組みなのか。こりゃすげーや。よく考えてあんのな？」

すると隣でミチノオミがおもむろにエウカシの**遺体を引き摺《ず》り出し**、原っぱの上に放って、**バラバラに斬り散らした**。オオクメが、嫌悪感たっぷりに顔をしかめる。

「うわ、えっぐ。……俺、お前にだけは殺されたくねぇわ」

「………」

ミチノオミは少し頬を赤らめ、恥ずかしそうに口角を上げると、ぺこりと頭を下げた。

「いや、褒めてねぇよ？」

この原っぱがエウカシの血で溢《あふ》れたので、**そこは宇陀の血原《ちはら》と呼ばれることになった。**


こうしてオオクメ達が帰ると、エウカシの弟のオトウカシが嬉しそうにして、イワレビコの元にご馳走を献上しにきた。

「熊野からこんなところまで山を越えていらしたなんて、皆さんさぞお疲れのことでしょう。こちらどうぞ、皆さんでお召し上がりください！」

あまりのもてなしに戸惑《とまど》って、イワレビコはオトウカシの顔色をうかがう。

「え？　オレら、結局オトウカシさんのお兄さんのこと、殺しちゃったんだけど……」

「ええ、ありがとうございました！　**私も清々いたしました！！！**」

「………ああ……そう」

兄弟関係なんて、人それぞれだと分かっていても、ふとイッセの顔が浮かんでしまい、心がチクリとする。その後ろで《ギュルル……》と気の抜けた音が鳴った。オオクメの腹のようだ。

振り返ると、オオクメもミチノオミもギラギラした目付きでご馳走を凝視《ぎょうし》している。

「旦那っ！　まともなメシっっ……！！！」

「はぁ…………分かったから。さっさと着替えてこい」

それからオトウカシが久米兵全員に行き渡るようにたくさんのご馳走を用意してくれたので、イワレビコはつらい山越えに耐えた兵士達にそのまま与えて、大宴会を開くことにした。

久しぶりすぎるご馳走に加えて、オトウカシが用意した可愛い女の子達のお酌《しゃく》や余興まで付いてみんな大喜びだ。イワレビコも楽しく酔ってハイテンションで立ち上がると、女の子達は拍手や歓声で盛り上げた。

この時、イワレビコが上機嫌に腕を広げて歌い出す。

「なぁ～みんな、聞いてくれ！　宇陀の高城《たかき》に　罠張って　オレは渡り鳥　シギを待っていたそしたらシギはかからずに　クジラが掛かってたじゃないか！　笑えない？クジラの肉を食べる時　昔の前妻《こなみ》が　肉を欲しがりゃ　蕎麦の実みたい　スカスカ身のないところを　削ぎ取ってやろう！

もし新しい後妻《うわなり》が　肉を欲しがりゃ　ヒサカキの実みたい　ギッシリ身の詰まったところを削ぎ取ってあげるけど！

えぇ～しやごしや～～！！　こりゃ、ウケるだろ？　あぁ～しやごしや～～！！　こりゃ、滑稽すぎてあざ笑っちまうっ！！！」

歌い終わって、可愛い女の子達から大歓声を浴びたイワレビコがヘラッと笑うと、無表情のミチノオミとオオクメと目が合った。

「旦那………最低っすね。アヒラちゃん可哀そ」

「実名を出すな実名を。**アヒラごめんっ！！！**」

……と、まぁ、とにかく。宴会は盛り上がった。**そうして仲間になったオトウカシは、宇陀の水取《もいとり》等の先祖となる。**


勢いに乗ったイワレビコ一行は、**宇陀からさらに進み**忍坂《おさか》へ向かった。オトウカシが仲間になったことで、地元の兵士も一緒に付き従うことになり、かなり心強くなる。

忍坂の大室《おおむろ》に着くと、オトウカシが川の近くまで進んで立ち止まった。そして、西に広がる山々の1つを指差した。

「イワレビコ様、あちらが忍坂でございます。山の麓には、洞窟に作った大室で生活をしている『土雲《つちぐも》』という**尾の生えた**土着の民がおり、**土雲の**大勢の猛者《もさ》、通称**『八十建《やそたける》』がおります。**彼らはとても気性が荒く、数も多くおりますので、お気をつけください」

「うわー。何その的確な地元民情報。めっちゃ助かる」

イワレビコは八咫烏にまた、敵の様子を見に行かせることにした。

八咫烏が帰ってくると、早速報告が上がる。

「天つ神の御子、八十建はすでに忍坂の大室で待ち構え、唸《うな》っていたぞ。向こうは完全に戦闘態勢だ。どうやって殺そうか？」

「ははっ。八咫烏の『殺す』はデフォルトなんだ」

イワレビコに茶化されると、八咫烏は不機嫌に鼻を鳴らす。

「天つ神の御子は、まだ修学旅行気分か？」

「…………あぁ……」

不意に痛いところを突かれたイワレビコは、少し視線を落とした。

「いや……さすがに旅行気分は抜けたかな。大丈夫。今度はしっかり作戦立てて動くから」

そして、スッとミチノオミとオオクメの方を向く。

「ミチノオミ、今から土雲の八十建のために宴の席を用意する。日向から持って来た、残りの穀物をかき集めてくれ。ただそれじゃ八十建の腹を満たすには足りないだろうから、その分の食料は、オトウカシとニエモツに用意させろ。もちろん、酒も忘れずに。……で、オオクメ。お前は、久米兵で料理が得意な人間を集めてくれ」

「はいよ」


事前に下されたイワレビコの命で、ご馳走を八十建に与えるため、一行は大量の食材を持って大室を訪れた。警戒した様子で大室から出て来た八十建の頭領《とうりょう》らしき人は、獣の皮を纏《まと》った昔ながらの装《よそお》いをしている。自給自足の生活をしているのだろう。焚き火のある広場には、異臭を放つ獣の皮や骨が放置されていた。

　ミチノオミは頭領の目の前に米や野菜、魚などの食材を差し出し、ぺこりと頭を下げた。

　そしてそのまま後ずさると、頭領は怪しんで食材を睨みつける。

「……これは、何のつもりだ？」

　頭領が「グルル」と唸ると、次いでイワレビコが進み出て説明を加えた。

「突然の訪問になってしまって、すみません。我々は、あなた方と戦うつもりはありません。友好の証として、こちらの食材を八十建の皆さんにプレゼントしたいと思います」

　頭領は目の前に差し出された食物をまじまじと見て、米を手に取る。

「この硬くてちまっこい粒を食えだと？　こんなもん食えるか」

「そちらは、炊いて食べます。甘みがあって美味しいですよ」

「タイテ？」

　イワレビコの説明に頭領は怪訝《けげん》な顔つきになる。近所に住むオトウカシはすでに田畑を所有していたというのに、彼に穀物の説明をしてもいまいち要領を得ない。

「……八十建の皆さん宛てに、たくさんの膳夫《かしわで》を手配しますから。ご安心ください」

「カシワデ？」

「料理人です。料理して食べるんですよ、そのお米」

「フン！　なんだ偉そうにしやがって……気に食わん態度だ」

話が理解できず、頭領がだんだん不機嫌になってきた。このままでは作戦が実行できなくなってしまう。イワレビコは低姿勢でお願いを続ける。

「……気分を害してしまって、ごめんなさい。でも、うちの料理人は本当に腕がいいんです。すごく美味しい料理を作るので一口だけでも……**騙《だま》されたと思って！**」

なんとか作戦を遂行《すいこう》しようと、イワレビコが必死に頭を下げると、頭領は「フン！」と鼻を鳴らした。

「そこまで言うなら好きにさせてやる。……だが、少しでも変な態度を見せたら、貴様を晩飯にしてやるからな」

その返事に、イワレビコはパァァッと笑顔になる。

「**ありがとうございます！**　日向のご飯は本当に美味しいので、楽しみにしていてください」

ようやく頭領の了承を得られたイワレビコは、上機嫌に笑って後ろを向き、コック姿になった久米兵に指示を出した。

「よかったよかった。……では予定通り、八十建の皆さんをおもてなししてくれ」

その指示を聞いた久米兵は、八十建に分からないようこっそり**1人ひとりが剣を隠し持ち、**膳夫として大室へ歩みを進める。イワレビコは事前に伝えた作戦を再確認するため、**その膳夫達に**だけに聞こえるように、静かに**伝え、**

「**歌を聞いたら、もろとも斬れ**」

と言った。久米兵は無言でうなずき腕まくりをすると、早速料理に取り掛かった。

久米兵は、長旅で毎日賄《まかな》いを作ってきただけあって、とても手際が良かった。最初は警戒して洞窟の奥に隠れていた八十建の面々も、美味しそうな匂いにつられ次々と近寄ってくる。ミチノオミが酒を配ると、彼らはあっという間に警戒心を解き宴会を始めた。

久米兵の作った料理はどれも初めて見るものばかりだったようで、八十建は幸せそうに貪《むさぼ》りついている。やがて酒が回り宴《えん》もたけなわとなると、毒味と言いつつ、ちゃっかり自分も宴会に混ざっていたイワレビコが、ほろ酔いで右手をピーンと上げた。

「はーい！　じゃー、オレ、歌いまぁーーす！」

「「「イェーイ！！！」」」

頭領も他の八十建の面々もその場のノリに乗って、盛り上げる。イワレビコはふらりと立ち上がり、楽しそうに笑って**歌い出す**。

「あぁ～～**忍坂の大きい室屋《むろや》には～～こんなに人が多くて～～来たり入ったり居たりして～～人多すぎて～入ったり居たり**まじでびっくりぃ～～～♪♪」

「「「あっはははは！！！」」」

イワレビコは歌いながら八十建の笑い声を背にすると、後ろで待機していた久米兵の方へとゆっくり歩み出す。

「でも、**みつみつし久米の子は～～頭椎《くぶつつい》の剣とか持っていて～石椎《いしつつい》のでっかいトンカチとか持っていて～みんな撃って**終わるんだろうなぁ～**撃たない**わけは～ないいもんなぁ～♪」

「『……ん？』」

八十建がポカンと歌の意味を考えている間に久米兵の後ろまで進み出たイワレビコは、冷めた表情で振り返った。そして剣を抜き、胸の前に突き出す。

「さあ、**みつみつし久米の子らよ。　頭椎と石椎を持て　今こそが撃つ時だっ！！！**」

この歌を合図に久米兵は服の下に忍ばせていた**剣を抜いて、**八十建を襲撃した。一気に酔いの醒めた頭領が、吠えるように雄叫びを上げる。

「貴ッ様ァア！！！　騙しやがったなッッッ！！！！！！」

久米兵の攻撃を抜けた頭領が、怒り狂ってイワレビコに襲いかかってきた。しかし、イワレビコは構えることなく、剣を鞘に納めて一歩下がる。

「殺れ」

イワレビコの後ろから瞬《また》く間に現れたミチノオミが、頭領を斬る。そしてミチノオミが頭領の遺体を念入りに斬り散らしている間に、八十建は**もろとも撃ち殺された。**

「…………うぷっ。ごめん。今日……オレ、夕飯抜きで……」

イワレビコが八十建の頭領の肉片から目を背けると、ミチノオミが心配して覗き込む。

「…………？」

「いや、お前のせいだぞ？」

ミチノオミは不思議そうに首をかしげた。

9

「よし、この戦いで大きな敵は撃つことができた！　でも、まだまだ油断はできないからな。さっさと先に進もう！」

土雲の大室を離れて気を取り直したイワレビコは、一行に呼びかけた。するとオトウカシが一歩前に進み出る。

「それでは続いて、ナガスネビコの本拠地、登美までご案内いたしましょう！」

「え……登美のナガスネビコ？」

「はい。別名、トミビコでございます」

その名前を聞いたイワレビコと仲間に、グッと緊張が走る。

「イッセ兄の仇《かたき》……」

いよいよ仇の本拠地まであと一歩のところまで来たのだ。気持ちの昂《たかぶ》ったイワレビコ一行はオトウカシの案内で、アシの草原が広がる水辺の平野を一気に北へ進んだ。

兄を亡くした時はまだ暑かった記憶があるが、気付けばもう冬。道中、手がかじかむ。ようやく登美の手前まで来ると、**小高い丘を背に大群が待ち構えているのが見えた。**

久米兵がざわつき、オオクメは軍の中心を指差す。

「旦那…………あれ」

軍と少し離れて1人進み出ている人物がいる。忘れもしない、あの顔。トミビコだ。ついに**トミビコを討とうとする時**が来たのだ。

兄の仇を静かに見据え、イワレビコは冷たく歌う。

「みつみつし久米の子らが　粟《あわ》の畑の中にクッセェ韮《にら》を一本　見つけたらしい　だがその芽だけでは物足りない　根までひと繋ぎに掻《か》っ切り　撃ってやる」

そして、また歌う。

「みつみつし久米の子らが　生垣《いけがき》の下に生えた山椒《さんしょう》のせいで　ビリビリ口を痛められた　散々つらい想いをさせられたことを　オレは絶対　忘れない……あいつは　絶対　撃ってやる」

イワレビコは険しい顔つきで《**ギッ！**》と、トミビコを睨みつけると声を張った。

「行け、久米の子らっっ！！！　必ず兄貴の仇を取るんだっっ！！！！！」

剣を抜き振りかざすと、それを合図にオオクメが《**ビュンッ！**》と勢いよく矛を振る。

「っしゃー！！！　テメェら、行くぞっ！！！！！　俺に続けっっ！！！！！！！」

久米兵は敵に向かって一斉に走り出した。

――しかし、さすがトミビコ軍。なかなか倒すことができず、苦戦を強《し》いられる。イワレビコは自分で仇を討ちたい気持ちを抑《おさ》えて、簡易の陣営で戦いの様子を見守った。

「おのれ、エセ天つ神めっ！　今度こそ仕留めてやる！！！」

トミビコの大声が、陣営にまで聞こえてくる。イワレビコは、ムスッと顔を歪めた。

「また言ってる。『エセ天つ神』って言われんの、地味にムカつくんだよな」

　主人を侮辱《ぶじょく》され怒った久米兵が、懸命に立ち向かっている。

　しかし次第に空が暗くなり、やがて雹《ひょう》が降り出してしまった。ただでさえ寒いのに、さらに足場が悪くなり、久米兵もつらそうだ。

　イワレビコは祈る気持ちで戦場を見つめて、**また歌った。**
「**神風《かみかぜ》の吹く伊勢の海　大岩の上で**　たくさんの小巻貝《しただみ》が這《は》いずり回る　どんなに大きい波が来ようとも　どんなに強い風が吹こうとも　必死に岩にしがみついて　**あの細螺《しただみ》みたいに這いずり回ってでも　あいつだけは必ず撃ち取るんだ……**」
　この歌の通り、久米兵は必死に食らいついたが、悪天候も重なり戦況はよくならない。
「んーーーー。もどかしいな。オレも参戦したい…………」

イワレビコがそわそわしてつぶやくと、有事に備えて隣で待機していたミチノオミがイワレビコの袖をつまんで、首を横に振った。

するとそこに《**ピィーヒョロロロ……**》と鳥の鳴き声が響いた。黒い空から大きな金色の鳥が舞い降り、トミビコに向かってものすごい速さで飛びかかっていく。トミビコ軍も金の鳥に邪魔されて戦いに集中できないでいる。イワレビコは思わず声を上げた。

「**何だあれ!?**　……トビか？」

イワレビコの肩で八咫烏が「ん？」と、小さく声を漏らす。

「あれは…………親戚の『金鵄《きんし》』だな」

「えっ？　カラスの親戚にトビがいるの？」

「うむ。あの金鵄も、吾と同じ『鴨同盟』に所属しているからな。間違いない」

「**鴨人気**」

高天原の鳥事情はよく分からないが、とりあえずこの2羽は鴨繋がりらしい。将来的には、賀茂《かも》氏の祖神《おやのかみ》として賀茂神社などに祀《まつ》られることになる。

金鵄は散々トミビコ軍を邪魔した後に、イワレビコが持っていた弓の先にスーッと止まり、八咫烏に気付いて声をかけてきた。

「おお、八咫烏か。久しいな」

「やはり金鵄であったか。ご苦労！」

「うむ。アマテラス様が雛鳥のように、ビービーうるさくてな……サポートで参った」

「アマテラス様が……」

高天原の様子をなんとなく察してイワレビコが空を見上げると、金鵄はストレッチをするようにググッーと羽を伸ばして、こちらに話しかけてきた。

「天つ神の御子よ、敵に目くらましをする。しばし目を瞑《つむ》られよ」

「え？　**あっ、分かった！**」

イワレビコがぎゅっと目を瞑ると、金鵄はトミビコの方を向いて《バサッ！》と羽を広げ、カッコ良くポーズを決め、稲妻のように光り輝いた。

その途端、トミビコ軍は目がくらんで攻撃できなくなってしまう。一方のイワレビコ軍は、背を向けていたので戦いに影響はない。

「ではな。健闘を祈る」

それだけ言って、金鵄は天に向かって羽ばたき戻っていった。

「ありがと、金鵄っ！」

金鵄に短くお礼を言うと、イワレビコはすかさず久米兵に向かって叫ぶ。

「**瑞兆《ずいちょう》を得たぞ！！！　チャンスだ、行けっっっ！！！！！**」

この声で、一気に士気が上がった久米兵がトミビコ軍に突っ込む。

さっきまで真っ黒だった空が、金鵄が去った後からパァッ！　と青空になり、まるで奇跡が起こったようだ。トミビコ軍は恐れ慄《おのの》き徐々に後退していく。

「**よし、いい感じだっ！**」

イワレビコは前のめりで戦場を見つめる。しかし、ようやく勝機を見出したイワレビコ軍だったが、どうもトミビコ軍の様子がおかしい。

「ん……待って？　あれ、撤退してない？」

トミビコ軍がぞろぞろと後ろへ下がり、逃げ出しているではないか。

「オイ、待てよ。トミビコは？　**どこだよ、まだトドメ刺してないだろっ！！**」

慌ててイワレビコが戦地に走り出そうとすると、後ろからミチノオミに服を掴まれる。

「ミチノオミ!?　**離せよっ！！！**」

イワレビコは腕を払おうとしたが、ミチノオミはグッと掴んだまま離さず静かに首を横に振った。そうこうしているうちに、トミビコ軍は散り散りにいなくなってしまう。

「逃げられた……」

仇を討ち損ねたイワレビコが呆然《ぼうぜん》としていると、今度は後ろから切羽詰まった声がかかる。

オトウカシだ。

「御子様！　墨坂《すみさか》で兄師木《えしき》と弟師木《おとしき》が挙兵したとの情報が入りました。このままだと挟《はさ》み撃ちにされ兼ねません。**一度、宇陀に戻りましょう！！**」

「は？　………嘘だろ？　……ここまで来て、また宇陀まで戻んのかよ………」

イワレビコ一行は悔しい気持ちを残したまま、仕方なく宇陀に戻ることになった。

9

こうしてまた宇陀まで戻ってきた一行は、まずは墨坂の兄師木と弟師木の出方を、伊那佐《いなさ》の山からうかがうことにした。だが、**兄師木と弟師木を討とうとするものの**、トミビコとの戦いからぶっ続けでここまで来た**イワレビコ軍は、さすがに疲れが溜まってきてしまった。**

ここでイワレビコは、愚痴《ぐち》でも漏らすように歌う。

「楯並べー　伊那佐の山の　木《こ》の間《ま》からー　行って守って　戦えばー　オレはとっくに腹ペコだーぁ　島つ鳥　鵜《う》飼《か》いの伴《とも》よ　今すぐにー　助けに来てはくれないかー」

主人のこのローテンションの歌声に、久米兵にもどんよりした空気が広がる。すると突然、茂みの中からガサッとニエモツが現れた。『鵜飼いの伴』だ。

「イワレビコ様〜！　戦い続きで疲れたでしょ？　お魚をいっぱい獲ってきたので、いっぱい食べて、いっぱい元気になってくださいなっ！！！」

そう言ってニエモツが大量の魚を差し出すと、イワレビコは嬉し涙を浮かべる。

「ニエモツゥゥゥ………もう大好き。永遠に仕えて。子孫全員面倒見る。約束する……」

「あははっ！　イワレビコ様ってば、お魚くらいで大げさ！！！」

仇のトミビコを討ち損ねたせいでドッと疲れが出てしまったイワレビコ一行だったが、仲間のおかげで気を持ち直し、なんとか兄師木軍を討ち、弟師木を仲間にすることができた。

このニエモツは阿陀《あだ》の鵜飼いの始祖となり、今でも伝統的な鵜飼いの漁は、公務として守り続けられている。


「よしっ！　今度こそ、トミビコ……！！！」

気合いを入れ直したイワレビコは登美へ急ぐ。ここからさらに戦《いくさ》があるなら、体力を温存しなければならないと心では分かっていても、気持ちが急《せ》いてつい小走りになってしまう。


……しかし、登美の丘にトミビコの気配はなかった。


「はぁ……そりゃそうだよな………」

イワレビコがシュンと肩を落とすと、後ろからオオクメのグーパンチが入る。

「旦那！　とりあえずこの前の陣営戻って、作戦会議しよう！　あん時は旦那にトドメさしてもらおうと思って手加減したけど、**次は見つけ次第、ブッ刺すからっ！！！！！**」

オオクメが殺人鬼みたいなスマイルを放つ。ミチノオミも隣で刃こぼれひとつない美しい剣を愛しそうに撫でて微笑を浮かべた。側《はた》から見れば風変わりな仲間が、妙に頼もしい。

イワレビコも、またまた気合いを入れ直す。

「よし、次こそは頼んだぞっ！！！」

一行は、前回の戦いで建てっぱなしになっていた、陣営に足を進めた。そしてイワレビコが陣幕を勢いよく《バサッ！》と開くと……**すでに先客がいた。**

彼は1人でぽわっと空を眺めている。その後ろ姿に、イワレビコはハッと目を見開いた。

「……ニニギ様？」

「ん？」

しかし、振り返ると別の人だ。

「いや、ごめんなさい…………人違い……」

とは言っても、やはりどこか似ている気がするけど。彼はふんわり笑って、話し出す。

「あー、もしかして、あなたが天つ神の御子さまですか？」

「そうだけど……」

「わ、よかったー！　こちらにお邪魔したら誰もいなかったから、どうしようかなーって思っていたところなんです」

戦場に似合わない、おっとりした喋り方。少なくとも軍人ではなさそうだ。殺意も全く感じられない。イワレビコはとりあえず彼の名前を聞いた。

「あぁ。……それで、あなたは？」

「僕は、**邇《に》芸《ぎ》速日《はやひ》命《のみこと》**と申します」

「ニギハヤヒ……の『ミコト』？　もしかして、この辺の土地の主ですか？」

「あー。うん？　たぶん？　……そうだと思う」

「たぶん？」

喋り方だけでなく、内容もぽわっとしている。ニギハヤヒはゆっくりと続けた。

「うん。僕、**ここに赴《おもむ》いて天つ神の御子さまに言って**おかなくちゃいけないことがあって」

「えっと……何を？」

「僕、この前ね、**天つ神の御子が地上に天降《あまくだ》ったって話を聞いたんです。だから、あなたを追って高天原《たかあまのはら》から降りてきたんですよ**」

そしてまた、ふんわり笑う。このニニギと似たぽわっとした感じ、確かに天つ神っぽい。

「えっ？　つまり……あなたも天つ神ってこと？」

「うん、そーゆーことです。でも『僕も天つ神なんです』って話、天つ神の御子さまに言っても信じてもらえるか分からなかったから……どうしようかなーって思って。**こうして、天つ神の瑞《しるし》を持ってきたんです**。…………はい、これ」

ニギハヤヒは素っ気なく矢と矢入れを掲《かか》げて、イワレビコに**献上**した。

受け取って見てみると、確かに地上で作るには難しい繊細な細工が施《ほどこ》されている。それに何より、ニニギがくれた自分のものとよく似ていた。

「確かに……これは天つ神の証拠になる。けど、なんで今？　もしかして、またアマテラス様にあれやこれや言われて…………」

今までの前科から言って、絶対にアマテラスの被害者だと思ったイワレビコだったが、ニギハヤヒはゆっくりと首を横に振る。

「ふふっ、違うの。ごめんなさい。本当はもっと早く来たかったんですけど、なんだか僕ね、降りる場所を間違えてしまったみたいで。どうしよっかなーって思っていたら、ここらへんに住んでいた、トミビコって人の妹さんと成り行きで結婚することになって……のんびりしていたらいつの間にか今になっちゃって……」

　この話のまさかの展開に、イワレビコが目を見開く。

「は？　今、トミビコって言った⁉」

　今すぐにでも殺してやりたい仇の名前に、つい声が荒ぶる。しかし、ニギハヤヒは全く動揺せずに「ふふっ！」と楽しげに笑って、首を横に振る。

「天つ神の御子さま、違いますよ。妹の方。トミヤビメって名前なんですけどね、トミビコはいかにも軍人って感じのマッチョなんですけど、トミヤはひょろっこくて可愛くて……」

「じゃなくて、トミビコは？」

「はい？　ああ。トミビコの方はね、息子のウマシマジのことが可愛いって言っていました。初めての甥《おい》っ子なんだって。ふふっ、でもね、うちのウマシマちゃんはトミビコのお髭《ひげ》が嫌いみたいで、すぐに泣いちゃうの」

　そしてまたふんわりと微笑まれる。全然話が噛《か》み合わなくて焦《じ》れったいが、悪意は感じられない。イワレビコはもっと明確な質問に変えた。

「いや、そのトミビコは今どこに？　ニギハヤヒさんの義兄《ぎけい》ってことになるよな？　オレら、ついこの間、ここでトミビコと戦って逃げられて……」

「え？　あれれ？　トミビコ、天つ神の御子さまと戦ったの？　それは大変。怒らなくちゃ。ごめんなさいね、天つ神の御子さま」

やっぱり返事が返ってこない。イワレビコはさらに明確な質問に変えた。

「**それで、今、トミビコは、どこにいますか！**」

「トミビコ？　あー。そういえば、あの子どこに行ったのかな？　最近、見てない気がする」

「そんな……何か心当たりだけでも……」

「心当たり？　……うーん。この前はね、『りんごが食べたい』って言ってた」

「りんご？」

「そう。……あ、津軽に行っちゃったのかな？」

「ツガル？　どこそれ？」

「あれ……違うかも。そういえば『自殺しちゃった』て、どっかで聞いた気がする」

「自殺っ!?」

「あれれ？　うーん。なんか違うな……『僕が殺しちゃった』んだっけ？」

「え……どういうこと…………？」

支離滅裂《しりめつれつ》で会話にならない。ニギハヤヒはふんわり笑って、話を続ける。

「そうそう。思い出した。僕ね、前に天つ神の御子さまのことをトミビコに話したことがあるんです。でもあの子、『天つ神』って、僕だけだと思っていたみたいで……なかなか分かってくれなくて」

「あっ……それで『エセ天つ神』？」

トミビコが言っていた言葉の真意が、今になって分かる。しかしニギハヤヒはまた首を横に振る。

「ううん？　エセじゃない天つ神のこと」

また嚙み合っていないが、ニギハヤヒはそのまま続ける。

「そうそう。それで僕、何回か神様のこと頑張って説明したんだけど、どうしても分かってくれなくて。なんか、もう、いっかー。ってなっちゃって。……この前、殺させたんだった」

「そんな……」

ショックでイワレビコが肩を落とすと、ニギハヤヒは不思議そうに首をかしげる。

「あれれ？　天つ神の御子さま、今、もしかして悲しい気持ちですか？　仇がいなくなれば、天つ神の御子さま、もっと喜んでくれると思ったのに」

ニギハヤヒがしょんぼりしてしまったので、イワレビコは慌てて顔を上げ首を横に振った。

「いや、いいんだ……それで…………いいんです。……ありがとう」

「ふふっ、よかったですー。そしたら、僕は天つ神の御子さまに仕えますね」

ニギハヤヒは緊張感なく、またふんわりと微笑んだ。

日本建国

予期せず兄の仇を失ってしまったものの、この土地の主といえるニギハヤヒがイワレビコに**仕えることになったため、**周辺で恐れる敵はいなくなった。**それでも反抗した荒ぶる神々には、言葉で説得して和平に導き、従わない人々は武力で追っ払う。**

そうしているうちに、この大和平野の中で自分達に歯向かう勢力はいなくなっていた。

ここ最近全く敵が攻めて来なくなった陣営のベンチで、イワレビコを挟み、オオクメとミチノオミの3人が並んで座って、青空を眺める。新緑の芽生え始めた大和平野は、色とりどりのグリーンに覆われ、ポカポカ陽気が気持ち良い。

「平和だ……」

イワレビコがボーッと空を見上げたまま独り言をつぶやくと、鼻の頭にトンボが止まった。

「ああー……平和っスね…………」

オオクメも無気力にポリポリ首を掻く。イワレビコが座り直すと、トンボがふわっと飛んで隣のミチノオミの肩に移動した。

「ま。ここまでには色々あったけど」

「ですねー」

イワレビコが大きくため息をつく。

「はぁ………仕留めたかったな。トミビコ」

「あー。やっぱそれ、思い出しちゃいます？」

オオクメが気まずそうに口角を上げると、イワレビコはムスッと下唇を突き出す。

「そりゃ思い出すだろー。だってあれ、すげー後味悪いもん」

「ですねー。結局、死体も見つけらんなかったし」

「それな。ニギハヤヒには散々言ったんだけどさー……あの人、どうも言葉のキャッチボールがうまく行かなくて」

「悪い人じゃないんスけどね」

「な。ニギハヤヒのおかげで戦わずに済んだ人、いっぱいいたし」

「本当それ。この短期間で、この平和じゃ文句言えないっスよ。おかげでやっと、イツセ様と約束した『旅の目的』が果たせんだから」

「……ん？　旅の目的？」

「そう。旅の目的」

「あ、あれ……？　ごめん、オオクメ。旅の目的って何だっけ？」

ぽかんとアホっぽい顔をしたイワレビコを、オオクメとミチノオミが笑顔で覗き込む。イワレビコは、ハッとして右手を胸に当てた。

「**あっ、大変。オレ、国、治めなくちゃ**」

こうして旅の本来の目的を思い出したイワレビコは、大和国《やまとのくに》に都を造ることにした。そして、フィーリングで『国の中心っぽい』と感じた畝傍山《うねびやま》東南の橿原《かしはら》の地に都を置くために、久米兵や地元の人達と協力し合って宮を造る。その中でも一番最初に完成した御所は、白檮原宮《かしはらのみや》と名付けられた。

深緑の木々に囲まれ、真新しいヒノキの匂いが香る新居にイワレビコもご満悦だ。この御所の完成を受けて、キリの良いお正月にイワレビコは天皇として即位するための儀礼をすることになった。**初代・神武《じんむ》天皇の誕生だ。**

太陽に照らされ、白く輝く白檮原宮の中から豪華に着飾ったイワレビコこと神武天皇が出てくると、来賓席《らいひんせき》で偉そうに座っていたオオクメが、からかって囃《はや》し立てた。

「**よっ！　天皇陛下！　ご即位の記念にスピーチを！！！**」

即位儀礼のために集まってくれた多くの人々の前で突然の言葉を求められた神武は、緊張でオタオタする。

「へっ？　スピーチ？　えー、あー……ドウモ！　**この度、謹《つつし》んで尊《とうと》い位につきました、天皇の神武です！**」

明らかに人前で話し慣れていない神武の様子に、オオクメはプフッと小さく笑い声を漏らした。神武はテンパったままスピーチを続ける。

「あ、えと……マダマダ周りには災いが多いデスけど、この辺での争いは全然なくなったし、何より大《おお》御宝《みたから》の心が素直でアリガタヤ……」

しかし初代天皇のありがたいお言葉なのに、『大御宝』の意味が分からず、ポカンとしている観客の気持ちを、オオクメが代弁する。

「ん？　ごめん、旦那。オオミ……ナントカってなんスか？」

「えっ？　『大御宝』だよ。『国民』のこと。常識だろ？」

「いや、知らねっス」

「えぇっ、嘘？　大御宝って、常用単語じゃないの？？？」

日向三代や兄弟の間では当たり前に使っていた言葉が、側近にすら通じずに戸惑う。神武は少し顔を赤らめて説明を始めた。

「えっと、その…………ウチでは国民のことを『大御宝』って呼んでるんだ。誰がそう言い出したのかは知らないけど……きっと……この国に住む人達が、みんなアマテラス様にとっての大切な宝物だから、こう呼ぶようになったんだろうなって……」

説明しながら『そうだ。だからここまで頑張ってきたんじゃないか』と、これまで忙殺されていた間に忘れかけていた想いが、湧き出てくる。

「だって、日本はイザナキ様とイザナミ様が産んで、オオクニヌシ様が豊かにして、それからアマテラス様が譲ってもらった国だから。八百万《やおよろず》の神々が『**もっといい国になりますように、**

もっと多くの人々が幸せになりますように』って願いながら造ってきた国だから……この国に住む人達はみんなアマテラス様にとって、八百万の神々にとって、大切な宝物なんだ」

　神武の言葉に、人々は静かに耳を傾ける。

「ニニギ様も、ホオリ爺も、ウガヤ父さんも、たいした神話も残っていない日向三代だけど、みんなこのことを忘れないで、この国の人達みんなに感謝して、宝物みたいに大切にしてきた。『大御宝』って言葉は、そのことがストレートに伝わってくるから……オレの大好きな言葉で誇《ほこ》りなんだ。**オレもその意志を継いで天皇になりたい**」

　神武はスッと前を見て語り出した。

「**オレはここまでこの国を造り上げ託してくれた神々みんなに感謝して、今ここに即位する。**そして新しい都が完成したら、ここから国中の心がひとつになるような、天の下を広く包み込む、ひとつ屋根の下の家庭みたいな国にしたいんだ。それって、すごく良いことだと思うから。だってオレにとっても、みんなは大切な宝物だから。この国に住む人達、誰ひとりとして、飢えたり貧しい思いをして欲しくない。みんなに幸せでいて欲しいんだ。

　だから、みんながみんなでお互いの幸せを願えるような…………支え合えるような…………そんな**家族みたいな国にしていこうよ。みんなで一緒にっ！**　……だからその、えっと………………これからもよろしく」

　想いを伝え切ると、神武は穏やかに微笑んだ。しかし、観客からは反応が返ってこない。

「え、あ……あれ？　ごめん、重かった？？？」

神武が不安になって尋《たず》ねると、横から鼻をすする音が聞こえた。

「グジュッ……旦那………いい。今のめっちゃよかった。すげー日御子《ひのみこ》感出てた……」

オオクメが鼻水を垂れ流して号泣している。

「……汚ねぇな、おい」

その隣でミチノオミも袖で目を覆ったまま顔を出さなかった。珍しく感動してくれているようだ。神武が安心して広場に向き直ると、今度は一斉に感動の込もった拍手と歓声が響いた。

『ワアアァァァア……！！！』

この場の全員が誇らしげだ。鳴り止まない拍手に、神武は照れくさくなって笑った。

「へへっ、ありがと…………みんな大好きだ」

神武天皇が**「畝傍の白檮原宮で即位し、天の下を治めた」**とされる地には現在、橿原神宮が建ち、即位の日を新暦計算した2月11日は、国民の祝日となっている。

毎年おなじみ『建国記念の日』だ。この日は橿原神宮をはじめ、多くの神社で『紀元祭《きげんさい》』という日本の誕生を祝う大切なお祭りが開かれている。

神武天皇の婚活

白檮原宮の完成を受け、イワレビコが神武天皇として即位すると、周りの都の造営も急ピッチで進められた。この地にはない建築様式だったようで、地元の人達も「すげーすげー」と言いながら手伝ってくれる。散々戦闘を重ねてきた大和の地で、受け入れてもらえるか不安だったが、みんな素直に応援してくれるから嬉しい。

やがてミチノオミやオオクメなど東征メンバーの住む場所も完成し、新生活がスタートすると、都はある話題で持ちきりとなった。

神武が故郷の**日向にいた時**、**妻のアヒラヒメとの間に**、**タギシミミとキスミミという2人の息子がいたのだが**、大和国で天皇に即位したからには、『**現地でさらに皇后となる美人妻を探し求め**ないとダメだろう』、という話が出ていたのだ。

「え、皇后？　結婚ってこと？　大丈夫？　オレ、『ジジイ無理』って嫌われない？？？」

実はもう50代になる神武が、まだ座り慣れていない玉座《ぎょくざ》でうろたえていると、オオクメが笑って冷やかす。

「大丈夫大丈夫。神の子、老けない設定だから。旦那は今もイケメンっス！」

「あ、そう？」

「それに、結婚ったら平和の象徴っスから！　『もう大和には争いがなくなったんだ』っつーメッセージ発信にもなるし、超大事！！！」

グイグイ押してくるオオクメに対して、神武は頬を赤く染めてモジモジと指を組む。

「でも……『初代天皇の嫁』って結構ハードル高くないか？　まず前提として、大和の地元民じゃないといけないだろ？　それに加えて『神の子』とか『美人』とか、さらに『処女』とか条件がつくと、簡単には見つからない気が……」

「大丈夫大丈夫。俺が今から、いい感じの美人現地妻、探してきますから！」

オオクメが急に立ち上がって腕まくりをしたので、神武は戸惑って見上げる。

「え？　待って。**オレの嫁って、お前が探すの？**」

「もちろんっス！　イザナミ様が頑張ってくれたおかげで、日本、神の末裔《まつえい》だらけだし、美人さえ見つかれば、なんとかなるっしょ」

「でも……」

「愛のキューピッドは、この俺に任せてくださいっ！！！」

こうしてオオクメは、自信満々で都を後にした。


しかし想像以上に難航したらしく、しばらくしてオオクメは半泣きで神武に報告しにきた。

「だんなぁ〜！！！　やっと見つけられたんすけどぉぉ〜〜！　この国にも、まだ処女の美人いたよー！　『神の御子』って言われてる娘っ！！！」

「ほらぁ……絶対大変だと思った」

「まじで超大変だった。すげー頑張った。ボーナス欲しいレベル。でも実際見に行ったけど、すげー美人だったっスよ！　それに**その子が『神の御子』って呼ばれてる理由も、ちゃんとあってね？**　旦那、『大物主神《おおものぬしのかみ》』って分かります？」

「ああ。出雲神話で出てきた神だろ？　オオクニヌシ様が国造りで悩んでた時に、御霊《みたま》が分身になって現れた神。『大和の三輪山《みわやま》の上に祀れば手伝う』とか言ってた……」

「それ！　そんでここ、大和！　俺らこっち来る時、**三輪山の麓、通ったっしょ！！！**」

言われてみれば、宇陀と橿原を繋ぐ桜井に、そんな名前の山があった。

「あ、そっか。……じゃあ、そのオオモノヌシ様の娘が、オレの嫁候補ってこと？」

「そーゆーことっ！」

このオオクメの話をまとめると、神の御子と呼ばれている神武の嫁候補の母親である三島のミゾクイの娘の『セヤダタラヒメ』がまず、ものすごい美人だったようだ。そのため、三輪の山でたまたま彼女を見かけた**オオモノヌシは**、一瞬で**恋に落ちて**しまう。

しかしオオモノヌシは彼女に声をかけることができず、とても悩んだそうだ――


――時を戻して、オオモノヌシがセヤダタラヒメに恋をしたその日。オオモノヌシは周囲の人間に見つからないように、日が暮れてからセヤダタラヒメの家に足を運んだ。

オオモノヌシは庭から彼女が眠っているであろう部屋の扉を見つめて、切なくつぶやく。

「はぁ、ワシとしたことが。まさか人の娘を好いてしまうとは………今は若くとも、いつか彼女の死を見届けなくてはならん日がくるというのに。神のワシが人の娘を愛することなど、あってはならんのだ………これ以上の深入りはいかん」

神様に年齢の概念《がいねん》はない。見た目が初老のおじ様のオオモノヌシは、夜這《よば》いをしようとしているいい年をした不審者と勘違いされないように、木の陰に隠れながら扉を見つめた。

「しっかし、美しい娘だったのう……」

セヤダタラヒメの輝く微笑みを思い出したオオモノヌシは、居ても立ってもいられなくなり、こっそりと彼女の家の扉の前に立った。**しかし、夜這いが趣味の男とは同一視されたくない。**

その場でしゃがみ込み、扉にピトッと耳をつけ隙間のあたりに鼻を近づける。

（はぁ……彼女の匂いがする気がする。ああ……好きだ。……しかし、この容姿《ようし》で嫌われてしまったら悲しいのう………うむ……不本意だが、しばらく分身の姿を借りるか……）

オオモノヌシは、神力《しんりき》で自分の分身であるオオクニヌシの姿に化ける。しかし服は変わらず、髪もグレイヘアのままだ。そして引き続き、扉の隙間に鼻を当ててクンクンする。

（この姿であれば、拒否されることもなかろうが…………**扉叩いちゃう？**　叩……タタタタ**タタアアァァァァ！！！！　やはりワシには、無理だあああァァァァァ！！！！！！**）

結局、彼女の家の扉を叩く勇気が出なかったオオモノヌシは、ダッシュで三輪山に戻った。

しかしやっぱり諦めきれず、悩んで悩んで悩んで悩んで悩んだ末にある作戦を思いつく。


その作戦当日。オオモノヌシはセヤダタラヒメがいつも使っている厠《トイレ》小屋を、少し離れた高台から見つめていた。小屋の下には細長い川が流れており、排泄物《はいせつぶつ》が自然と流れて行く仕組みになっている。

「フッ……完璧な作戦だ…………」

オオモノヌシが美青年の顔で、ニヤリと口角を上げる。しばらく待っていると、**美人のセヤダタラヒメが**家から出てきた。少しそわそわした様子だ。事前にオオモノヌシが入念に調べた、彼女が**大の方をする時間**、ぴったりである。

これを見たオオモノヌシは『**赤い漆塗りの美しい矢**』**に化けて**、静かに川の上流で待機した。

小屋の扉がパタンと閉まると、オオモノヌシは心の中でゆっくり十を数える。

『…………7……8……9…………**今だっ！！！**』

そして**その便が流れる溝**から勢いよく**流れ下りて**、小屋の下へと入り込んで一気に飛び跳ねると…………思いっきり**美人の陰部**を突き刺したのだった。

「ギャアアアアアアア！！！！！！！！！！」

神武が恐怖で悲鳴を上げた。オオモノヌシの話をしていたオオクメがビクッとたじろぐ。

「うわっ、ビビった。……旦那、急にデカイ声出さないでくださいよ」

「いや、バカか？　バカだろ！　ガチでヤバイぞ？　犯罪かつスカトロプレイだからな！！！どんな思考回路でそんな作戦思いついたんだよっっ！！！？？？」

衝撃すぎたオオモノヌシの作戦に、神武がブチ切れる。

「あっはっは！　ウケますよね！」

「ウケるかボケッッッ！！！　ドン引きだわっっっ！！！！！」

「でもこの後、どうなったと思います？」

「そんなん、作戦失敗に決まってんだろ！！！　ま◯こに刺さった矢ァひん抜いて、即行便所に折り捨てるわっっ！！！！！」

「あ、待って旦那」

「あ？」

「言葉にお品《ひん》がない。初代天皇がそんな言葉使っちゃダメ」

「ごめんっ！　でも、やむを得ないと思う！！！」

神武の狼狽《ろうばい》する姿に、オオクメはつい笑ってしまう。

「あははっ！　スンマセンね、こんな話で。でも、このセヤダタラヒメって人も、天然だったのか何なのかよく分かんないんスけど、**驚いてトイレから立ち上がって、散々慌てふためいた後に、その朱塗りの矢を家に持ち帰ったらしくてさ**」

「**なんで？**」

「**んで、その矢を床に置いて寝ようとしたら、それがたちまち麗しい美青年に変身したみたい**で、そのままオオモノヌシさんは、うまいことヤれたみたいっスよ？」

「いやいや、なんでそんでうまいことヤれたの？　顔が良かろうが何だろうが変態だぞ？」

「三輪山の神、やりよる。で、**こうして生まれてきた娘が、**神の御子って言われてるわけ」

「……は？　神の御子？」

「旦那の嫁候補」

「**あっ、今の、オレの嫁候補の話か。**親の話が衝撃すぎて飛んだわ」

「ははっ！　で、その子、『**ホトタタラ・イススキヒメ**』**って名付けられた**そうですよ？」

　その名前を聞いた瞬間、神武は絶望的な表情で青ざめる。

「嘘……だろ？　『ホト』ってもろ、ま○こって意味じゃねーか……かわいそすぎんだろ……。親考えろ……絶対いじめられて育ったよ……名前はちゃんと考えてから決めろまじで」

「でも、この**ホトって名前がどうしても嫌だったみたいで、後に名前を改めた**そうです。で、今は『**ヒメタタラ・イスケヨリヒメ**』って名乗ってるみたいっスよ？」

「そうか……よかった……いや、よくないわ。そもそも、なんで娘にま○こなんて名前つけたんだ。母親もヤバイ奴だろ。両親ともに発想が奇抜《きばつ》すぎて、お似合い夫婦に見えてきた」

「あはは！　そんな理由で、この娘が『神の御子』って言われてるらしいんスよ。**だもんで、旦那の嫁は、ホトちゃんに決定でいいっスかね？**」

「**ホトちゃん言うな。**てか、決定かどうか聞かれたって、見たことない人のことなんか、何も言えないし、向こうは向こうでオレの存在すら知らないし……」

「あぁ、そっか」

「**まずは出会わなくちゃ、何も始まらんだろ**」

神武が真剣な表情で腕を組むと、オオクメは顎に手をあて眉間にしわを寄せる。

「んー。じゃー、今から出かける？」

「え？　今から？？？」

「『**婚活はまず行動**』っス。大丈夫、なんとかなるっしょ！」

「お……おう！」

こうして神武はオオクメと、ホトちゃんことイスケヨリヒメが住んでいるという噂の三輪山の麓へ、〝視察〟という名目で出かけることになった。


わざわざ御輿《みこし》を出すのも億劫《おっくう》なので、2人は歩いて三輪山を目指すことにした。そして森を抜け、三輪山の裾野に広がる高佐士野《たかさじの》に差し掛かると、キャッキャと7人の乙女達が遊び戯れている姿が視界に入った。

　神武はオオクメの方に少しだけ頭を傾け、真顔のまま話し出す。

「なぁ、オオクメ。見ろよ、あの子達。すげー可愛いんだけど。オレ、いつも思うんだけど、女子って群がってるだけで可愛いよな。存在がずるい」

「んあ？　あー、ほんとだ。ありゃー、顔面レベル高けぇな。天女クラス…………」

　ぽわっと相槌を打ったオオクメだったが、何かに気付いてピタリと止まると、慌てて神武の肩を激しく揺らした。

「うおっ……**やばっ！　旦那、あれっス！　神の子っ！！！　イスケヨリヒメ！！！！**」

「**はっ!?　嘘、どれっっ！！！？？？**」

　神武も慌てて目を凝らす。噂のイスケヨリヒメが、その中にいたのだ。

「ほらっ！　あっ、あの……」

　オオクメはイスケヨリヒメを見て、場所を伝えようと前かがみになった……が、またピタリと止まった。そして教えるのをやめて、神武の方を向き直りニタッと笑う。

「……ところで、旦那はどの子がタイプなんスか？」

　その突然の質問に神武は顔を真っ赤にして後ずさる。

「**えっ、それ、今聞く？？？　ダメだろ。外したら気まずくなる！！！**」

「いやいや～。いくら神の子だからってタイプじゃない子もらっても意味なくないっすか？」

「オレはそんな選《よ》りすぐりはしない。ニニギ様が失敗してんの見てっから。いいかオオクメ、女の子ってのは顔で選ぶもんじゃないぞ！　**大丈夫！　全員可愛いからっ！！！**」

「白々しいな。……で？」

「『で？』じゃねぇよ、バカッッ！！！」

動揺する神武をからかって、オオクメは歌い出す。

「大和の～　高佐士野を　七行《なな》く　乙女ども～　誰れをし枕《ま》かむ～？」

「**はぁっ？**　疑問形式で歌うな。てか、枕かむ……枕かむって、まだ、出会ったばかりだぞ？話しかけてもいないぞ？　展開が早すぎんだろっ！！！」

「邇邇芸命《ににぎのみこと》の血を継ぐ方が何をおっしゃいますか」

「バカ。あの人、初夜でも失敗してっから！！！」

「違いねぇ。……で、返歌《へんか》は？」

「へっ？　返歌？　いやいやいやいや、なんでオレがお前なんかと歌のやりとりをしなきゃならねぇんだ……贈答歌《ぞうとうか》って普通、女子とするもんだろ………」

「で？」

「えっ？　えぇー？　……あー……んーそうだな、えっとぉ………」

神武がオオクメの後ろに隠れながら、7人の乙女達を凝視する。すると、その中で年長らしき美しい女性が乙女達の先頭に立って、他の6人に微笑みかけているのが見えた。

肩に掛かった領巾《ひれ》が風になびいて広がり、彼女の美しさを際立たせている。可愛い。これは可憐《かれん》だ。中でも1人、飛び抜けて美人。

心の中ですぐに『きっと、あの子だ……』と分かった神武は、顔を火照らせ歌を返す。

「かつがつも………いや先立《さきだ》てる　あのお姉さんっぽい子を、まっ……枕かむ…………」

そして顔を両手で覆った。一方のオオクメはニタニタしながら顎に手を添える。

「ははぁーん？　なるほど、あの子かー。旦那はあーゆーのがタイプだったんスねー」

「なんだよ、違ったか？」

「ふっ……………いや、ビンゴっス☆」

「っっしゃああ！！！！！」

神武がガッツポーズを決めると、オオクメは嬉しそうに微笑んだ。

「じゃ、旦那！　頑張ってくださいねっ！！！」

「えっ？　頑張ってってって？」

「ナンパ」

「はぁ？　ナンパ？？？　無理だよ、お前が行けよ！！！」

「は？　なんでだよ。んな義理、俺になくね？」

「お前は、初代天皇にナンパをさせる気か？？？」

「いや、俺が行ったら絶対、拒否られるっしょ。俺、女子ウケ悪ぃもん」

「オレだって無理だよ！　ずっと戦闘続きだったし、女の子とか慣れてないし……」

神武がモジモジしながら乙女達に見つからないよう、臣下の後ろに隠れる。オオクメは呆れてため息をついた。

「んなこと言ったら、俺その戦闘集団の長《おさ》っスよ？　目つき悪い上に、墨まで入れちまったし。旦那のが女子ウケいい顔してんだろ。自分で行って来いよ」

そう言ってオオクメから肩を叩かれると、神武は顔を真っ赤にして声を荒らげる。

「無理だよっ！！！　てか、これ、勅命《ちょくめい》！！！　勅命だから！！！！！！」

「あんだ？　勅命って」

オオクメが殺人鬼の顔つきで思いっきり神武を睨みつける。

「天皇の命令で、断れないやつ」

「説明いらねぇ」

「いいからっ！　これは勅命だ、オオクメ！！！　さっさと行ってこいっ！！！！！」

神武はなかなか動こうとしないオオクメの背中を両手でグググッと押し出した。あまりにもしつこい主人にオオクメは苛立ちながら、念を押す。

「グッ…………くそ。……おま、まじ、断られてもゼッテー、文句言うんじゃねぇぞ？」

「大丈夫、言わない！！！　絶対言わないから、頑張れ！　行け、オオクメッ！！！！！！」

「チッ、クッソ！　わーったよっ！！！」

こうして初代天皇から建国初の**勅命を賜《たまわ》ったオオクメは**、断りきれずに苛立ちながら、乙女達の方へズカズカ歩き出した。

「**はぁ！**　あいつ、マジでムカつくわー……てか、建国して初の勅命がナンパって、大丈夫かこの国。ああ……もー、超嫌だ…………これ、ゼッテー断られんだけど……」

オオクメはブツブツ言いながら、恨《うら》めしそうに神武を振り返りつつ乙女達に近づいていく。すると彼女達も気付いたようで、ぎゅっと集まりザワつきだした。

（うわ。すげー警戒されてんな。……クソ。頑張れ、俺。**ナンパは、第一印象が全てだ！**）

オオクメは会話できるくらいまで近づくと、精一杯の笑顔を作って声をかけた。

「あ、あのっ！」

「「「**キャーーーーーー！！！**」」」

オオクメのキラースマイルを受けた乙女達が恐怖で泣き叫ぶ。それを見たオオクメは半泣きになって『**ほら見ろ！**』と神武を睨みつけた。すると遠くから『**大丈夫！**』とでも言いたげなガッツポーズが返ってくる。

（**ああ！　アイツ、本当、ムカつくっ！！！**）

オオクメが苛立ちながら乙女達の方を振り返ると、また「**ヒィッ！**」と悲鳴を上げられる。

オオクメはなるべく乙女達を怖がらせないように、今度は無表情を心がけて深呼吸した。

そして警戒心をあらわにするイスケヨリヒメに話しかける。

「あー。えっと……あんたがイスケヨリヒメさんだよな？　大物主神の娘っていう」

「ええ……そうですが…………」

オオクメは親指で神武の方を指して、説明を加えた。

「突然、悪いな。俺は遠くからコッチ見てる、あの変質者にしか見えない男に仕えてるんだ。アイツ、あれでもこの国を治める天皇でさ。近くで都を構えることになったから、この土地で皇后探ししてるんだよ。そんで大物主神の娘っていう、あんたが候補に挙がって……嫌じゃなければ、仕えてもらえないかって話になって…………んで……どうよ？」

「どうよ……？」

イスケヨリヒメは戸惑った様子でしばらく黙り込む。やっぱり、この殺人鬼にしか見えない**オオクメの入れ墨が入った鋭い目を見て怪しいと思って**いるようだ。

彼女はオオクメに質問をするように**歌って**きた。

「……あめつつチドリ　ホオジロみたい　小鳥達のように裂ける模様の　鋭い利目《とめ》は？」

（ん？　今のって俺のいきがった入れ墨と、目つきの悪さについて歌ったのか？　うおお……やべぇ。なんかすげー綺麗にオブラートに包んできた……）

オオクメは上品に投げかけられた歌に対して、なんとか自分が不審者ではないことを伝えようと、必死に**答えを考えて歌い出す。**

「んあー、えっと……俺、アイツのために、皇后にふさわしい乙女を散々探し回ったんだけど、想像以上に大変でさ。あー。そっ、**それが今ここでぇ〜　皇后にピッタリな乙女に直で会えたもんだからぁ〜〜♪　そのせいで俺の目がこぉぉーーーんなに裂けちまったわけぇぇ〜〜♪**」

ただでさえ鋭い目をオオクメは両手で引っ張って、狐みたいな顔になっておどけてみせる。その冗談まじりの音痴な歌にイスケヨリヒメは「ぷふっ！」と吹き出した。

そして彼女は、

「……分かりました。彼に仕えましょう」

と、言ってくれた。

「まじか」

オオクメが「おーい」と大きく手を振りながら、満面の笑顔で神武の元に帰ってくる。

「旦那ぁ〜！　ホトちゃんのアドレスゲットしてきましたぁ〜〜！！！」

「うおぉぉーー！！！　まじかー、お前、すげぇぇぇーーー！！！」

「明日なら予定も空いてるって〜！！！」

「ぃよっしゃぁぁ！！！　ありがとーー！！！　オオクメ、お前、最高だよ。大好き！！！」

「うえぇぇ？　まじっスか？？？　旦那、超キモイんスけど〜！！！」

「まじまじ。グッジョブ！　愛してるってば！！！！」

神武はオオクメと《**パチン！**》とハイタッチをして、健闘を讃《たた》える。そして乙女達に手を振ると、仲良く肩を並べて都に帰って行った。

2人が見えなくなると、乙女達は不安な表情でイスケヨリヒメの周りに集まる。

「イスケヨリヒメ様？　あんな怪しい人にOK出しちゃって、大丈夫だったんですか⁉」

するとイスケヨリヒメは急にうつむいて、しゃがみこんでしまう。

「**イスケヨリヒメ様っ⁉　大丈夫ですか⁉**」

「無理……何、今の。あんなの卑怯………」

「それなら、今からでも断った方がいいですよ！　私達もお手伝いしますから！！！」

「待って……」

「でも！」

「違うの待って………可愛すぎた……何あれ……ずるい……あざと………」

「え？」

「尊い……」

乙女達が首をかしげる中、イスケヨリヒメは恍惚《こうこつ》として2人が去った後を拝んだ。

その翌日の夕暮れ時。新品の綺麗な服をキッチリと着込んで、多くのお供を引き連れ御輿に乗った神武を、オオクメは敬礼で送り出した。

「陛下、ご武運を！」

「うむ。行って参る！！！」

無駄に礼儀正しいオオクメに見送られ、**神武一行はイスケヨリヒメの家がある狭井川《さいがわ》の上流に向かう。**狭井川のほとりにはポツポツとササユリが咲き、その間を蛍が飛び交っていた。

「げー。蛍かよ……オレ苦手なんだな………」

魂が彷徨《さまよ》っているように見える蛍は、古代では不吉なイメージがあった。不安になりながら神武が御輿に揺られていると、次は奥にボロく荒れたワラの小屋が見えてくる。

「待った。家ってまさか……あのボロ小屋？」

神武は思わず本音が声に出てしまった。護衛で付いてきたミチノオミがコクリとうなずく。

小屋の前まで来ると、ミチノオミが神武の袖をちょんと引っ張り、何かを差し出した。

「ん？　何それ？」

「…………」

ミチノオミが無表情で渡してきたのは菅畳《すがたたみ》。摘みたての菅《すげ》を使った、爽やかな香りのするミルキーグリーンの綺麗な茣蓙《ござ》だ。

「あー。ミチノオミ？　…………気持ちは嬉しいけど、夜這いに布団持参って恥ずいわ」

神武が顔を赤らめると、ミチノオミは菅畳を抱えて『あぁ。なら、自分が敷いて来ますね』

とでも言わんばかりに小屋に向かって歩き出したので、慌ててその腕を掴む。

「待て待て待てごめん大丈夫。大丈夫だ。自分で行く、自分で行くので、自分で行きます」

急いで御輿を降りた神武が無理やり菅畳を取り上げると、ミチノオミからグッと気合いの入ったサムズアップが送られた。

「分かったから……あと、こっちがフル装備で来たのもなんか恥ずかしいから、先帰ってて」

イスケヨリヒメが神の子だと聞いていたので、豪邸に劣《おと》らないように着飾ってきたものの、これでは逆に気まずい。神武は豪華な羽織や装飾品などを取り外して、できるだけラフな格好になり、ミチノオミやお供にはこっそり帰ってもらった。


そして菅畳片手に彼女の家をノックする。イスケヨリヒメは静かに扉を開き、ひょっこりと顔を出した。間近で見ても綺麗な上に、恥ずかしそうにしている表情も可愛い。

「神武様？　……あっ、えっと……神武陛下かしら？　神武天皇陛下様？？？」

「ああ、敬称とかいいよ。面倒だし」

「ふふっ、ありがとうございます。……今日は、おひとりですか？」

イスケヨリヒメがキョロキョロと周りを見渡すので、神武は曖昧《あいまい》に流す。

「え？　ああ、まぁ……みんな、気ぃ利かせたんじゃない？」

「そうですか……」

彼女はなぜか残念そうに肩を落とした。

「何か？」

「あっ、いえ！　高貴な方ってお連れの方がたくさんいらっしゃるイメージだったから」

「そう？」

「ええ、でもそれより、神武様って最近、橿原で見たこともない立派な都を築かれた方だったんですね！　こんなボロ屋で驚かれたことでしょう？」

「いや、全然！！！」

神武が首をブンブン横に振る。すると、イスケヨリヒメは神武が片手に抱えた菅畳を見つけて、不思議そうに首をかしげた。

「あら？　あの……それは？」

「えっ、これ!?　あーー………菅畳」

「え？　布団持参？」

「いや、違っ！！！　これは臣下に無理やり持たされてっ！！！」

神武が顔を真っ赤にすると、イスケヨリヒメがくすくすっと笑う。

「臣下の方に、慕《した》われていらっしゃるんですね？」

「あー。どうだろ？　……仲はいい方だと思うけど」

「ふふっ！　あっ、よかったら中へ。中も汚くて恥ずかしいんですけど」

イスケヨリヒメに案内されて室内に入ると、確かに言われた通りの汚い掘っ建て小屋の狭いワンルームだった。こんなところで女性がひとり暮らしなんて、物騒すぎる。

「うわ……こんなところに住んでんのか。こりゃ、キツイな………」

またポロリと本音が出ると、イスケヨリヒメがビクッと気まずそうに固まる。

「え………そんなにボロいです？」

「へっ？　あ、そうじゃなくて、いや、そのぉ………ごめん……東征中にもいろんな民家を見てきたんだけど、ちゃんとした家に住んでいる人ってほとんどいなくて……ワラで作った家とか、穴ぐらに住んでる人達までいたから……」

「ああ……都の建物はすごかったですもんね」

「うーん。日向では割と普通だったんだけどな……でも、各地で文化も違うもんだから」

とは言いつつ、実際のところは文化の違いというより文明の違いレベルだ。神の子の彼女ですらこんなボロ屋に住んでいるのだから、もっと大変な人はたくさんいるのだろう。

「頑張んなくちゃな。国造り」

「ふふっ、神武様のご即位で、みんなの暮らしがより豊かになると良いですね。……でもね、神武様？　こんなボロ屋にも自慢の庭があるんですよ？」

そう言ってイタズラっぽく微笑んだイスケヨリヒメが庭側の窓を外すと、ふわりと蛍が舞い込んできた。その先にはササユリが咲き乱れ、無数の蛍が優しく輝いているではないか。まるで花のイルミネーションが庭いっぱいに敷き詰められているみたいだ。

「うわっ！　すげー綺麗……」

「光るお花の絨毯みたいでしょう？　この時期にしか見られない、大好きな光景なんです」

「へぇ……蛍ってあんま良いイメージなかったのに……こんなに綺麗なんだ………」

神武が神秘的な光景に見とれていると、イスケヨリヒメはモジモジしながら、恥ずかしそうに顔を覗き込んできた。

「それで、あの……神武様？　せっかくですし、敷かれます？　…………菅畳」

「**ええ、是非**」

神武は清らかな菅畳をキメ顔でカッコ良く《バサッ！》と広げ、彼女の家に**一晩泊まった。**

9

その後しばらくして、**イスケヨリヒメは皇后として宮中に入ることになった。**彼女を迎えに行かせた御輿が門の先まで戻ってくると、神武は慌てて玉座に座り、背筋をピンッと伸ばす。

その玉座の両脇で、オオクメとミチノオミが笑いを堪《こら》えた。

イスケヨリヒメは神武の前まで来ると、丁寧に頭を下げる。

「神武様。これからどうぞ、よろしくお願いいたします」

そして顔を上げ、微笑んだ。うん、やっぱり綺麗。これからずっとイスケヨリヒメと一緒に暮らせるのかと思うと、神武は嬉しくなって詠い出した。

「葦原の～　汚いボロ小屋で菅畳～　清らかに敷いて～　オレら2人で寝たよなぁ～♪」

すると隣でこの歌を聞いていた、オオクメとミチノオミが「「**ブファッッ！！！**」」と吹き出した。予想外の反応に、神武は顔を真っ赤にして怒る。

「**なっ、なんだよお前ら！　人の恋《れん》歌《か》を笑うなんて最低だろっ！！**　てか、今、聞き慣れない声が混じってたの、ミチノオミ？？？　お前、声帯あったの？？？」

　オオクメは腹を抱えて、まだヒィヒィ笑っている。

「**フハッ！**　待てよ、嘘だろ？　やべぇ、旦那、恋歌のセンス皆無でビックリしたんスけど！　まんますぎる上に、嫁の家を『ボロ小屋』とか言うのないわ。**ひっっど！！！！！**」

　そして堪《こら》えられず、またゲラゲラ笑った。神武が顔をしかめて不機嫌に黙り込んでしまったので、イスケヨリヒメが慌ててフォローの声を上げる。

「あ、あの！　それでは、ボロ小屋を『しけしき小屋《おや》』という表現に変えてみてはいかがでしょうか？　『荒れた小屋』という意味ですが、『シケ』には『聖所』という意味もあると聞いたことがあるし、神宿る・みむろの三輪にはピッタリの表現かと！！！」

「は？　天才か？」

　オオクメが感心してピュウッと口笛を吹くと、神武は得意げに笑ってまた歌を詠い出した。

「**葦原の〜　しけしき小屋に〜　菅畳〜　いや清《さや》敷きて〜　我が二人寝しぃ〜♪**」

「オイ、待て、旦那。何、さらっと詠い直してんスか。嫁の手柄、横取りする気かよ」

　オオクメの文句に対して、神武はニッと口角を上げて得意気に腕を組む。

「ふっ、オレの嫁はそんな些《さ》細《さい》なことで、とやかくいう女ではないわ」

「最低か」

ドヤ顔の神武をオオクメが睨み付けると、イスケヨリヒメはペコペコ頭を下げる。

「あ、あの、オオクメ様、大丈夫です。神武様のお役に立てるなら……」

「はぁー！　旦那にはもったいねぇ嫁だなっ！！！！」

「いえ、そんな……」

モジモジと縮こまったイスケヨリヒメは、気まずそうに話題を変えた。


「ところで……そちらの男装をされている、可愛らしい女性はどちら様でしょうか？」

「ん？　女性？」

イスケヨリヒメが指した先にいたのは、ミチノオミだ。

「ミチノオミのこと？　こいつが女？？？　ははっ、ミチノオミは男だよ」

「えっ!?　女性ではないのですか？」

「ああ、どっからどう見たって男だろ。なぁ？」

急に注目を浴びたミチノオミが顔を赤らめると、イスケヨリヒメはグッと前のめりになる。

「いえ、でも、その容姿は……今までずっと男だと思っていたけれど、実は女子だったとか、そんな設定が似合うと申しますか……そうであって欲しいと申しますか………」

「ないない。なぁ、ミチノオミ？」

笑いながら神武に問われると、ミチノオミは肯定も否定もせずスッと玉座の後ろに隠れた。

「えっ!?　ないよな？　ミチノオミ？？？」

慌てる神武とミチノオミのやりとりを見たイスケヨリヒメは、突然床に伏して叫ぶ。

「**はぁぁっ!?　何それ、無理なんですけどっ!!!**」

神武は慌てて玉座から立って、彼女の元に駆け寄る。

「**違うよ、イスケヨリ!**　ミチノオミは男だって。こんな早々に浮気するわけない!!!」

「ごめっっ……違っっ……尊っっ……好っっ……好きです……私、幸せです…………」

「はい?」

「てぇてぇ……」

イスケヨリヒメは恍惚と自分の夫を拝んだ。

こうして神武とイスケヨリヒメは仲睦《なかむつ》まじく暮らし、2人の間には日子八井命《ひこやいのみこと》、神八井耳《かむやいみみの》命《みこと》、神沼河耳命《かむぬなかわみみのみこと》という、3人の皇子《みこ》が生まれた。

やがて神武は137歳で崩御する。御陵《みはか》は畝傍山の北の方の白檮《かし》の尾《お》の上にあると伝えられており、現在は橿原神宮に北接する御陵が神武天皇陵とされている。

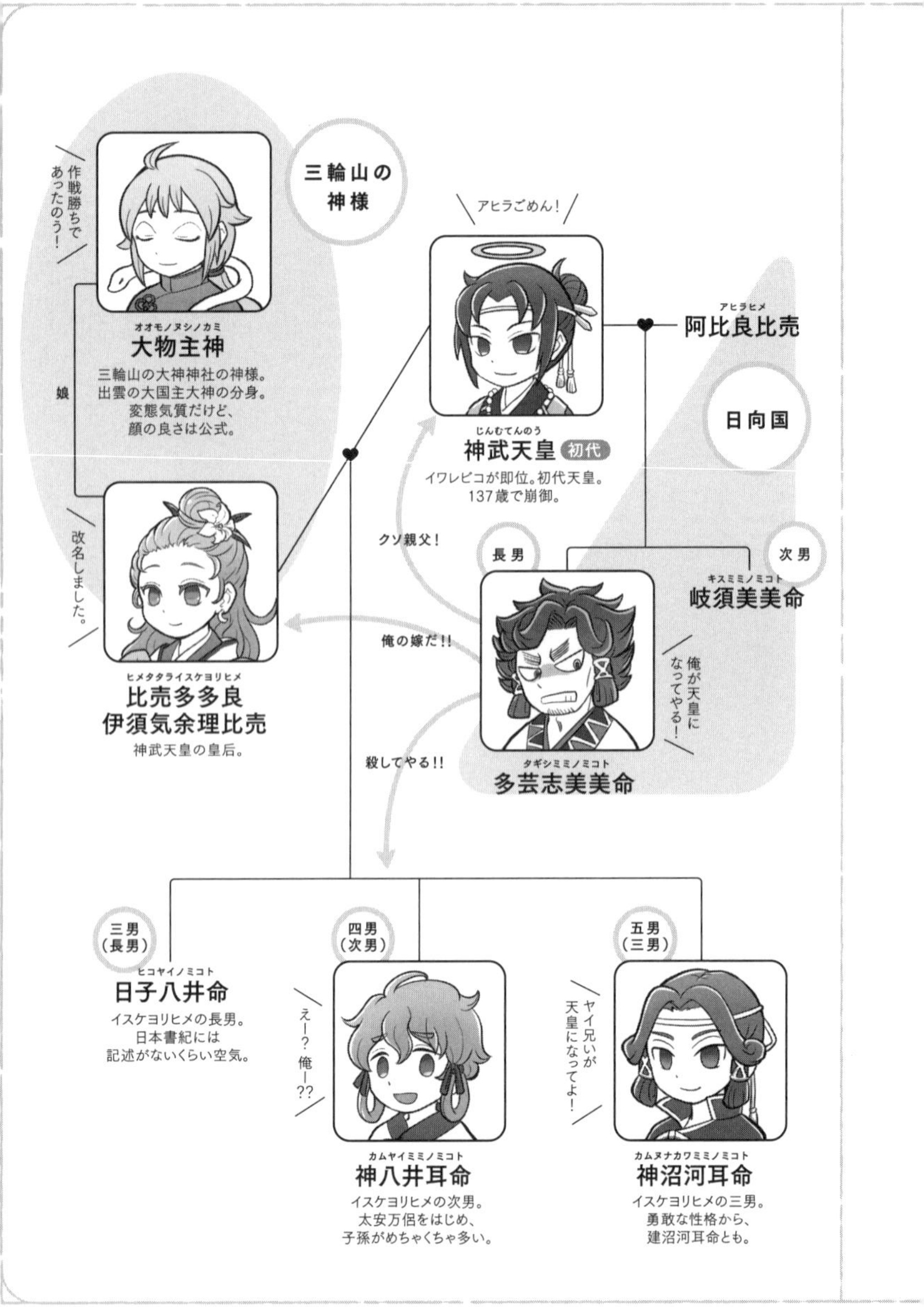

作戦勝ちであったのう！
三輪山の神様
アヒラごめん！
大物主神《オオモノヌシノカミ》
三輪山の大神神社の神様。
出雲の大国主大神の分身。
変態気質だけど、
顔の良さは公式。
娘
阿比良比売《アヒラヒメ》
日向国
神武天皇《じんむてんのう》
初代
イワレビコが即位。初代天皇。
137歳で崩御。
改名しました。
比売多多良伊須気余理比売《ヒメタタライスケヨリヒメ》
神武天皇の皇后。
クソ親父！
俺の嫁だ!!
殺してやる!!
長男
次男
岐須美美命《キスミミノミコト》
俺が天皇になってやる！
多芸志美美命《タギシミミノミコト》
三男（長男）
日子八井命《ヒコヤイノミコト》
イスケヨリヒメの長男。
日本書紀には
記述がないくらい空気。
四男（次男）
えー？俺ー??
神八井耳命《カムヤイミミノミコト》
イスケヨリヒメの次男。
太安万侶をはじめ、
子孫がめちゃくちゃ多い。
五男（三男）
ヤイ兄いが天皇になってよ！
神沼河耳命《カムヌナカワミミノミコト》
イスケヨリヒメの三男。
勇敢な性格から、
建沼河耳命とも。

綏靖天皇の誕生

「つーわけで、今日から俺が天皇だ！　分かったな！！！」

ついこの間まで神武が座っていた玉座に、見知らぬ男性が足を組んでドカンと座っていた。

彼は隣にいた皇后のイスケヨリヒメを引き寄せ、肩に手を回し頬を舐める。

「ヒッ……」

これはあれだ。映画やアニメで散々使い古された、悪役の登場シーン。

「んで、今日からお前は俺の嫁だ。分かったか！！！」

「……あぅ……」

イスケヨリヒメは、玉座の横に体育座りでうずくまる。大好きだった神武が死んだばかりで喪《も》も明けていないのに、この状況はつらすぎる。イスケヨリヒメは潤んだ瞳で彼を見上げた。

「あの……ところで……」

「なんだ」

「……あなたは、どちら様でしょうか？」

その問いが地雷だったようだ。彼は激怒して立ち上がると、イスケヨリヒメの胸ぐらを掴んで怒鳴った。

「だから、タギシミミ様だっつってんだろうが、ボケェェ！！！！」

イスケヨリヒメはシクシクと泣き、袖で顔を覆う。

「………だから……タギシミミって誰なのぉぉ……」

実はこのタギシミミ、1回だけ登場している。イワレビコ一行が東征で美々津から出航した時、浜辺で必死に手を振っていた、あの時の子供。日向に残った神武の長男だ。

「お前、親父の嫁だったんだろうが！　なんで俺のこと知らねぇんだよっ！！！」

「あああん！　サノちゃんのばかあぁぁ！！　浮気しないって言ったのにぃぃ！！！」


「だから、お前の方が浮気相手なんだよぉぉぉ！！！！！！」


さっきから、何度説明しても受け入れようとしないイスケヨリヒメに、タギシミミは現実を突きつける。すると彼女はまた体育座りでうずくまった。

「……ぐすっ……サノちゃんのばか………」

「フン。とにかく、親父は死んだんだ。皇后のお前を嫁にすれば、誰にも有無を言わせず俺が正式な後継者として認められる。**いいから俺の嫁になれ。分かったな！！！**」

「はぁぁ……なんですかその政略結婚的なやつ………」

つまるところ**神武が亡く**なった後、日向に残った妻・アヒラヒメとの間に生まれた、**長男・タギシミミが**、自分が天皇になるために、**皇后のイスケヨリヒメを**娶《めと》ったのだ。

イスケヨリヒメは泣き崩《くず》れる。

「ああ、サノちゃんっ……私、今、初めて自分、皇后だったんだなって実感してるよ……」

「チッ！　あのクソ親父……散々、母さんや俺ら兄弟を放っておいたくせに、東征を終えたらさっさと現地妻を作ってやがったなんて……クズにもほどがあるわ！　親父との思い出なんてこれっぽっちもねぇけど、**それでも俺はアイツの長男だ。皇位くらい継いで当然だっ！！！**」

「あぅ、サノちゃん……日向の長男は、頑張れずに鬼になっちゃったみたい……」

「るせぇ。黙れ！　これ以上、お前には構ってられん。俺は出かける」

「はい？　どちらへ？」

「『片丘《かたおか》の大室《おおむろ》』だ。明るいうちに武器を取りに行く」

「なぜ……？」

イスケヨリヒメがポカンとタギシミミを見つめると、彼は嫌悪感たっぷりに言葉を発した。

「……目障《ざわ》りな3人の弟どもを消すんだよ」

その言葉に、イスケヨリヒメはゾッとして目を見開いた。

「え？」

「夕暮れまでには戻る。外出は認めない。分かったな」

タギシミミはそう言い捨て、すぐに片丘（北葛城郡）へ出かけてしまった。『目障りな3人の弟』と言ったら、ヒコヤイ・カムヤイミミ・カムヌナカワミミのことではないか。

自分と神武との間に生まれた、大切な息子達だ。

「嫌だ……どうしよう………」

今すぐに息子達に知らせたいが、『タギシミミに殺される』なんて伝言をタギシミミの手下に頼むわけにもいかない。

イスケヨリヒメは憂《うれ》い苦しみ、そして悩んだ末に、タギシミミが3人の弟を殺す計画を進めている間に、歌を使って息子達に知らせることにした。

（末っ子のヌナちゃんに歌を送ろう。きっと……あの子だったら、気付いてくれる………）


こうしてイスケヨリヒメの使いで、タギシミミの手下が三男のヌナカワミミの家を訪れた。

「カムヌナカワミミ様、失礼します。イスケヨリヒメ様より、歌を預かって参りました」

「え？　母から……歌ですか？」

ヌナカワミミは戸惑った顔を浮かべながらも、タギシミミの件で相談に来ていた次男のカムヤイミミにサッと目配せをした。兄はすぐに察して壁の陰に隠れ、聞き耳を立てる。

だって突然タギシミミが日向からやってきて宮中に立てこもってから、母と全くコンタクトが取れていないのだ。絶対に何かある。

タギシミミの手下は軽く礼をすると、端的《たんてき》に歌を伝えた。

「『狭井川よ　雲立ち渡り　畝傍山　木《こ》の葉騒《さや》ぎぬ　風吹かむとす』……と、歌われました。

そして、また1つ。『畝傍山　昼は雲とい　夕《ゆふ》されば　風吹かむとぞ　木の葉騒《さや》げる』……と、

歌われました。……以上です。失礼します」

　それだけ言って、タギシミミの手下はすぐに後ろを向いて帰ろうとする。その後ろ姿を見ながら、ヌナカワミミは小声で兄のヤイミミに話しかける。

「ヤイ兄ぃ？　今の歌の意味、分かった？」

「んー。何か意味ありげだったよな。……狭井川は母様のことかな？　ヌナはどう思う？」

「僕も狭井川は母様のことだと思う。だとすると畝傍山は父様？」

「だな。それか、息子の俺らのことかも」

　ヌナカワミミはヤイミミの意見に「なるほど」と、うなずく。

「じゃあ、1つ目の歌は『雲が立ち渡って、母様は僕らに何かを伝えられない。木の葉が騒ぎ、何か起きようとしている』ってことか。『木の葉』は……タギシミミ？」

　するとヤイミミは、険しい顔で腕を組んだ。

「だとすると、2つ目は『息子達、昼の間に雲に隠れて事の準備が行われている。夕方には事が起こるぞ。タギシミミが騒々しい』ってことじゃないか」

「つまり………タギシミミが、僕らのことを殺そうとしてる？」

「しかも『今日の夕方』にだ。やばいぞ」

　2人の息子は歌を聞いてタギシミミの計画に気付くと、驚き慌ててすぐに、ヌナカワミミはタギシミミの手下を追いかけ引き止めた。

「あのっ！　すみません！」

「……はい？」

「本日、ぜひ、タギシミミ兄様と会ってお話がしたいのですが…………可能でしょうか？」

手下はこちらとあまり関わり合いたくないのか、うつむいて答える。

「タギシミミ様は、先ほど片丘の大室にお出かけになられました。後日改めてください」

「そうですか……」

ヌナカワミミはペコッと頭を下げた。タギシミミの手下が見えなくなると、兄のヤイミミが家から出てくる。

「ヌナ、片丘の大室は武器庫だ。当たりだな」

「うん。……**ヤイ兄ぃ、僕らも急いで片丘に向かおう！**」

こうして2人は片丘の大室へ向かった。


ヌナカワミミとヤイミミが片丘の大室に到着すると、大室の入口が閉まって中が見えないようになっていた。弟が恐る恐る近づいて、扉に耳をくっつける。

「……ヤイ兄ぃ、大変だ…………**中からいびきが聞こえる**」

「うん…………俺にも聞こえてる」

タギシミミの大きないびきが、大室の外まで響き渡っているではないか。今からこちらは、**タギシミミを殺そうとしている時に、**呆れてしまう。

「ったく…………タギシミミって1人だよな？　無防備すぎんだろ」

ヤイミミがぼやく。すると**ヌナカワミミは兄**の両手を摑んで真剣な表情になり、**ヤイミミに語りかけた。**

「ヤイ兄ぃ……いや…………カムヤイミミ兄様？」

「は？　なんだよ、改まって」

「……僕ね、カムヤイミミ兄様こそ天皇になるべき人だと思ってるんだ」

「え？　…………ヒコヤイ兄は？」

『ヒコヤイ』は3兄弟の長男だ。ヌナカワミミはムスッと顔をゆがめる。

「だって、あの人、部屋から出てこないじゃん」

「あぁ……うん。それは……その……ウチ…………引きこもりの家系だから……」

弟の率直な意見にヤイミミが苦笑いを浮かべると、ヌナカワミミはまた真剣な表情に戻り、兄の手を強く握った。

「だから、**ヤイ兄ぃ……兄様が武器を持って入って、タギシミミを殺してくれよ**」

「え？　俺が？」

「うん、次期天皇になる人がやるべきだと思うんだ。それに、これから僕らを殺そうとしている人が、今そこでいびきをかいて寝ているなんて、神様がくれたチャンスとしか思えないよ。

僕がこの扉を開くから。ヤイ兄ぃが殺してくれ！」

「いや分かるけどさ……でも、俺ら武器なんて持って来てないだろ？」

弟の提案にヤイミミが戸惑っていると、ヌナカワミミはゴソゴソ背中から何かを取り出す。

「はい。これ」

「何？」

「弓矢」

「用意周到！」

ヌナカワミミは無理やり弓矢を押し付け、ヤイミミに上目遣いを送る。

「ねぇ、お願いだよヤイ兄ぃ」

「いや、でも……俺……人を殺すなんて…………」

「お願い。……ね？」

愛弟《あいてい》に嘆願《たんがん》され、断れなかったヤイミミはブルッと身震いをしてから弓矢を受け取った。

「…………分かった」


大室の中からは、相変わらず大きないびきが漏れている。2人は目を合わせてうなずくと、弟のヌナカワミミが、グッと力を込めて大室の扉を開いた。

扉が《**バタン！**》という大きな音を立てる。すると、中のいびきもピタリと止んだ。

「誰だっ!?」

間違いない。この声はやはり、タギシミミだ。

（ヤイ兄ぃ、今だっっ！！！！！）

ヌナカワミミはヤイミミに視線を送る。しかしヤイミミは震えて扉の裏側に隠れたままだ。

タギシミミは奇襲かと思って構えたのに、誰も入ってこないので戸惑いの声を上げた。

「…………誰……なんだ？」

ヌナカワミミは小声でヤイミミに催促《さいそく》する。

（ヤイ兄ぃ、早くっ！）

しかし、武器を持って入って殺そうという時になっても、ヤイミミは手足が震えて、その場から全く動けない。タギシミミが用心しながら、こちらに近づいてくるのが分かる。

「なぁ……誰か、いるんだろ？」

（ねぇ、ヤイ兄ぃってば！）

ヌナカワミミは再度声をかけたが、ヤイミミの震えは止まらない。早くしないと、弓が射られなくなってしまう。しかし、このギリギリの局面でも、ヤイミミはタギシミミを殺すことができなかった。ヌナカワミミは覚悟を決める。

（つごめん、ヤイ兄ぃ。貸して！！！）

ここで弟のヌナカワミミはヤイミミに頼んで、兄が持っている武器をぶん取り、大室に駆け入る。タギシミミと目が合うと、彼は大きく目を見開いた。

「…………親父？」

ヌナカワミミは無言で弓を射る。タギシミミは「グッ」と小さく声を漏らして、大室の奥へ逃げようと背を向けた。そこにヌナカワミミがもう一発射る。タギシミミはバタリと倒れて、死んでしまった。

タギシミミを殺したことを確認すると、ヌナカワミミがヤイミミの元に戻る。

「……終わったよ、ヤイ兄ぃ」

ヌナカワミミはこの勇猛《ゆうもう》さから、**名前を讃《たた》えてタケヌナカワミミと呼ばれるようになる。**

しかし弟の涼しい顔に、ヤイミミの背筋はゾワっと震えた。大室の奥にタギシミミの遺体が見える。**ヤイミミは**座ったまま、ヌナカワミミを見上げて**言った。**

「ヌナ……ごめん。……俺、何もできなかった……あいつは俺らを殺そうとしていた敵なのに**……俺には、敵を殺す器量がなかったんだ。**……情けない」

「だって……ヤイ兄ぃは優しいから」

ヌナカワミミは兄を気遣って微笑んだが、ヤイミミは首を横に振る。

「でもヌナは……いや、**ヌナカワミミ様は、しっかり敵を殺しました。**これは素晴らしいことです。**俺は確かに兄だけど、天皇になるべきではありません**」

「えっ？　ヤイ兄ぃ、何言って……」

「ヌナ、やっぱり敵を殺した人が天皇になるべきだよ。**だから、ヌナカワミミ様が天皇になり、天の下をお治めください**」

「僕が？　……天皇？」

「うん。私はこれよりヌナカワミミ様を助ける忌人《いわいびと》となり、祀《まつ》りを行い仕えましょう」

兄が急に跪いてきたので、ヌナカワミミは申し訳なくなって後ずさる。

「ヤイ兄ぃ、そんな改まんないでよ……」

「ヌナ……俺は、ヌナに仕えたいんだよ。兄とか、弟とか関係ないだろ？　優秀な人が天皇になるべきだ。どうか俺を、ヌナに仕えさせてくれ」

「ヤイ兄ぃ……」

ヤイミミに真剣な表情で見つめられると、ヌナカワミミはゆっくり縦に首を振った。

「……分かりました。それでは僕が父様の後を継ぎ、天皇となりましょう」

「よかった、……ありがとな、ヌナ」

ヤイミミは安堵《あんど》して微笑んだ。


こうしてヌナカワミミが神武の後を継ぎ、2代目・綏靖《すいぜい》天皇として即位し天下を治めることになった。ヤイミミは多氏《おおうじ》などの先祖となり、やがて子孫の太安万侶《おおのやすまろ》が、この古事記を記《しる》すことになる。

陛下、ラノベ訳の途中ですがここでお知らせです
あら何かしら？
ヌナカワミミが神武の跡を継ぎ、2代目綏靖天皇になったところですが…
よかったわー
実はこの2代目から9代目までは『欠《けっ》史《し》八《はち》代《だい》』と呼ばれるほど実績が残っていないためラノベ化不可能なんです！
まぁそれは大変！
さすがに無視するのは可哀想なので、まとめ記事をご用意しました
許可します
ミチもいーよ
よくわかんないけど

欠史八代

欠《けっ》史《し》八《はち》代《だい》

欠史八代

欠史八代とは……

系譜は存在するものの、古事記にも日本書紀にも実績が残っていない、存在すら疑われている可哀想な天皇達のことである。
2代綏靖天皇から、9代開化天皇までを指す。

なので、欠史八代をラノベにするのは無理でした。ごめんなさい。メモだけ残すので、マニアックな人以外は読み飛ばしてください。

2代

綏《すい》靖《ぜい》天皇

本名●神沼河耳命
皇居●葛城・高岡宮（奈良県御所市森脇？）
皇后●河俣毘売（師木県主の祖↑東征で仲間になった弟師木の娘？）
子供●師木津日子玉手見命（安寧天皇）
享年●45歳
御陵●衝田岡（奈良県橿原市・桃花鳥田丘上陵）

綏靖天皇メモ
前章でタギシを殺した人。
神武とイスケヨリヒメの末っ子。

3代

安《あん》寧《ねい》天皇

- 本名●師木津日子玉手見命
- 皇居●片塩・浮穴宮（奈良県橿原市四条町？　奈良県大和高田市片塩町？）
- 皇后●阿久斗比売（河俣毘売の兄の娘だから、弟師木の孫？）
- 子供●常根津日子伊呂泥命、大倭日子鉏友命（懿徳天皇）、師木津日子命
- 享年●49歳
- 御陵●畝傍山の御陰（奈良県橿原市・畝傍山西南御陰井上陵）

安寧天皇メモ

古事記に弟師木が仲間になった記述はないけど
日本書紀では磯城の県主にまでなっている。
天皇の名前に師木がつくくらいだし、
師木さんの家、すごく栄えたっぽい！

4代

懿《い》徳《とく》天皇

- 本名●大倭日子鉏友命
- 皇居●軽・境岡宮（奈良県橿原市大軽町？）
- 皇后●賦登麻和訶比売命（この人も師木の娘だって）
- 子供●御真津日子訶恵志泥命（孝昭天皇）、多芸志比古命
- 享年●45歳
- 御陵●畝傍山の真名子の谷の上（奈良県橿原市・畝傍山南繊沙渓上陵）

懿徳天皇メモ

3代続いて師木さん家の
娘が皇后って、すごい。

5代

孝《こう》昭《しょう》天皇

- 本名●御真津日子訶恵志泥命
- 皇居●葛城・掖上宮（奈良県御所市池之内？）
- 皇后●余曽多本毘売（尾張さんのご先祖様）
- 子供●天押帯日子命、大倭帯日子国押人命（孝安天皇）
- 享年●93歳
- 御陵●掖上の博多山の上（奈良県御所市・掖上博多山上陵）

孝昭天皇メモ

天押帯日子命の子孫に、
春日臣、小野臣、柿本臣など
後世でよく聞く名前がちらほら。

6代

孝安《こうあん》天皇

本名 ● 大倭帯日子国押人命
皇居 ● 葛城室・秋津島宮（奈良県御所市室？）
皇后 ● 忍鹿比売命（孝昭天皇の長男、天押帯日子命の娘）
子供 ● 大吉備諸進命、
大倭根子日子賦斗邇命（孝霊天皇）
享年 ● 123歳
御陵 ● 玉手の岡の上（奈良県御所市・玉手丘上陵）

孝安天皇メモ

古代あるあるの
『姪っ子ヨメ』が
ここで初登場。
この時代は、案外少ない。

7代

孝霊《こうれい》天皇

本名 ● 大倭根子日子賦斗邇命
皇居 ● 黒田・廬戸宮（奈良県磯城郡田原本町黒田？）
皇后 ● 細比売命（十市さんの娘、弟師木の子孫。弟師木復活）
子供 ● 大倭根子日子国玖琉命（孝元天皇）、
夜麻登登母母曾毘売命、大吉備津日子命、
若日子建吉備津日子命など、5男3女。合わせて8名。
享年 ● 106歳
御陵 ● 片岡の馬坂の上（奈良県北葛城郡王寺町・片丘馬坂陵）

孝霊天皇メモ

皇后以外に3人も妃を娶ったので、
急に兄弟が増える。
夜麻登登母母曾毘売命は日本書紀だと
大活躍する倭迹迹日百襲姫命。
箸墓古墳の中の人だと言われている。
大吉備津日子命と若日子建吉備津日子命は
吉備国（岡山県）を平定した。
きび団子片手に鬼ヶ島で戦った、
日本の英雄『桃太郎』の元ネタとも。
さすが桃ちゃん、みずらも似合う。

8代

孝《こう》元《げん》天皇

本名 ● 大倭根子日子国玖琉命

皇居 ● 軽・堺原宮（奈良県橿原市大軽町・見瀬町？）

皇后 ● 内色許売命（穂積さんのご先祖様の妹。ニギハヤヒの子孫。やっと出たニギハヤヒ）

子供 ● 大毘古命、若倭根子日子大毘毘命（開化天皇）、建波邇夜須毘古命など、5男。

享年 ● 57歳

御陵 ● 剣池の中の岡の上（奈良県橿原市・劔池嶋上陵）

孝元天皇メモ

孝元天皇の長男の大毘古命がかなり重要人物。桃太郎の元ネタの大吉備津日子命と共に四道将軍と呼ばれた古代のヒーロー。四道将軍って、四天王みたいでカッコイイ。4つの道に分けて、日本中を平定した将軍という意味。

大毘古命は、獲加多支鹵大王（雄略天皇）の名前が入っていた剣として有名(?)な、稲荷山古墳出土鉄剣にも『オホヒコ』の名前があって、大毘古のことではないかと言われている。さらに子孫に『建内宿禰』という古事記の中盤で大活躍する人がいる。蘇我氏の先祖。

この人、親より、ネタ豊富。

建波邇夜須毘古命も、またあとで出てくる。ハニは泥という意味。ちなみにイザナミのう●ちから生まれた神様の名前も波邇夜須毘古神。なんか意味深。

9代

開《かい》化《か》天皇

本名 ● 若倭根子日子大毘毘命

皇居 ● 春日・伊邪河宮（奈良県奈良市本子守町？）

皇后 ● 伊迦賀色許売命（内色許売命の姪っ子。孝元天皇の元妃。複雑。ニギハヤヒの子孫）

子供 ● 御真木入日子印恵命（崇神天皇）、日子坐王など、4男1女。合わせて5名。

享年 ● 63歳

御陵 ● 伊邪河の坂の上（奈良県奈良市・春日率川坂上陵）

開化天皇メモ

ここにきて、ニギハヤヒの子孫が頑張っている。日子坐王には10人以上も子供がいて、11代垂仁天皇の御代に沙本毘古王と沙本毘売命が出てくる。あと、孫の比婆須比売命も垂仁の嫁になる。

そして日子坐王の子孫の息長帯比売命（神功皇后）が、孝元天皇の子孫の建内宿禰と一緒に大活躍するお話もそのうち出てくる。孝元天皇と開化天皇の子孫でタッグを組んでると思って読むとエモさで窒息する。古事記沼の深さよ……。

＼ 以上、欠史八代メモでした。／

崇神天皇

【第二章】

第二章　崇《す》神《じん》天《てん》皇《のう》

天照大御神《アマテラスオオミカミ》
高天原の最高神。

天皇が5世孫まで継げた根拠にされる。

5世孫

勢夜陀多良比売《セヤダタラヒメ》

活玉依毘売《イクタマヨリビメ》
美人。

比売多多良伊須気余理比売《ヒメタタライスケヨリヒメ》
神武天皇の皇后。

大物主大神《オオモノヌシノオオカミ》
三輪山の
大神神社の神様。
三輪山付近に住む
美人に恋しがち。

4世孫

神武天皇《じんむてんのう》 初代
初代天皇。
アマテラスの子孫なので、
『天つ神の御子』と呼ばれる。

綏靖天皇《すいぜいてんのう》 2代
安寧天皇《あんねいてんのう》 3代
懿徳天皇《いとくてんのう》 4代
孝昭天皇《こうしょうてんのう》 5代
孝安天皇《こうあんてんのう》 6代
孝霊天皇《こうれいてんのう》 7代
孝元天皇《こうげんてんのう》 8代
開化天皇《かいかてんのう》 9代

意富多々泥古命《オオタタネコノミコト》
希望の光。

欠史八代
記述がなさ過ぎて、
実在を疑われている
可哀想な天皇達。

HELP!!

息子

大毘古命《オオビコノミコト》
開化天皇のお兄ちゃん。
四道将軍の一人。

頼れるおじちゃん

うざい。

息子
建沼河別命《タケヌナカワワケノミコト》
四道将軍の一人。

娘
御真津比売命《ミマツヒメノミコト》
崇神の皇后。
日本書紀だとミマキヒメ。

崇神天皇《すじんてんのう》 10代
10代目天皇。
即位して早々、疫病が流行る。

日子坐王《ヒコイマスノミコ》
ノリだけで生きてる
崇神の腹違いの弟。

伊久米伊理毘古伊佐知命《イクメイリビコイサチノミコト》
皇太子。

子供達

美知能宇斯王《ミチノウシノミコ》
四道将軍の一人。

沙本毘古王《サホビコノミコ》

沙本毘売命《サホビメノミコト》
イクメの彼女。

など。

パンデミック

時は流れ欠史八代《けっしはちだい》のラストを飾った開化《かいか》天皇が亡くなると、息子のミマキイリヒコ・イニエが崇神《すじん》天皇として即位することになった。

この時代は天皇の代替わりがあると、街ごと引っ越して新しい都を造る遷都《せんと》の習慣があり、崇神は奈良盆地の東側にある三輪山《みわやま》の麓《ふもと》に自分の都を造ることにした。

街を囲むように用水路を作らせたので、バックに壮大な三輪山がそびえ、手前には穏《おだ》やかな小川が流れる癒《いや》し系の美しい都になった。

崇神はこの**師木《しき》の水垣宮《みずがきのみや》**（奈良県桜井市金屋）で、**天下を治《おさ》めた。**

しかし新しい天皇と都の誕生によって、ワクワクした気持ちに包まれたのも束の間。崇神はこの水垣宮の端っこにある、こぢんまりした高床式の神殿の中で布団をかぶって、半泣きでシーツに顔を埋めていた。

「**ああっ………もう嫌だ。俺、天皇、やめたい**」

こうして『神武《じんむ》天皇が建国した』とされる『日本』という国は、10代目・崇神天皇の御代で消えてなくなろうとしていた。

崇神は、グスンと鼻をすする。

「だって、俺、今日で自粛生活、何日目？　全然、外出してない。早く仕事してぇ……」

この神殿の中には**神床《かむどこ》という神聖に清めたベッド**があり、崇神はそこで**神様のアドバイスである神託《しんたく》**を仰《あお》ぐために、毎日毎日お祈りをしていた。しかし神託は神床に寝て夢で得るので、神様が現れてくれなければ、**ただの引きこもりニートだ。**

「はぁ……このままずっと神が出てこなかったら、どうするよ。…………もしかして俺って、天皇の才能ない？」

というのも、**崇神が天皇に即位して早々、国中に疫病《えきびょう》が蔓延《まんえん》してしまい、国民が尽きてしまうのではないかというほど、人が亡くなっていた**のだ。**崇神は**憂《うれ》い嘆《なげ》いて、天皇として現状をなんとか打破しようと**神床にこもった**のだが、その肝心の神様がなかなか現れてくれない。

崇神は顎《あご》に手を当て、髭《ひげ》を親指でジョリジョリしながらブツクサ喋《しゃべ》り出す。

「うーん。どうせ神が出てこないなら、もっと『病床確保』とか、『緊急事態宣言発令』とか実務的な仕事がしたいんだけど……でも神託を得られなかったとなると、大御宝《おおみたから》を不安にさせちまうし……なんか…………**適当に嘘ついて誤魔化しちゃう？**」

崇神は神棚に恭《うやうや》しく祀《まつ》られた御神体の鏡をチラッと見上げた。夢には全く出てこない神様だけれど、やっぱり何か視線を感じるというか……何か、い・そ・うな気配はする。

崇神からは、諦めのため息が漏れた。

「はぁ…………ごめんなさい。嘘です。俺にそんな勇気はありません。だから、お願いです。

いい加減、出てきてくんない？」

　そう言うと脱力して、また布団に包《くる》まった。

　ライフハックが趣味で、皇太子時代から本格的な国家構想を日々練り上げていた崇神。自分が天皇になったら、やっといろんなことに着手できると思っていたのに。まさかこんなニート生活を強《し》いられるとは。

「うぅん。天皇の仕事が『国民の平和を祈ること』だとは分かっていたが、こんな非常事態に祈ること以外、何もできないなんてな……こんなことになるなら、やっぱりオオビコ伯父さんに天皇やってもらうように、親父に頼めばよかった」

　とは言っても、そのオオビコは伯父なので『息子が天皇を継ぐルール』のこの時代では皇位継承権がなかった。でもオオビコの方が年上だし、経験値も違うし、天皇っぽい威厳もあるし……もし、代わりになってくれてたなら、こっちは気が楽だった。

　崇神は深いため息をついて、独り言を続ける。

「今更ながらオオビコ伯父さんが皇位を継がず、親父に譲った理由が分かるな。あの人も仕事一筋だし、今頃、俺の仕事は全部伯父さんがフォローしてくれてるんだろう……あーぁ。なんで天皇って息子しか継げないんだろう。伯父さんの方が、絶対に徳があるのに……」

　それでも、ノリだけで生きている腹違いの弟、イマスが天皇になるよりは自分がやった方がはるかにマシだという確信はあったが……現状、皇太子時代より全然、働けていない。

「はぁ……テレワークとか言って、神床に仕事持ち込んだらダメかな？」

崇神は布団からむくりと起き上がると、神殿の小さな窓からそっと、外を覗《のぞ》き込んだ。もう夕方だ。今日も1日何もしないで終わってしまった。カラスの鳴き声が切ない。心の奥底から、だんだん文句が溢《あふ》れてくる。

「あーぁ。初代はいいよなぁー。カラスの使いとか獣人とか従《したが》えて、ＲＰＧの主人公みたいなカッコいいヒーロー武勇伝が残ってて。建国後の仕事なんて地味なことばっかだし、頑張っても国民からは文句しか届かねーし、こんな疫病が流行っちまったら、全部俺のせいだし。大御宝のためにと思って毎日毎日こんな必死こいて祈ってんのに、誰も褒めてくれねぇんだもん。まじで天皇、何もいいことねぇわ。なんなら俺、官僚になりてぇ。事務次官になって、この国のＩＣＴ環境全部整備し直してやりてぇ。……**おお、神よ！　我にWi-Fi環境と、Ma●Book Proと、スター●ックスコーヒーを与え給えっ！！！**」

崇神がだんだんバグッてきた。確かに限界が近そうだ。しかし「神託を受けた」なんて嘘をつく勇気もなく、崇神は仕方なくまた神床の布団に包まって、ゴロンと横になる。

そして、いつの間にか眠りに落ちてしまった。

「…………い…………おい…………**おい！　崇神とやらっ！！！**」

「んっ？　…………んへ？」

崇神がぽわっと目を開くと神棚の下に、身なりの整った見知らぬ初老男性が佇《たたず》んでいた。

「**うわっ⁉　誰っ⁉⁉**」

「大物主大神《おおものぬしのおおかみ》だ」

「オオモノ…………え？　神？？？　三輪山の？？？」

「いかにも」

その返答に崇神は一瞬静止したが、脳内処理が終わるとすぐに万歳と両手を高く上げる。

「**うわぁぁ……！！！　やっと出たぁぁぁ！！！　やっとだよ！！！　ありがとう！！！！**

俺の前に現れてくれて、まじでありがとうございますっっ！！！！！」

ようやくこの夜、神のオオモノヌシが夢に現れたのだ。崇神は感激してオオモノヌシの手を握ろうとしたが、スッと避《よ》けられ距離を取られる。

「へ？」

「**ソーシャルディスタンス**」

「あっ………はい、スンマセン」

世知辛《せちがら》い世の中に崇神はシュンと肩を落としたが、**オオモノヌシは冷静に用件を話し出す。**

「お主、疫病に悩まされておるな？」

「おぉ！　そうです！　よかった。『もう事情、全部知ってます』みたいなキャラなんだ」

「**これは、ワシの御心であるぞ**」

オオモノヌシは威厳をもちながらも、疫病の理由を簡潔に述べた。しかし、祟神には意味が分からない。

「ん？　どういうことだ？」

「疫病はワシの意思だと言っておる」

「え？　なんで？　俺、何か悪いことしました？」

「いや。何もしておらん」

「なら、なんで……」

「**何もしておらんからだ**」

オオモノヌシは凄《すご》んだが、祟神の頭の上にハテナがたくさん乗ったままだ。オオモノヌシはムスッとして説明を続ける。

「出雲《いずも》の大国主神《おおくにぬしのかみ》が三輪山の上にワシを祀った話は知っておるか？」

「ああ、出雲の国造り神話ですよね？」

「うむ。あれはいつの話だ？」

「ああ、えっと……太古かな？」

「そうだ。では、伊須気余理比売《いすけよりひめ》の話は知っておるか？」

「もちろん。初代の皇后なんですから。**ふっ！**　内容も衝撃的だったし……」

「うむ。あれはいつの話だ？」

「え？　…………えっと……9代前だから…………………………すごく昔ですかね？」

「**そうだ。そこから今まで、主らはワシに何をした？**」

「え？　何も…………………あぁ。…………何も……してない…………です」

「**そうだ。何もしていない**」

崇神はここまできてやっと、オオモノヌシが疫病を蔓延させた理由を察する。

「あ、あの…………ちょ、すみません、ちなみに、今、三輪山の神社ってどうなって……」

「**とっくの昔に朽《く》ち果てておる**」

「アッ……」

やっぱりだ。やっぱり、疫病の原因は**長い間、彼を放置してしまったこと**らしい。

「　**ワシは　主の　祖《そ》ぞ？**　」

「あ、はい……ごめんなs……」

「**これは、女の祖は祀らぬという、頑《かたく》なな意思表示か？　男尊女卑《だんそんじょひ》か？**」

「やっ…………違っ……ごめ…………ごめんなさい。そんなつもりでは…………」

「**祀れ**」

「はい。祀ります。早急に祀ります」

「**オオタタネコをもちてワシの御前《みまえ》を祀れば神による祟りは起こらず、この国は安らかに平穏になるであろう**」

「はい。かしこまりました。早急に手配いたします」

「よかろう」

「**貴重なアドバイスをいただき、ありがとうございましたっ！！！！**」

崇神がベタッと土下座をすると、オオモノヌシは満足そうにうなずいた。

「うむ。然《しか》らば」

オオモノヌシはそう言って、スゥッと消えてしまった。威圧的な神託で緊張したが、これで具体的な対策が取れる。オオモノヌシの姿がなくなると、崇神は安堵《あんど》から胸を押さえた。

「よかった……要はオオタタネコにオオモノヌシを祀らせれば、疫病がなくなって国は平穏を取り戻……………ん？　待てよ？　オオタタネコ？　**オオタタネコって誰だ？？？**」

《**バサッッッ！！！！**》

崇神が神床から勢いよく起き上がる。さっき寝たばかりのはずなのに、もう朝だ。

「あっ……あれ？　**今の夢？？？**　神託リアルだな。**いや違う、落ち着け。オオタタネコだ。**オオタタネコって人を探さないといけねんだ。急がねぇと……！！！」

こうして崇神はすぐに、駅使《はゆまづかい》を四方に放った。『駅使』とは、早馬専用の精鋭部隊のことだ。

駅使が『**オオタタネコ**』**という名前の人物を探して、**国中を走り回る。疫病の終息がかかっているのだから、みんな必死だ。

お陰ですぐにその名前の人物が、**河内《かわち》の美努村《みののむら》**（大阪府八尾市）**で見つかった。**

9

オオタタネコという名前の人物は、早々に**崇神の前へ連れ出された。**この人に日本の未来がかかっているのだ。崇神はオオタタネコを見ると、思わず前のめりになる。

「**オオタタネコ！！！　あんたがオオタタネコか？？？**」

「はっ……はいっっっ！」

しかし突然、自宅に朝廷の使いが現れ、あれよあれよという間に天皇に謁見《えっけん》することになってしまったオオタタネコは、萎縮《いしゅく》して半べそだ。その姿は正直なところ、普通の一般人にしか見えない。本当にこの人がオオモノヌシが指名した人物なのだろうか？

判断がつかなかった**崇神は、**何かヒントになるように**質問をした。**

「あーーえっと。**……オオタタネコって、誰の子なんだ？**」

「え？　私の父親ですか？　父の名は、『建甕槌命《たけみかづちのみこと》』です」

その名前に驚き、崇神は勢い余って立ち上がる。

「**タケミカヅチだと!?!?　初代に布都御魂《ふつのみたま》 剣《のつるぎ》を授《さず》けたあの？？？**」

タケミカヅチと言ったら、高天原《たかあまのはら》を代表する武神ではないか。しかし、オオタタネコは今にも泣き出しそうな顔で首をブンブン横に振る。

「**いえ！　ごめんなさい！　違うんです！！！**　別人です。実はウチ、大物主大神の家系で、家族全員、日本神話ガチ勢なので、おそらく祖父が勝手に……」

「オオモノヌシの家系⁉⁉⁉」

「ごめんなさいっ！！！　ひぃひぃおじいちゃんのお話ですっ！！！！！」

「大丈夫！　ウチは、ひぃひぃひぃひぃひぃひぃひぃじいちゃんだからっ！！！！！」

「あ、なるほど、ありがとうございますっ！！！　……ん？　え？　何が大丈夫なの？？？」

この話を聞いて、崇神はオオモノヌシの指名した『オオタタネコ』がこの人だと確信した。

そこで、状況が飲み込めず動揺《どうよう》しっぱなしのオオタタネコに、事情を説明する。

崇神から神託の話を聞くと、オオタタネコは驚いて両手で口を覆《おお》った。

「**えぇっ⁉**　大物主大神が私を推薦《すいせん》してくださったんですか？？？」

「そうなんだよ！　俺も名前だけ伝えられたから、どうなるものかと思ったが、なるほどな。

そういうことか……君が見つかって、本当に助かった！」

崇神が安堵の笑みを浮かべると、オオタタネコも嬉しそうだ。

「すごい……その、私の出生の詳細ですが、大物主大神がイクタマヨリビメを娶《めと》って産んだ、クシミカタの子の、イイカタスミの子の、タケミカヅチの子が、私、オオタタネコなのです。そのため大物主大神の神話は、小さい頃から聞いておりまして……それがまさか、天皇陛下の御夢《みゆめ》に現れ、私の名前を出してくださったなんて…………感激です」

それを聞いた崇神は大いに喜んで、オオタタネコの手を握り喋る。

「ああ、俺もだ！　これでやっと、天の下が平和になって、国民に活気が戻るな！！！」

「えっ？　あ、まっ……まだ、私でお役に立てるか、分かりませんけど………」

天皇に両手を握られ、オオタタネコが萎縮して肩をすくめると、崇神はご機嫌に笑った。

「ははっ！　大丈夫だ。オオモノヌシの保証付きだし、何かあったとしても、どうせ全部俺の責任だ。**早速、オオタタネコを神主にして、オオモノヌシを祀ろう！**」

「はっ、はいっ！！！」

オオタタネコは、ピシッと背筋を伸ばした。こうして崇神はすぐオオタタネコを神主にして、みむろ《神の住まい》の三輪山（大神《おおみわ》神社）に丁寧にオオモノヌシを祀った。

神々の祭祀

これでやっと疫病を収めることができると思った崇神は、その夜、久しぶりに、ふかふかの自分のベッドに潜った。

「はあぁっ……気持ちいいぃぃ………」

寝慣れた自分のベッド。安心感が半端ない。崇神は、溜まりに溜まった疲れから解放されるように、スゥッと眠りに落ちた…………**が、それも束の間。**

「…………え…………ねぇ…………**ねぇ！　崇神ったら！！！**」

「んっ？　………んへ？」

崇神がぽわっと目を開くと、枕のそばに美しい服を身にまとった可愛らしい女性が佇んでいたではないか。どこか高飛車な雰囲気がある女性は腕を組んで、ご立腹の様子だ。

「うわっ!?　誰っ!?!?」

「あんたねぇ……あれ、どうゆうことなの？」

「へ？　あれって？」

「あんた、なんでオオモノヌシばっかり、あんな丁寧に祀ったのよっ!!!」

なんでか知らんけど、キレている。崇神は戸惑《とまど》いながら返事をする。

「え？　だってオオモノヌシが、疫病の呪いを解いてくれるって言ってたから……」

するとこの回答を聞くや否や彼女はさらにブチギレて、まくし立ててきた。

「はあぁ？？？　何よそれ、意味分かんない!!!　じゃあ、私が私の可愛い可愛い子供達に疫病を撒き散らせば、あんたは私を祀るわけ？　それって違くない？　私、今日まで毎日毎日疫病が収まるようにお祈りしてたのよ？　普通だったら疫病ばら撒いてる神より、防ごうとし

てる神を祀らない？　私がお祈りしなかったら、みんなもっと死んでたのよ？　それなのに、みんなアマビエアマビエって…………アマビエとかいう妖怪より、神の私の方がずっとずっとすごいのにっ！！！　もぉぉー！！！　みんなのばかばかばかばかばかっ！！！！！！」

　ここまで一気に言い切ると、彼女は半泣きで崇神をポコポコ両手で殴ってきたではないか。どうすることもできず、とりあえず崇神はペコペコ頭を下げる。

「痛っ……痛いです、ごめんなさい」

　しかし、彼女は止まらない。

「だいたいあんたもあんたで、なんなのよ？　珍しく神床にきたから、神託でも与えてやろうと思ったのに。あんた終始仕事のことしか考えてなかったじゃないっ！！！　あーーーもう、ムカつくムカつくムカつく！！！！　あんた、一体、仕事と私、どっちが大事なわけ？？？？」

　初対面の女性が、急にカノジョみたいなことを言ってきた。一方的で、全く話にならない。崇神は、また彼女に殴られることを覚悟しながら、ひとつの質問を投げかけた。

「ご…………ごめ……てか…………………君、誰？」

　すると彼女は案の定、また烈火《れっか》の如《ごと》く怒鳴り散らす。

「はぁぁ？？？？　あんた、自分の先祖の顔も分からないわけ？　いや、仮に分からなかったとしても、私を祀らない理由にはならないからね？　だって私、皇祖神《こうそしん》よ？　祖神《おやのかみ》よ？　なんで、私がこんな必死に、あなた達のこと愛してあげてるのに、あなた達は私のことを少しも愛してくれないのっっ？？？　私のこと大切にする気があるなら、三輪山よりもっと好立地の

ところで、私のことちゃんと祀って崇めなさいよっっ！！！！」

この言葉で崇神はやっとピンときて、彼女を凝視する。

「**は？　『皇祖神』？　だと？**　え。じゃあ、まさか、君が……」

「**そうよ！　天照大御神に決まってるじゃないっっ！！！！！！！**」

「**君が、アマテラスだと⁉⁉**」

《バサッッッ！！！！！》

崇神はベッドから勢いよく起き上がると《**バチン！**》と手を合わせた。

「**すまないっ！**　そんなつもりは…………て、あれ？　アマテラス？　どこ行った？」

あたりを見渡したが、もうアマテラスの姿はない。一瞬で消えてしまった。

「……うわ、今のも神託か。やばいな。だんだん現実との区別がつかなくなってきた」

外はもう明るいのに、全く寝た気がしない。神託を受けた日は、決まって睡眠時間を損した気分になる。

「アマテラス……神床じゃなくても出て来られるんじゃないか。確かに三種《さんしゅ》の神器《じんぎ》は、いつもこの寝所に置いて祀ってるけど…………ん？　ってことは、**俺との同室が嫌なのか？**」

崇神は寝室の神棚に祀った三種の神器を見上げ、八咫鏡《やたのかがみ》にそっと触れた。

天孫《てんそん》ニニギが、アマテラスから賜《たまわ》ったと伝わる神宝で、代々受け継がれてきた三種の神器。八咫鏡も草薙剣《くさなぎのつるぎ》も八尺瓊《やさかに》の勾玉《まがたま》も、神様の時代の宝だとは思えないほど美しく、静かな輝きを放っている。

崇神も天皇に即位した時に継承の儀式を行い、普段から大切に自分の寝所に祀っていた。

「しかしまさか、アマテラスがあんなに鬱憤《うっぷん》を溜め込んでいたとは……三種の神器のために、特注で箱でも作ってやろ。てか、この部屋から出すなら、依代《よりしろ》にできるレプリカも必要か？　盗難か火災か何かあった時に依代がなきゃ、アマテラスの御霊《みたま》が消えちまうし……うぅん……改めて『ちゃんと祀れ』と言われると、やることがたくさんあるな。つーか、アマテラス以外の八百万《やおよろず》の神々も誰もまともに祀ってないし……もしかして……全国の百万の神々、みんな鬱憤が溜まってるのか？」

崇神は顎髭を親指でジョリジョリ掻《か》きながら、思考を巡らせた。

「…………まずいな、これ。**オオモノヌシを祀っただけじゃ全然、事足りねぇってことか**」

9

崇神は慌てて叔父のイカガシコメ（ニギハヤヒの子孫・物部《もののべ》氏の祖先）に命じて、神様に祀る専用の平たいお皿を大量に作らせた。そして、オオモノヌシだけでなく天《あま》つ神《かみ》、国《くに》つ神《かみ》、合わせた八百万の神々みんなの神社を定めて祀らせることにする。

そして対応に一番手間取りそうなアマテラスは、長女のトヨスキイリヒメに託《たく》すことにした。

崇神は丁寧に包んだ八咫鏡を娘に手渡し、ニッと微笑《ほほえ》む。

「トヨスキ……**お前、まだ、処女だったよな？**　年頃の妹達はみんな嫁に行っちまったけど、お前は独身の方が性に合ってんだろ。旦那がいるとアマテラスが妬《や》くから、お前がこの八咫鏡を持って、アマテラスを祀るのに良さそうな場所を探してきてくれ」

「お父さん………**私、お父さんのそーゆう、デリカシーないところ大っ嫌い**」

トヨスキイリヒメは崇神の勅命《ちょくめい》を受けると、水垣宮の近くの笠縫邑《かさぬいのむら》にアマテラスを祀った。

しかしアマテラスはその場所がお気に召さなかったようで、トヨスキイリヒメは八咫鏡を祀る場所を求めて、アマテラスと日本史初の女子旅に出かけることになった。

最終的に八咫鏡は伊勢の『神宮』に祀られることになるが、そこに辿り着くまで2世代にも渡って、2人の皇女が各国を散々歩き回らせられた。

この時に立ち寄った場所は今も『元伊勢』と呼ばれている。

アマテラスを娘のトヨスキイリヒメに託しているうちに、イカガに作らせていた神様専用の平たいお皿が届き、崇神は続いて八百万の神々を祀るために動き出した。

「どの神が嫌がらせしてくるか分からないからな！　**こうなったら八百万の神々、ひと柱《はしら》も残さず全員祀ってやるっっ！！！！！**」

こうして崇神は「全国の神々を丁寧に祀るように」という勅詔《ちょくしょう》を、各国に出した。歴史の古い神社の縁起に『創建は崇神天皇の御代』と書いてあることが多いのは、このせいだ。

そして崇神自身も**宇陀《うだ》の墨坂神《すみさかのかみ》に赤い楯矛を祀り、大坂神《おおさかのかみ》に黒い楯矛を祀り、また坂の裾の神や、川の瀬の神など、**隅々の神様まで**ことごとく漏れがないように『幣帛《みてぐら》』**という、神社でよく見る、白い紙が折られてヒラヒラしてるやつの原型（たぶん布）**を祀りまくる。**

「そんで、ここで最後だぁぁぁぁあああっっ！！！！！」

崇神はトドメでも刺すように、水垣宮の前に幣帛をブッ刺した。すると《**パアァァッ！**》と波紋《はもん》のように効果が広がる。**これによってたちまち疫病の呪いは収まり、日本は平和で安らかになったのだった。**

オオモノヌシの恋物語

「はぁぁっ……疲れたぁぁ…………！！！」

崇神は水垣宮に戻ると玉座《ぎょくざ》の手前で力つき、うつ伏《ぶ》せにバタリと倒れた。

「わ！　崇神陛下、大丈夫ですか!?」

神職の装束を身にまとったオオタタネコが駆け寄る。崇神は伏せたまま愚痴《ぐち》った。

「なんで俺の御代、いきなりこんなにハードモードなんだ……疫病のせいで、即位してから俺、全然仕事してない……」

　すると、オオタタネコはクワッと目を見開いてまくし立てる。

「なっ!?　何をおっしゃいますか、崇神陛下！　八百万の神々を祀り、あの疫病を収めたではありませんか！　**それこそ、後世まで語り継がれる功績ですっ！！！**」

「え……あ、そぉ？」

「**そうですよ！**　それにやっと疫病が収まったのです。ここからは崇神陛下がなさりたかった政《まつりごと》もできます。陛下はきっと後世に残る、偉大なお仕事をなさることでしょう！」

　ここまであまり接点のなかったオオタタネコが、こんなに持ち上げてくれるなんて嬉しい。

「ははっ、そうだな。こっからまた頑張るよ、ありがと」

　崇神はむくりと起き上がると、玉座に座ってオオタタネコの方に向き直った。神職の装束をキリッと着こなしたオオタタネコは、すっかり垢抜けている。

　彼をまじまじと見ると、崇神は言葉を漏らした。

「……オオタタネコってモブかと思ってたけど、ちゃんとした格好するとイケメン枠なのな」

「えっ？　やっぱり、そうです？？？　**ありがとうございますっ！！！**」

「**謙遜《けんそん》しないのか**」

　オオタタネコは、なぜかとても嬉しそうだ。

「へへ。なにせ私は、大物主大神が一目惚れしたという絶世《ぜっせい》の美女・イクタマヨリビメの子孫ですから。そう言われると、血が繋《つな》がってるんだなーっと思えて誇《ほこ》らしいのです！」

「ふーん、なるほどな……そーいやウチの初代の皇后も、オオモノヌシが一目惚れした相手の娘だっし、面食いなんだな。オオモノヌシって」

「ふふっ！　あの、『伝説のアプローチ』は有名ですよね」

どうやらオオタタネコも初代皇后の出生にまつわる、あのひどい神話は知っているらしい。

崇神は眉間にしわを寄せる。

「イカれてる。オオモノヌシがイクタマに恋した時は、何か変な神話ないのか？」

その質問に、オオタタネコはパアァァアッと明るい笑顔になる。

「**おお、よくぞ聞いてくださいましたっ！**　イクタマヨリビメと大物主大神の神話は、三輪が三輪である由縁《ゆえん》なのです。我が家には、この地名に由来する物語が伝わっておりまして……」

そして、誇らしげに語り出した。


それは、**オオタタネコ**が**『神の子』**と言われる所以《ゆえん》でもある。**先ほど名前が出てきた**、彼の先祖の**イクタマヨリビメ**は、**容姿端麗《ようしたんれい》な絶世《ぜっせい》の美女**だったそうだ。しかしこのような噂話は、あっという間に世間に広がってしまうものだ。心配した両親は、夜這《よば》いが横行するこの時代から年頃の娘を守るため、イクタマの眠る小屋に鍵をつけることにした。

古代の鍵は縦5センチくらいの鍵穴から、先がコの字に曲がった鉄の棒を入れ、引っ掛けて開けるようになっている。かなり重くてゴツい仕掛けの鍵だが、さらにイクタマが内側から開けられないよう、2重ロック式にした。


「夜中にトイレに行きたくなったらどうするの?」

ひどく過保護な両親に、狭い部屋に閉じ込められたイクタマは、布団の上でごろんと転がり天井を見上げた。

「はぁ……こんなことされたら、いつまで経っても恋ができないじゃない」

いくら並外れた美人とはいえ、中身は年頃の女の子だ。胸がきゅーんとなって、苦しくなるような恋に憧《あこが》れる。しかしこの鍵のおかげで、幸か不幸か寄ってくる男は一切いなかった。

イクタマは目を瞑《つむ》って物思いにふける。

「『乙女の　寝すや　板戸を　押そぶらひ……引こづらひ……』大国主神が沼河《ぬなかわ》比売《ひめ》に送った歌……素敵よね。大国主神は苦労して理想の人の元に辿り着いたのに、今にも夜が明けそうになってしまって、旅支度も解かずに慌てて扉を押し引きしたの……そこに鳥達が朝を知らせてさえずり出したものだから、いじけてこう言うのよ?

『今から、あの鳥達を殺してこようかな?』なんて。ふふっ、可愛いなあ。そんなこと言われたら、無視できなくなってしまうもの。…………はぁ。……私もあんな風に、恋の駆け引きをされてみたい……」

そうしてうっとり目を開くと、**頭上から見知らぬ男性に顔を覗き込まれていた。**

「キャアッ！！！」

突然の出来事に、イクタマはビクッと飛び起きて悲鳴を上げる。そして戸惑いながら不審者を凝視した。部屋には鍵がかかっているのに。確かに、**ここに男がいる。その彼は**モデルかと思うほど**スタイルがよく、綺麗な装《よそお》いをしていた。**しかし彼はどう見ても若いのにグレイヘア。普通の人間には見えない。そして何より、**この時代の他の誰とも、比べ物にならないほど……顔がよかった。**

イクタマが緊張で固まっていると、向こうは慣れた様子で頬《ほお》を撫《な》でて、微笑んだ。**真夜中の時間にたちまち現れた**神秘的な男性を、イクタマはうっとりと見つめる。

（綺麗な人…………綺麗すぎて……触れたら消えてしまいそう…………）

イクタマが彼に触ることに躊躇《ちゅうちょ》していると、手を取られた。顔を上げれば自然と目が合う。こうしてずっと見つめ合っていたら、そのうち2人で溶けて形がなくなってしまいそうだ…………**2人はお互いに惹かれ合い、イクタマ**はそのまま見ず知らずの**男性に身体を委ねた。**

それからというもの、彼は毎晩イクタマの元に現れた。しかし両親のつけた鍵は、しっかりとかかっている。にもかかわらず夜中になると彼は、どこからともなく現れるのだ。イクタマは彼がどうやって部屋に侵入しているのか不思議で何度か質問をした。しかし、彼は曖昧《あいまい》に笑って誤魔化すだけで、何も語ってくれなかった。

　イクタマは隣でぐっすり眠っている彼を見つめる。今はこんなにリラックスして寝ているというのに、起きると彼は最初からいなかったかのように消えているのだ。

（……お名前くらい知りたいな………でも……知ってしまったら、この幸せな夢から覚めてしまいそうで………少し怖いや……）

　この日もイクタマは彼について何も聞けず、その温もりの中で眠りについた。

　そんな不思議な**半同棲《はんどうせい》生活が始まってから幾日も経たないうちに、美人のイクタマは妊娠をしてしまった。**　すると朝食中、**怪しんだ両親から**冷たい視線が送られてきた。

「イクタマ？」

「ふぇ？　……あ、はい？　なんでしょうか？　お父様？」

　イクタマはたじろぎながらも、平静を装って返事する。

「つわりは収まったか？」

「あっ、あーー最近はだいぶ楽に……ん？　え？　つわり？？？　なんのお話で……」

　イクタマは誤魔化そうとしたが、今度は父親から単刀直入な**質問をされる。**

「お前は１人で妊娠したのか？」

「へっ？　１人で？　まさか……」

「では、夫もいないのに、どうやって妊娠したんだ？」

圧がすごい。やはり、イクタマの妊娠はバレバレだったようだ。イクタマは観念《かんねん》して、モジモジと答える。

「あの……ごめんなさい。実はとても綺麗な男性がいらして、お名前も知らないのだけれど、毎夜いらっしゃるものだから……一緒の時間を過ごしている間に、自然と子供を授《さず》かり……」

その答えに父親は、《ダンッ！》と勢いよく立ち上がる。

「名前も分からないだとっ!?　お前をそんな、ふしだらな娘に育てた覚えはないっ！！」

「ごごごご……ごごごめんなささささ…………」

イクタマが半泣きで父親に謝罪する。すると、それをなだめるように母親が声を上げた。

「あなた、落ち着いてください。この子の小屋は、あれだけ厳重に鍵を掛けているんですよ？　どう考えても、おかしいではないですか」

「どういう意味だ？」

父親の質問に、母親は怪訝《けげん》な顔つきで答える。

「誰か…………特別な方かもしれないという意味です」

「……特別？」

父親が言葉に詰まると、母親はイクタマの手を取った。

「ねぇ、イクタマ？　あなたが自分で鍵を開けたわけではないのでしょう？」

「もちろんよ。私ではあの鍵を開けられないもの」

イクタマの回答に母親は深くうなずく。そして彼女の両親はその人を知りたいと思い、娘に入れ知恵をした。

「分かったわ、あなたを信じます。ではあなたの小屋の入口の床の前に赤土を散らして、彼の足跡がつくようにしましょう。そして糸巻きの麻糸を針に通し、彼の着物の裾に刺しなさい。そうすればきっと、麻糸が彼のところまで導いてくれるわ」

「え？　でも……」

イクタマの心が漠然とした不安で覆われると、それを察した母親がそっと娘の肩を抱く。

「……あなただって、自分が誰の子を産むのか知りたいでしょう？」

母親の言うことはもっともだ。イクタマは仕方なく首を縦に振った。

彼はこの夜もいつものように、部屋に現れた。しかし、彼の服が赤土で汚れた様子はない。

イクタマは躊躇しながらも、母親に言われたようにして彼の着物の裾に糸を通した針を刺した。すると袖《そで》を引かれたと思ったのか、彼が幸せそうに微笑む。

その笑顔に、イクタマの心がギュッと強く締め付けられる。

（っっ……こんな時にそんなふうに笑わないでよ。あなたが最初から自分のことを素直に全部話してくれたら、私はこんなことしなくて済むのに………）

イクタマが彼の目をじっと見つめると、彼は不思議そうに首をかしげた。イクタマは溢れ出てくるたくさんの感情を押し込めるようにグッと歯を食いしばり、１つだけ質問をする。

「あなたは…………一体、誰なの？」

やっと声に出せたその質問だけで、涙が溢れ出してしまう。急に彼女がポロポロ泣き出してしまったので、彼は動揺して抱きしめてきた。

そしてしばらくして彼女の涙が止まったことを確認すると、イクタマの少し膨《ふく》らんだお腹を愛おしそうに撫でてキスしてこちらを見上げ、綺麗な顔に困り笑いを浮かべた。……それでもやっぱり、彼はイクタマの問いに答えてくれなかった。


翌朝、目覚めて見ると、彼の裾に刺し通した麻糸は扉に空いた5センチほどの鍵穴を通って外に出ていた。彼がどんなに遠くに住んでいても追いかけられるように、ぐるぐる巻きにしておいた糸巻きには、たった3巻き（三輪）分の麻糸しか残っていない。

娘の小屋を見た父親は、麻糸が鍵穴から出ている様子を知って、戸惑いの声を漏らす。

「この鍵穴を………通ったのか？」

小屋の周りを見ても、赤土が踏まれて広がった様子はない。

「幽霊？　いや、まさかな。手慣れた人間の犯行かも知れん。必ず正体を暴《あば》いてやる」

両親が何の躊躇もなく麻糸に従って後を辿るので、イクタマは黙って後ろについて行った。

林を抜けると麻糸は、三輪山まで到って麓の杉の木を一周し、山の中に続いていく。

「神の山に住んでいる人間がいるのか？」

神聖な空気が流れる鮮やかなグリーンの山道を登っていくと、麻糸の先に神の社《やしろ》が見えた。

立派な建物だが相当古いようで、今にも崩《くず》れてしまいそうだ。

奥には3つの鳥居が横に連《つら》なった、変わった形の鳥居が見える。麻糸はこの神の社で途絶《とだ》えていた。


「この中か」

父親が神の社に入ろうとしたので、イクタマはその腕をグッと摑《つか》む。

「駄目……」

「イクタマ、この先に奴がいるんだぞ？」

「もうやめて、お父様…………」

そして、ボロボロと泣き崩れる。イクタマはついに彼の正体を知ってしまい、『やっぱり知ってはいけなかったんだ』という後悔の念に襲われた……が、きっともう遅い。

母親も娘の気持ちに寄り添って、そっとイクタマの肩を抱く。

「イクタマ…………ごめんなさい……」

しかし鈍感な父親はまだ気付かないようで、不機嫌に首をかしげる。

「お前までどうしたんだ。娘の未来がかかっているんだぞ、早く……」

父親がまだ先に進もうとしていたので、今度は母親が父親の手を握った。

「あなた…………この先には、大物主大神様しか住んでいないわ」

「オオモノヌシだと？　…………神……様…………の？」

「そうよ。イクタマの身ごもった御子の父親が誰かもう分かったでしょう？　もう十分だわ。……帰りましょう」

こうして、イクタマが身ごもった子供が「神の子」だと知った親子は、何もできず帰路についた。

そしてこの日を境《さかい》に、オオモノヌシがイクタマの前に現れることは、なくなったそうだ。

「………グジュッ……何それ……すげー切ねぇ…………**んわあぁっ！！！**」

崇神がオオタタネコの前で号泣する。そのリアクションに、オオタタネコは誇らしげにピンと背筋を伸ばした。

「こうしてイクタマヨリビメのお腹に宿った命が、大物主大神の御子だと分かったそうです」

「ぐすっ……はあ。ウチも、そーゆう神秘的な神話を残して欲しかった………」

「また、**この時、糸巻きに残っていた麻糸が、たったの3巻きであったことから、その地は『美和《みわ》』と呼ばれるようになりました。**今では『三輪』、山は『三輪山』と呼ばれています」

「え？　だから三輪山!?　うーわ。急にロマンのある名前に聞こえる！！！」

「ありがとうございます。それゆえ、『三輪』は私の誇りなのです」

オオタタネコは自分の先祖に思いを馳《は》せて、目を瞑った。言われてみれば確かに、オオタタネコもどこか神秘的で綺麗な顔をしている。

「心から愛していたんだろうな……」

崇神は素直な感想を言ったつもりだったが、さっきまで大物主大神の神話を生き生きと語っていたオオタタネコは、急に複雑な表情を浮かべた。

「え？　…………神を騙《だま》して……正体を知ったのにですか？」

「ああ。でなきゃ、あんたを指名しないだろ」

「なるほど」

そう言ってオオタタネコは黙り込む。沈黙が続いてしまったので、崇神は首をかしげた。

「……どした？」

「いえ…………もし……仮にそうであったなら、とても…………嬉しいなって」

そして安心したような、どこか物悲しいような……複雑な微笑みを向けられる。

「そうか……」

彼の微笑のワケを突っ込んで聞いて良いものか分からず、崇神は曖昧に相槌を打つ。すると、この一瞬の繊細な沈黙を断ち切り、**《バタン！》**と扉が開いた。


「ねぇ、父さん！　父さん！　父さん！　父さん！　父さんってばっ！！！！！」

崇神の息子で皇太子のイクメイリビコ・イサチだ。来客中にもかかわらず突然、部屋に入ってきた。イクメは可愛らしいクリンとした目の女の子と手を繋いで、満面の笑顔だ。

「あー。えっと、イクメ？　今、お父さん、来客中なんだけど。急ぎの用事？」

「そうなのー！！！　父さん！！！　オレね、ついに、『真実の愛』を見つけたんだ！！！」

息子の幸せな気持ちと反比例するように、崇神の気持ちは冷めていく。

「…………なぜだろう。『愛』という言葉が、急に薄っぺらく感じられる」

オオモノヌシの切ない恋物語の後の、この息子の笑顔は萎《な》える。しかし崇神のげんなりした顔を見たイクメは、オーバーに被害者ぶった。

「ええっ!?　ひどくない？？？　これぞ、真実の愛なのにっ！！！　**ねー、さーほちん♡**」

「ねー、いーくりん♡」

女の子がキュルンと可愛い声を発する。**2人の登場から秒で、ウザさMAX。**

「『さほ』？　あぁ……イマスん家のサホビメちゃんか」

イマスと言ったら、ノリだけで生きている崇神の腹違いの弟だ。あの親にこの娘。納得しかない。父親に彼女のことを分かってもらえると、イクメは嬉しそうに手を叩く。

「**ピンポーン！　大正解！！！　あ、もしかして、父さんも狙ってたー？？？　ごめーん！さほちん、可愛いすぎて目立つもんね？？？　ごめんね？　でも、祝福してっ！！！**」

「うん。おめでとう！！！　でも、イクメ？　お父さん、今、仕事中だから、**出てって？**」

「あっ、そっかそっか、ごめーん！　じゃ、また改めてイマス叔父ちゃんも誘って、みんなで一緒にご飯でも食べよー！　親族の顔合わせってやつ？？？　へへっ♡♡♡」

「うん。おけおけ。分かった。分かったから。**じゃっ！！！！！**」

崇神は半ば強制的に、イクメとサホビメを部屋から追い出した。

静けさを取り戻した部屋に、ぽつんと無言で座っていたオオタタネコと目が合ってしまう。

崇神はげんなりして謝罪をした。

「…………うるさい息子でごめん」

「**いいえっ！**　愛情表現は、人それぞれかと！！！」

オオタタネコが首をブンブン横に振る。明らかに気を遣われている。

「はぁ……アイツ、あれでも皇太子だから。俺が生きてる間に、もうちょい威厳のある感じに仕上がってくれると助かるんだけど……」

崇神がため息をつくと、オオタタネコは不思議そうにこちらを見上げた。

「………あ……あの……なぜ、イクメ様を皇太子に？」

「ああ、それは……」

気まずそうなオオタタネコの問いに答えようとしたタイミングで、イクメが戻って、扉からピョコリと顔を出す。

「**あ。そうだ、父さん！**　この前、山城《やましろ》がドロドロする感じの、嫌な夢見たんだよ……だから一応、気をつけといてね！」

「そうか。分かった、覚えとく」

そしてイクメはオオタタネコに気付いてニコッと会釈《えしゃく》をすると、またヒョコッと顔を引っ込めて、どこかへ行ってしまった。

戸惑っているオオタタネコに、崇神は苦笑いを向ける。

「あーゆーのが妙に当たるもんだから、側から離せない。それに、あれでいて一番仕事ができるし、部下からの信頼も厚いんだ。俺の息子の中で、あいつ以上に器量のある奴はいない」

「なるほど」

崇神があまりにもスラスラと答えたものだから、オオタタネコは『愚問だったな』と質問したことを反省した。その後も崇神はイクメを可愛がって、自分の近くに留めて離さなかった。

初国知らししミマキング

さて、疫病は収まった。ここからやっと本当にやりたかった仕事ができることが嬉しくて、崇神は腕まくりをする。そして、頼れる3人の将軍を呼び出した。

「オオビコ伯父さん、タケヌナ君、イマス、**集合っ！**」

「「「**はっ！**」」」

伯父のオオビコ、その息子のタケヌナ、崇神の弟のイマスがピシッと整列する。崇神は天皇らしく重々しい雰囲気で口を開く。

「みんな……まずは、聞いてくれ。初代・神武天皇が「家族みたいな国にしよう」と理想を語って日本が建国されてから、俺で早くも10代目になった。だが、2代目以降の業績が『**欠史八代』と言われるレベルで全くない。**正直なところ、東北はおろか、割と近場の丹波《たんば》ですら、統治下にあるのかと聞かれたら微妙な状況だ。**いい加減、俺らの代で何かしなくちゃダメだと思う！！！！！**」

将軍達は『ですよね』と言わんばかりに、大きくうなずいた。

「そこでまずは、イマス！」

「**うぃっ！　なんだい？　ミマキング★**」

ノリだけで生きている崇神の腹違いの弟・イマスが、天皇にパチンとウインクを送る。

「あ……うん、ごめん。ここで話止めたくないから、普通に『陛下』って呼んで欲しい」

「えー？　崇神天皇陛下こと、ミマキイリヒコ・イニエお兄タマの本名が長すぎるから、国民に覚えてもらえるように、夜通し考えてあげたあだ名なのに。**いいでしょ、『ミマキング』！**　俺、天才だと思ったんだけど。まじ、ネーミングセンスの神降りた。俺は思金神《おもいかねのかみ》か？」

「そうか。そうだな。おけ。分かった。イマスは天才だ。天才だから、丹波国で朝廷に逆らっている『クガミミノミカサ』って奴を退治してきて欲しい」

「**うぃー★　任して、ミマキングゥ★**」

「うん。ちなみに、『天皇』は英語に訳すと『エンペラー』だ」

イマスはテヘッと舌を出して、敬礼をした。イマスは先ほどイクメと一緒に出てきた、サホビメのパパでもある。この3人と食事会なんかセッティングされたら地獄だなと思いつつ、崇神は話を続ける。

「そして、オオビコ伯父さんと、タケヌナ君には北陸・東海地方の平定を任せたい」

「「はっ！」」

オオビコとタケヌナがピシッと姿勢を正す。2人は親子揃《そろ》って、誠実な軍人って感じ。崇神は幼い頃からオオビコの世話になっているので、一番信頼している。イクメの母もオオビコの娘で、いとこ婚するくらい親交が深い。

崇神はテキパキ指示を出した。

「今のところ、北陸・東海地方では目立って朝廷に逆らうような勢力の情報は入っていない。その代わり、俺の存在を知っているかどうか怪しい地域がある。そこで、オオビコ伯父さんは越国《こしのくに》を回って新潟あたりまで。タケヌナ君は東海・関東の十二国を回って福島あたりまで。順に訪ねて、日本の成り立ちや国家の方針について伝えて欲しい」

「「はっ！」」

「日本は『シラス国』だ。『国の方針を天皇が広く国民に知らせれば、争いは起きない』という理想像《ビジョン》がある。だから極力、従わない人達も説得によって和平に導くように」

「「はっ！」」

「……ま。つっても、そう甘くないのが現実ってもんだ。どうしても話が通じなければ確実に勝てる数の増援を送るから、無理はせずに早馬を寄越《よこ》してくれ」

「「かしこまりました！」」

オオビコとタケヌナがまたピシッと揃って敬礼をする。イマスと比べると、すごい安心感。

ひと通りの指示出しが終わると、崇神は3人に真剣な眼差《まなざ》しを送った。

「俺の御代で、国として初めての法令を施行《しこう》する。そのためには3人の協力が必要不可欠だ。頼んだぞ！！！」

「「「はっ！」」」

こうしてようやく崇神の御代に、日本の国内情勢が動き出した。そして、オオビコは越国を通るルートから、その息子のタケヌナは東の十二国を通るルートから遣わして、従わない人達を和平に導くことにする。

またイマスは丹波国に遣わして、クガミミノミカサという敵を殺させることにした。

9

オオビコは崇神の父の開化天皇の御代から仕えており将軍歴も長いので、慣れた様子で馬に跨《またが》り、兵を引き連れていく。そして越国に向かうために、山城（京都府）方面に馬を進めた。

この辺の道は平坦で穏やかだ。

やがて山城の幣羅《へら》坂（京都府木津川市）に差し掛かると、綺麗な歌声が聞こえてきた。その美しい歌声に、兵達の心が癒される。

どうやら、丘の上に立って青空を見上げている少女が歌っているようだ。神秘的なオーラを放ち、巫女のような短いスカートを腰に巻いている、不思議な少女だ。

あまりにも気持ち良さそうに歌っていたので、オオビコ達は邪魔にならないように、少女の後ろをそっと通り過ぎた。すると、歌詞の内容が耳に入ってくる。

「ミマキさんは～　ミマキさんは～　知らないのかな～　後ろの扉を行っては来ては～　前の扉を行っては来ては～　様子をうかがっているというのに～　知らないのかな～　あなたの～命を盗んで殺そうとしているのに～　ミマキさんは～　知らないのかなぁ～♪♪♪」

「は？　ちょちょちょちょちょ…………まま待ってくださっっ…………！！！」

その歌詞があまりにも衝撃的だったので、オオビコは怪しんで慌てて馬を引き返す。だって『ミマキさん』と言ったら崇神の本名だ。それを殺そうなんて、物騒すぎる。オオビコは馬の上から、不思議な少女に質問をした。

「失礼します……先ほどあなたが言った言葉は、どういった意味でしょうか？」

「はへ？　わたし、何も物をゆってないですよ？　ただ歌を詠んでいただけで、鼻歌みたいにふふふ～ん♪　ははは～ん♪　って。……ほぉら。なぁんにも意味なんてないでしょう？」

そして、少女はほわんと微笑むとたちまち霧のように消えて見えなくなり、行方が分からなくなってしまった。

「なっ!?」

オオビコはあたりを見渡したが、もうどこにも少女の姿はない。オオビコは戸惑って兵士達の方を見て聞く。

「今…………いたよな？」

兵達も信じ難《がた》い様子でで、コクリとうなずいた。

オオビコは慌てて馬を走らせ、**都に戻る**。そしてすぐに崇神の部屋の扉をバタンと開いた。

「**ご無事ですか！！！　ミマキング！！！！！**」

崇神が驚いて振り返る。まだ無事だった。しかし、信頼していた伯父からも『ミマキング』と呼ばれたことに、ショックを隠しきれない様子だ。

「オオビコ伯父さん………ひどい。信じてたのに……裏切り者…………」

「**はっ！**　申し訳ございません。慌てて、つい……」

「『つい』で、ミマキングが出るか？」

崇神がジトッと伯父を睨《にら》み付けると、オオビコは堪《こら》えられず笑みを漏らした。

「ふっ！　あ。いえ、申し訳ございません。遠征中ずっと離れなくて……イマス君のユーモアのセンスはさすがと申しますか……いや、**そんなことより！！！**」

オオビコは自分達が見たことを全て崇神に報告した。崇神は腕を組んで顎に手を当て、話に聞き入る。

「……山城で？」

「はい。何かのお告げではないかと思いまして」

お告げといえば先日、息子のイクメにも何か言われた。

「山城がドロドロする感じ…………泥？　ハニ……ハニヤス……か？」

「我が父・孝元《こうげん》天皇の御子で、腹違いの弟『タケハニヤス』のことでしょうか？」

崇神は深くうなずいて答える。

「ああ、そうだな。俺が思うに、山城国に住んでいる叔父のタケハニヤスが、反逆心から兵を挙げたことが少女の歌に表れたんだろう。幣羅坂の先の川を渡ったら、すぐにタケハニヤスの城だ。もしかすると、すでに挙兵して待ち伏せされていたのかもな。……オオビコ伯父さん、こちらも挙兵して山城に行くべきだ！」

「かしこまりました！」

崇神の勅命を受けたオオビコは、すぐにヒコクニブク（丸邇《わに》氏の祖先）を副将に任命する。そして命を受けたクニブクは忌瓮《いわいべ》（神聖な酒器《しゅき》）に酒を入れ、丸邇坂（奈良県天理市和爾町）で神様に祀ると、勝利を祈願して出陣した。

オオビコとクニブクが山城の和訶羅《わから》河（木津川）に辿り着くと、川の向こうでハニヤスが軍を興《おこ》して道を遮《さえぎ》っていた。ハニヤスはまさかオオビコが軍を興して来るとは思っていなかった様子で、慌てふためいている。オオビコは声が届くくらいまで、前へ出る。

「タケハニヤス！　こうして軍を興したのだ。覚悟を決めなさい」

ハニヤスはオオビコのことをグッと睨んだ。ハニヤスの軍と皇軍が互いに川を挟《はさ》んで向かい立って、挑発（挑《いど》み）し合ったことから、この場所は伊杼美《いどみ》と名付けられた。今では伊豆美《いずみ》（泉大橋）と呼ばれている。

ここで副将のクニブクが前に出て、相手に見えるように神聖な儀式用の弓矢をかざし大きな声で提案をした。

「そちらの方、まず先に忌矢《いわいや》を放ちなさい！」

この時代の戦いでは、はじめにお互いの代表が矢を打ち合い勝敗を占う儀式があった。戦う前から勝敗の予想が出てしまうので、士気を左右する大事な儀式だ。

ハニヤスはイライラした様子で前に進み出ると、返事もせずに思いっきり矢を引き放った。しかし、矢はどこにも当たらず川にぽちゃりと落ちてしまう。そこで、クニブクもグッと弓を引いて空へ放つ。

するとその矢は瞬く間にハニヤスの心臓に命中して、死んでしまったではないか。まだ戦いも始まっていないのに、大将がいなくなってしまった。ハニヤス軍はあれよあれよという間に負けてしまったので、みんな慌てて散り散りに逃げ出した。そこでクニブクの軍が、その逃げる敵を追い詰めていく。

やがて久須婆《くすば》の淀川《よどがわ》の渡し場まで追い詰めると、敵はみんな責めたしなめられて、苦しんだ。それがつらすぎたものだから、う●ちを漏らしてしまい袴《はかま》が汚れ……このためその地は屎褌《くそばかま》という地名になってしまった。今ではそんな悲しい過去の思い出は全て淀川に流され、久須婆《くずは》（楠葉）というグリーンアロマの香りそうな素敵な名前になっている。

またこの淀川も逃げ出した兵を遮《さえぎ》って斬ったところ、鵜《う》のように川に浮いたので、鵜河《うかわ》と呼ばれていたとか。それでも逃げた兵を追い詰めて斬りはふった場所は波布理曾能《はふりその》と呼ばれた。今では祝園《ほうその》という縁起の良さそうな素敵な地名になっている。

そうして全ての残党をやっつけ終えると、クニブクとオオビコは都に帰って、崇神に勝利を報告した。

9

ハニヤスビコの一件が片付くと、**オオビコはやっと崇神に言われた通り、本来の目的地の越国に向かった。**越国はまだ繋《つな》がりが弱く、反抗的な人も多いと聞いていたが、みんな驚くほど素直に言うことを聞いてくれた。ハニヤス討伐の噂が広がったのだろうか？　そこでオオビコは命令通り、各国の代表に日本の成り立ちを伝え、さらに政治を丁寧にコンサルティングして回った。

やがて東海・関東を回っていた息子のタケヌナとオオビコが落ち合う。タケヌナも順調に平定を終えたようだ。**そこで記念にこの地を相津《あいづ》（会津）と名付けた。**

こうして各地に送られた使いは、行った国の政治を指導して平定した。

全ての任務を遂行《すいこう》したオオビコ親子は、**崇神の元に戻って成功を報告する。**崇神は嬉しそうにパチパチと手を叩いた。

「さっすが、オオビコ親子！　やっぱ、頼りになるなー。助かったよ、ありがとう」

「「ありがとうございます！」」

オオビコ親子はまたピシッと背筋を伸ばした。そこで《バタン！》と扉が開く。

「**やほやほ！　ミマキン・スカイウォーカー★**　俺もクガミミ討伐してきたよんっ！」

イマスだ。

「あ、うん。ありがと」

崇神が適当に相槌を打つと、イマスが構ってくれと言わんばかりにオーバーリアクションで声を上げた。

「**えー？　待ってー？**　ミマキング、なんか俺にだけ冷たくない？　もしかして、うちのサホちゃんと、イクメくんがくっついちゃったの怒ってる？　アレ、嬉しくなかった？　なんか、ごめんねぇー！　俺の種、美男美女しか生まれないみたいなの。**ミマキングもひとりいる？**」

「いや、いい」

「**あーもーー！　冷たぁいーー！！！　ミマ兄が冷たいでちゅ。イマチュ悲ちい。ぴえん**」

「んはぁっ……疲れる…………」

いや、息子の嫁なんて息子が選べばいいし、「ぴえん」てオッサンが若者に合わそうとして使ってんのまじで痛いし、ミマキン・スカイウォーカーってなんだし、そもそも、オオビコはハニヤス倒して、越国回って息子と帰って来たところだぞ。**お前、仕事、遅すぎんだろ！！！**って言いたかったけど……崇神は面倒臭くなって、全てをスルーすることにした。

「うん、おっけ。イマスも大変だったろ。お疲れ、よく頑張ったな」

「わーい！　ミマキングに褒められたあー♡　うれちぃーー♡」

　イマスは笑って続ける。

「あー。ところでさ、クガミミ討伐した後に、『引き継いでリーダーになる人に伝えて』って言ってたアレ何？　男は貢《みつ》いで……女も………貢げってやつ？」

　イマスがいまいち理解してなそうだったので、横からオオビコが説明を加える。

「**男の『弓端《ゆはず》の調《みつぎ》』、女の『手末《たなすえ》の調《みつぎ》』**という、課税の法令**を初めて施行した**のです」

「それ！　さっすがオオビコおじちゃん。でもそれで貯水池ができるって、言われたまま説明してきたものの、なんでか分かんなくてさ。アレって、どゆこと？」

　イマスが珍しく政治の話を理解しようと頑張っている。オオビコは丁寧に説明を続けた。

「まず男性には、弓矢で得た獲物の端くれを。女性には、手先で織った織物の最後《末》を。つまり生活の中で余った分を**調《みつぎ》として朝廷に献上《けんじょう》させることにしました**。1人ひとりの献上は少量でも、全ての国民が国に献上すれば、大量の資金源になります」

　その説明を聞くと、イマスは不満げに口をへの字にして、首をかしげる。

「そうそう。それは分かるの。でもさ、それってヒドくない？　だって、せっかく働いて稼いだもん『税』とか言って搾取《さくしゅ》されたら、絶対、文句言われんじゃん？　つーか、すでに貢物は十分届いてるし、俺らはそれで生活できてるんだから、それでいいじゃんって思った」

　すると、オオビコは軽くため息をついて、説明を続ける。

「それこそ搾取するだけではありませんか。この税は我々の衣食の為に集めるものではありません。税によって、国民を雇い、国民の暮らしを豊かにしたいのです」

「搾取された上に、働く……？　いみふ……」

「いいえ。働いている期間の衣食住を税によって国が保障するのです。そうすれば、毎日狩りに出ずとも生活ができるようになりますので、彼らを労働源として、大掛かりな公共事業を進めることができます。『貯水池ができる』とはそういうことです」

「ふっ…………ふうん？」

　だんだん話が分からなくなってきたイマスは、真顔のまま口角だけを上げる。しかし、オオビコはそのまま説明を続けた。

「こうして貯水池ができれば夏場の水不足を解消することができます。そして貯水池の周りには田畑を作らせます。すると彼らは安定した食料を得ることができるようになるので、結果、税収も増える。そしてまた新しい土地に貯水池を作る。これを繰り返しながら、国と国民との間にウィンウィンの関係を構築していくのです」

「う……うぃ？」

「また都や陵《みささぎ》を造る際であっても奴隷《どれい》に無理やり働かせるのではなく、賃金を支払い仕事として国民に作業を依頼することができますので、職人として誇りを持って働いてもらうことができます。すると結果的に作業クオリティーも高まり国全体の技術力も上がる。国と国民との間に好循環が生まれるのです。これによって……」

「ぶひゃっ！！！　ごめん、もう、分かった！！！　ありがちゅ、オビ＝ワン！！！！」

オオビコの淡々とした説明に、イマスが降参して手を上げる。これと同じ説明を、越国で散々して回ってきたのだろう。オオビコはスーッと息を吸って、最後の一言を加えた。

「……これによって、天の下は太《いた》く平和になり、人々は豊かに栄えることができたのです」

「うん………ミマキングが、スゴイことしたんだってことは分かった」

いつもうるさいイマスが、急に縮こまってしまったので、崇神はつい吹き出す。

「ふっ！　やったのはほぼ、オオビコ親子だけどな」

「我々は指示されたことをやったまでです」

「それが大変なんだろ」

「……ありがとうございます」

オオビコが頭を下げると、崇神は満足げに微笑む。

「おかげで、やっと最初の一歩が踏み出せたよ。ありがとなっ！！」

崇神の御代になった途端、疫病に出鼻を挫《くじ》かれ、親戚の裏切りで計画が遅れ……挫けそうになったこともあったけれど、ようやくここまで漕《こ》ぎ着くことができた。

崇神は感慨《かんがい》にふけって、弟のイマスに語り出す。

「なぁ、イマス？　俺らは今まで『天つ神の御子だから』『天皇だから』とさえ言っていれば神様にお供えするみたいに、誰かしらが何かしら持ってきてくれて、生活ができていただろ？日々の狩りや、農作業をしない分、神に豊作を祈って雨乞《あまご》いして……。

でもさ、やっぱそれだけじゃ、どうにもなんないことってあるんだよ。疫病が流行ればたくさん人が死ぬし、日照りが続けば飢饉《ききん》が訪れ、作物が取れず、水も飲めずに、またたくさんの人が死ぬ。……でも、人の手で貯水池を作ることができれば、リスクヘッジができる。神々に頼らなくても、人の手で人の命が救えるようになるんだ。分かるだろ？」

「え？　あ、うん」

「俺がしたことなんて、近いうちに『こんな簡単なことで国家か』と笑われる日がくるだろう。だがそれでも、この土台が豊かな未来を築くんだ。土台さえあれば、改善ができるから。ここからトライアルアンドエラーを繰り返し、日本は少しずつ成熟した国になっていく。神々から見たらこんなん、本当に小さな一歩だろうけど……**これは人の国家としての大きな一歩だ！　なあ、シビれるだろ？　イマス！**」

崇神がイマスに向けてキラキラと未来への希望に溢れた笑顔を向けた。そのイマスはボーッと庭を眺めている。

「…………へ？　あ、おれ？　あ、うん、大丈夫。**さすが、ミマキング、すごぉーい！！！**」

今の熱い語りがスルーされていたことに気付き、崇神はスンッと真顔になる。

「イマス…………お前、今、俺の話、聞いてなかっただろ」

「えー？　やだなーめっちゃ聞いてたし。だって、天皇陛下のお言葉よ？　まじシビれたん」

コイツやっぱ、聞いてなかったなと、崇神は確信を深めたが、絡むのも面倒臭い。しかし、イマスの隣では、オオビコが静かに涙を流していた。

「ミマキ君……いえ、陛下。本当にご立派になられて………私はお父さんの代からこうして、あなたに仕えることができ感無量です。あなたは私の……日本の誇りです。あなたこそ、初めて国のあり方を知らせ、治めた天皇……『初国《はつくに》知《し》らしし御真木天皇《みまきのすめらみこと》』ですね？」

「オオビコ伯父さん…………**それ、ミマキングの数千倍かっこいい**」

尊敬しているオオビコに、こんな嬉しいことを言われたら、崇神の目頭も熱くなる。するとイマスが遠慮がちにポソッとつぶやいた。

「……初国知らしミマキング」

「**イマス、お前、まじで、そろそろ黙れな？**」

兄から本気で睨みつけられたイマスは、可愛く「テヘッ」と舌を出した。

「ごめんち★」

こうして、日本の基盤を築き上げた**崇神天皇は、後世その功績が讃《たた》えられ、『初国知らしし御真木天皇』**と呼ばれるようになった。また、国家として初めて徴収した税によって、**依網池《よさみの》**（大阪市住吉区）、**軽《かる》の酒折池《さかおりの》**（奈良県高市郡）という**貯水池を作った。日本史初の公共事業だ。**この依網池は日本最古のため池と言われ、江戸時代まで長く残っていたそうだ。現在は、跡地（大依羅《おおよさみ》神社付近）に石碑が立っている。

崇神の享年は１６８歳。御陵《みはか》は山辺《やまのべ》の道の勾《まがり》の岡の上（奈良県天理市）にある。

垂仁天皇
【第三章】

第三章　垂《すい》仁《にん》天《てん》皇《のう》

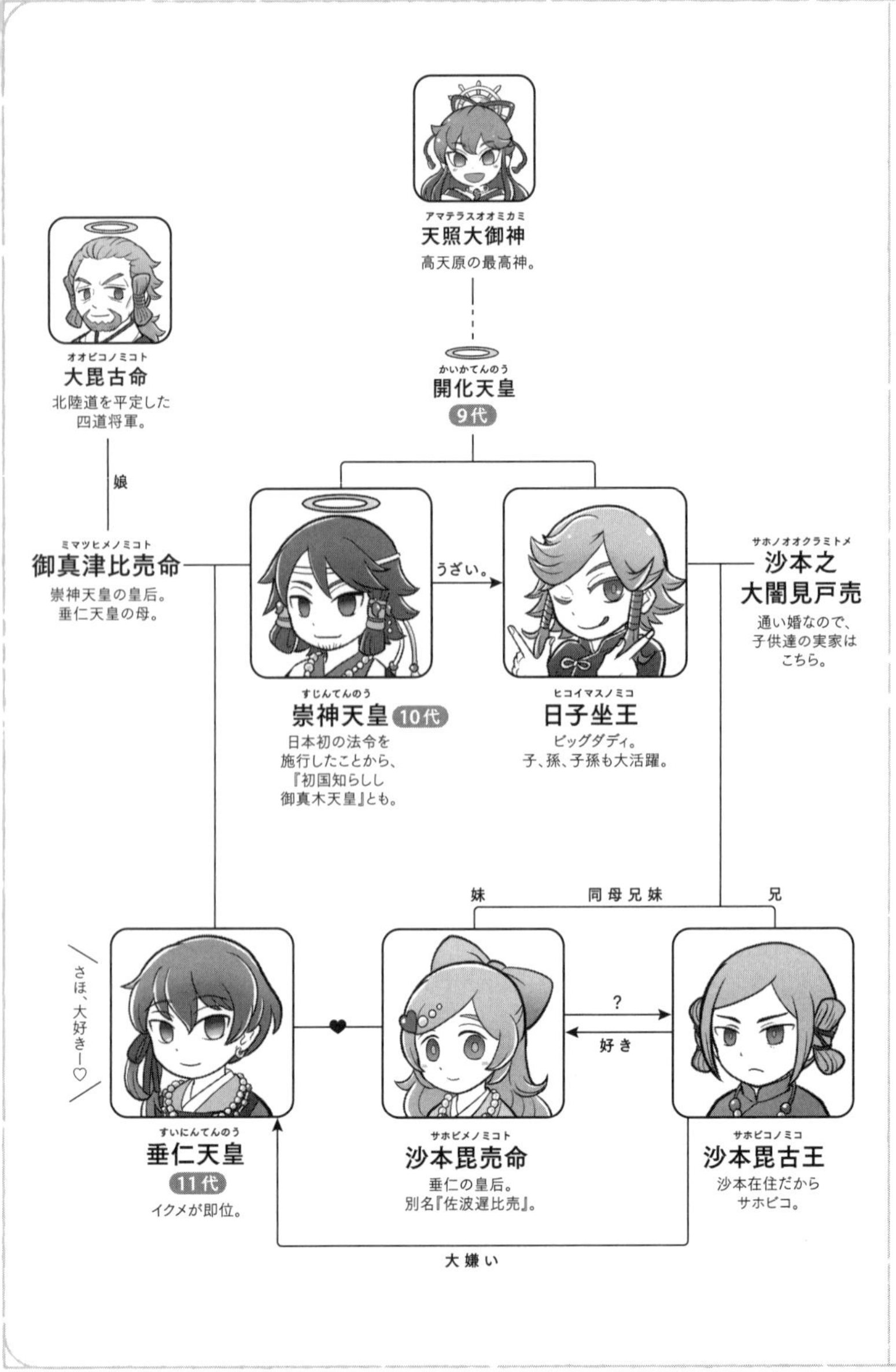
天照大御神《アマテラスオオミカミ》
高天原の最高神。
大毘古命《オオビコノミコト》
北陸道を平定した
四道将軍。
娘
開化天皇《かいかてんのう》
9代
御真津比売命《ミマツヒメノミコト》
崇神天皇の皇后。
垂仁天皇の母。
うざい。
沙本之大闇見戸売《サホノオオクラミトメ》
通い婚なので、
子供達の実家は
こちら。
崇神天皇《すじんてんのう》
10代
日本初の法令を
施行したことから、
『初国知らしし
御真木天皇』とも。
日子坐王《ヒコイマスノミコ》
ビッグダディ。
子、孫、子孫も大活躍。
妹
同母兄妹
兄
さほ、大好きー♡
?
好き
垂仁天皇《すいにんてんのう》
11代
イクメが即位。
沙本毘売命《サホビメノミコト》
垂仁の皇后。
別名『佐波遅比売』。
沙本毘古王《サホビコノミコ》
沙本在住だから
サホビコ。
大嫌い

サホビメとサホビコ

崇神《すじん》天皇が亡くなると、皇太子だったイクメイリビコ・イサチが垂仁《すいにん》天皇として即位した。

崇神の諸々の葬儀が終わると、**垂仁は皇太子時代から大好きだったサホビメを皇后に立てて、**父の水垣宮《みずがきのみや》よりもサホビメの実家の沙本《さほ》（奈良県奈良市）に少し近い、**師木《しき》の玉垣宮《たまがきのみや》**（奈良県桜井市大字巻野内）**に都を造って天下を治《おさ》めた。**

飾り気のない垂仁が、サホビメのために垣根《かきね》に綺麗な石を敷き詰めたキラキラした新居だ。

「じゃじゃーん！　見て見て、このお庭。さほが実家を離れても寂《さび》しくないように、佐保川をイメージして造らせたんだー！」

サホビメは真新しい皇居に足を踏み入れると、まるでディズ●ープリンセスのように優雅にクル～ッとひと回りした。

「うわぁ～！　本当、なんて素敵なお家なのかしら？　さほのためにありがとう、いくりん♡**垂仁になってても大好きよっっっ♡♡♡♡♡♡」**

「オレも！　さほのこと、これからもずっとずーっと大好きだよっっ♡♡♡♡♡♡」

2人はイチャイチャイチャイチャイチャイチャしながら、新生活を楽しんだ。

そんな日々から**約3年**。サホビメは休暇を取って、沙本の実家に帰って来ていた。

「はぁ……やっぱ、実家が一番落ち着くわ………」

結婚しても実家を大切にする時代。皇后が実家に帰っても全く問題はない。しかし、最近は帰りすぎなくらい実家に入り浸《びた》っている。

サホビメは冷めきった表情で、縁側から庭の空を眺めた。

「皇居って堅苦しいし、ベタベタしてくる旦那も最近ウザいんだよな。さほ達、もう新婚じゃないんだからさぁ……いい加減にして欲しいわ」

そう言って、けだるそうに縁側の戸に寄りかかると、背後から声がした。


「あれ、サホビメ？　お前、また帰って来てたのか？」

兄のサホビコの声だ。サホビメはサッと女の子座りに座りなおし、先ほどの不機嫌な顔から、**キュルン♪**　と一転し、妹属性の可愛らしい笑顔で振り返る。

「**あっ！　お兄ちゃーん**♡」

そう言って兄を見るや否や、サホビメは駆け寄ってぎゅーっとしがみついた。

「**わっ!?**　バカ、くっつくなって」

「だって皇居にいると、さほイジメられるんだもんっ！　お兄ちゃん、なぐさめてー!!!」

サホビメが、兄の胸の中にぐぐーっと顔を埋めると、サホビコの顔は真っ赤になった。この様子を、サホビメは楽しそうに観察する。

（ふふ～っ♡　さほ、本当は知ってるんだぁ。お兄ちゃんがずぅーっと前から、さほのことを妹として見られてないこと。奥さんも子供もいるのに罪な人っ♡）

困った表情のサホビコと目が合い、サホビメは小悪魔のように微笑《ほほえ》んだ。そして、兄を試すようにそっと腰に手を回し、耳元で小さくつぶやく。

「あーぁ。皇后なんて、断ればよかった……さほ、お兄ちゃんのお嫁さんになりたかったな」

兄の身体がグッと強張るのが伝わってくる。ほんの少しの沈黙に、お互いの心臓がドキドキする。**サホビコは**サホビメの肩を摑《つか》むと、自分を落ち着かせるように深く息をした。

そして、絶対に好きになってはいけない、**同じ母を持った、妹のサホビメに質問をする。**

「なあ……サホビメ？」

「なぁに？」

「お前さ…………**アイツと俺、どちらを愛しているんだ？**」

「え？　あいつって？」

「垂仁に決まってんだろ」

「えっ？」

サホビメは困って動揺《どうよう》した表情を顔に貼り付けたが、心は躍る。

（えー！　やだー♡　さほ、なんて答えたらいい？　天皇と実の兄に愛されて揺れるさほ……**ああ！　危険な香りがする！　昼ドラみたい！**　うーん。ここで『お兄ちゃん』って答えたら兄妹恋愛になっちゃうけど…………でもまぁ……なるようになっても、1回くらいいいよね？

どうせ妊娠はしないんだし。垂仁じゃ優しすぎて物足りないんだもん）

こんなに刺激的な気持ちは久しぶりだ。サホビメは伏《ふ》し目で顔を赤らめ、サホビコに聞こえるか聞こえないかくらいの小さな声で答える。

「…………お兄ちゃん……だよ」

「え？」

「さほ…………本当は、お兄ちゃんのことを愛してるの」

サホビメは大きな瞳を潤ませ、切ない表情でサホビコを見つめた。

「本当に？」

「本当よ？　……本物の兄妹なのに…………変かな？」

「いや…………嬉しいよ……すごく……」

兄が男の顔になり、自分の手をグッと握ってくる。サホビメはトロンと上目遣《づか》いを送った

……が、サホビコはみなぎる闘志を宿した瞳で妹を見つめ返し、ニッと口角を上げる。

「サホビメ！　俺を選んでくれて、ありがとう！　お前が本当に俺を愛していると思うなら、俺とお前で一緒に天下を治めよう！！！」

「……へ？」

なんか、想像していた展開と違う。次いでサホビコは、首にかけて忍ばせていた『八塩折《やしおおり》の紐小刀《ひもがたな》』を妹に押し付け与えた。

「この小刀を使って、天皇が寝ているところを刺し殺せ」

「ん？　ころ……？」

「首がいい」

「くび」

「ココ。喉仏が確実だ」

「のどぼ……」

「動脈はこのラインだが、無理はするな。狙いやすい場所がいい」

「ドゥ？」

「**思いっきりブッ刺すんだ**」

「おっ……おおおぉぉ…………」

予想だにしなかった展開に震えていると、兄が今まで自分に見せたことのない、ウットリとした表情で、サホビメの頬《ほお》に優しく手を添えてきた。

「あぁ、サホビメ……俺も愛してるよ。お前のおかげでやっと天下が奪《うば》える。アイツがもがき苦しみながら死んでいく様は、想像するだけでゾクゾクするなあ？」

そして首筋を甘噛《が》みするように、エロいキスをされた。

（ぞぞぞぞぉぉぉ……！！！！！）

9

ちょっとした火遊び感覚で兄を誘惑した結果、サホビコの壮大な計画に巻き込まれることになってしまったサホビメは、兄に持たされた八塩折の紐小刀を握りしめ、皇居に帰った。

1人で夫婦の寝室に戻ったサホビメは、長さ20センチほどの小刀を見つめる。柄頭《つかがしら》には穴が空いており、首から掛けられるように紐が付いている。刃は何度も何度も打って鍛えられたのであろう。鋭利《えいり》で鈍く光っていた。

「結構長いな……これ首に刺さったら、垂仁……痛いよね？」

そうしているうちに、誰かの足音が近づいてくる。この足音は、きっと垂仁だ。サホビメは小刀が見つからないように、紐を首に掛けてサッと胸元に隠した。金属がヒヤリと肌に当たって気持ち悪い。胃がギューッと痛む。そのすぐ後ろで足音がピタリと止まった。

「あ！　さほ、みっけー！　帰ってたんだね？　昼寝しよー♡　**膝枕して〜〜♡♡♡**」

「**えっ!?**」

驚いて振り返ると、そこにいたのは、やはり垂仁だった。しかし膝枕なんかしたら、**すごく刺しやすい位置に首が来てしまうではないか。**

「でも……」

「えー。いいでしょー？　だってオレ、最近寝不足なんだもーん。癒《いや》してよ、妻ぁ〜♡♡♡」

サホビメはさりげなく断ろうとしたが、垂仁はすでに甘えたいモードだ。**早々に天皇を殺す**

チャンスが訪れてしまった。能天気に、自ら刺しやすい位置に首を差し出そうとしてくる夫に呆《あき》れて、サホビメはため息を漏らす。

「はぁ…………もぉ……しょうがないなぁ……」

サホビメが庭側を向いて座ると、垂仁は彼女の膝を枕にしてころんと横になった。

「へへへーっ♡　幸せーー♡♡♡」

空はいつの間にか真っ赤に染まっており、夕焼けが美しい。太陽の光を受けた玉垣の庭が、反射して川の水面みたいにキラキラ輝き2人を照らす。

垂仁が自分のために愛を込めて造らせた庭だ。しかし、サホビメはこの庭を見るたびに実家の佐保川を思い出してしまい、皇居《ここ》から逃げ出したくなり気持ちが沈んだ。

そんな妻の気も知らずに垂仁はサホビメのお腹に顔をスリスリして幸せそうに微笑み、話しかけてくる。

「さほ、おなか大きくなってきたね～?」

「ああ…………うん」

「男の子と女の子、どっちだろう?　さほは、どう思う???」

「……さぁ」

垂仁の問いに、サホビメは素っ気なく答えた。実はこの時、サホビメは垂仁の子供を妊娠していたのだ。サホビメが皇后になってから3年間なかなか子供に恵まれず、最近になってようやく授《さず》かった子供。**とにもかくにも、この妊娠までが大変だった。**

世継ぎを求める周囲からの強いプレッシャーで、どれだけ心を傷つけられたか分からない。

さらに妊娠してからも、『流産したら？』『死産だったら？』『世継ぎが産めなかったら？』なんてヘビーな悩みも絶えない。

そんなこんなでこちらは心も身体もボロボロだというのに、毎日呑気にしている夫を見ると心底イライラした。サホビメはグッと眉間にしわを寄せる。

「でももし女の子だったらどうしよう……さほ、またみんなに悪口言われちゃう」

すると垂仁がオーバーに目を見開く。

「**えぇっ!?**　女の子も良くない？　だって、ちっこいさほだよ？　**天使じゃん！！！**　どっちでもいいよ。オレらの子なら、どっちも可愛いもんっ！！！」

垂仁は笑顔を向けて来たが、サホビメは視線を合わせる気になれず庭に目を向けた。垂仁は彼女を一瞬見上げると、また膝に頭を落として優しくお腹に頬ずりする。

「……ほんと、楽しみだねぇ～」

そして目を瞑《つむ》り、うつらうつらして寝てしまった。

やがて日が沈むと、徐々に暗闇が広がっていった。サホビメは垂仁の寝顔を見ながら、いつもより2トーンほど低い声でつぶやく。

「垂仁ってさ…………本当、何も分かってないよね」

垂仁は自分が殺される計画も知らず、妻の膝枕でぐっすり眠っている。

サホビメはゴクリと息を飲み込むと、サホビコに渡された紐小刀で垂仁の首を刺そうと胸元から取り出して持った。

（ここで垂仁を殺せば、この押しつぶされそうな生活から解放されて、またお兄ちゃんと一緒にゆっくり気楽に暮らせるんだ……）

サホビメは紐をぐるぐる右手に巻きつけると、柄を握り、刃を真下に向け、夫の首をじっと見つめた。そして目標を一点に絞ると、気合いを入れ《ギュッ！》と紐小刀を握りしめ掲《かか》げ、**垂仁の首目掛けて、勢いよく振り下ろした。**


（っっ!!）


「…………」

しかし、垂仁は気持ち良さそうに眠ったままピクリとも動かない。サホビメの紐小刀は下ろし切れずに、垂仁の首からだいぶ離れたところで止まったままだ。

（だっ……だめだめ………ちゃんと、垂仁のこと殺さなくちゃ……）

サホビメはまた紐小刀を振り上げて、力を込める。

（っっ!!）**（っっっ!!）**

しかし3度振り下ろそうとしても心のどこかで悲しい感情が引っかかって、サホビメは垂仁の首を刺すことができなかった。

サホビメは紐小刀を握りしめたまま垂仁の寝顔を見つめ、か細く震えた声で語りかける。

「…………ねぇ……垂仁？　さほって、『理想の皇后』じゃなくない？　全然みんなの期待に応《こた》えられないし、悪口言われてばっかだもん。なのに……なんで垂仁はさほのこと嫌いにならないの？　さほなんか……さほなんか………垂仁に愛される資格ないのに………」

するとサホビメの目から涙が零《こぼ》れ落ち、垂仁の寝顔に掛かってしまった。

「んはっ!?」

驚いた垂仁がビクリとして、すぐさま目を覚ます。サホビメはとっさに紐小刀を背後に隠した。一方の垂仁は寝ぼけたまま、お腹に顔を埋めてサホビメに語りかける。

「んあ〜〜も〜〜〜さほぉぉぉ……またオレ、変な感じの夢見ちゃったよぉぉ………」

小刀を離したいのに、紐が引っかかってうまく手から解くことができない。そうとも知らず、垂仁はまだ眠そうに語り出す。

「オレね〜夢の中で沙本の方の空を見上げてたんだ。そしたら急に、沙本の方から黒くて大きな雲がもくもくーって湧《わ》いて、ブワーッてこっちに来てオレ、暴風雨に襲われたの。

そんで急に顔に水がビチャッてかかって、『うわっ!?』てなったら、次は綺麗な錦柄《にしきがら》のちっちゃい蛇がオレの首にまとわり付いて来て……それが、ものすごく不安にさせる嫌な感じでさ………ゾワッてなって起きたんだ」

「っ‼」

「この夢って、何の予兆なんだろう？　最近、オレの夢、こんなんばっか…………超嫌だ」

　そう言って、またギュッとくっついてきた。サホビメの右手から小刀がするりと解け、垂仁から見える位置に落ちてしまう。しかし隠すこともできず、サホビメはボロボロ涙を零した。だって、どう考えたってサホビメとサホビコの謀反《むほん》の予知夢じゃないか。その場しのぎの嘘で小刀を隠したところで、騙《だま》し通せるわけがない。

　垂仁はサホビメの涙に気付くと、バッと身体を起こした。

「えっ⁉　さほっ？　泣いてんの？　どしたっ？？？」

「っっごめんなさい…………ごめんなさい…………」

「…………大丈夫？」

　垂仁が困って妻の頭を撫でる。しかし、なかなか泣き止まない。どうしたら良いか分からず視線を落とすと、サホビメの傍《かたわ》らに『鈍く光るもの』が置かれていることに気付いた。

　とてつもなく嫌な予感に、垂仁の心臓がギューッと強く締め付けられる。垂仁はサホビメが怖がらないように、優しく、静かに、ゆっくり、質問を投げかけた。

「……さほ…………どしたの？　その…………………小刀？」

この問いにサホビメの体がビクッと強張り、すぐに嗚咽《おえつ》を漏らしてわんわん泣き出した。

「**ああっ！　ごめんなさい！！！　……垂仁…………本当にごめんなさい！！！**」

その反応だけで、説明がなくても何をしようとしていたのかくらい分かった。垂仁は自分でも奇妙だと思うほど冷静にサホビメに語りかける。

「さほ…………大丈夫だよ？　ほら。オレ、怒ってないでしょう？」

こうして優しくされると、余計に罪悪感で押しつぶされそうになる。**サホビメは垂仁に敵うわけがないと思って、正直にサホビコの計画を話し出した。**

「**違っ**……違う……の。さほっ……**さほはね、お兄ちゃんに聞かれたから…………**」

「うん、サホビコに何て聞かれたの？」

「**『夫と兄、どちらを愛してるのか』**って……**でもね、違うの……違うのよ？**」

サホビメが震えながら喋《しゃべ》るので、垂仁は妻を落ち着かせようと背中をさする。

「うん。大丈夫、落ち着いて。大丈夫だから」

「だって、さほ、**お兄ちゃんに面と向かって、そんなこと直接聞かれたから…………**言えなかったの……**だから、それで…………**『お兄ちゃんの方が好きだ』って答えちゃって……」

「…………うん」

垂仁は胸がギュッと痛んで眉をひそめたが、サホビメは気付かず泣きながら続ける。

「そしたらお兄ちゃんに『俺とお前で天下を治めよう』って誘われて『天皇を殺してこい』って、この八塩折の紐小刀を渡されたの……それでさほ……垂仁の……首を………」

サホビメが言葉に詰まってしまったので、垂仁が代弁する。

「うん…………刺そうと思ったのね？」

するとサホビメがバッと顔を上げた。

「違うの！　さほ、3回も振り下ろそうとしたのよ？　でもすっっごく悲しい気持ちになって、どうしても刺せなくて、それでさほ泣いちゃって、垂仁の顔に涙が落ちて……」

「そぅ」

少しの沈黙の後に、サホビメは垂仁の反応をうかがうように顔を覗《のぞ》き込む。

「さっきの垂仁の夢って………絶対、これの予兆でしょう？」

この問いに、垂仁は淡白に答えた。

「ああ。だろうね。オレの夢、昔から妙に当たるから。……気色悪いくらいに」

「………」


サホビメの話を聞き終えると、垂仁は短くため息をつき、苛立って話し出した。

「つまりオレは、あと少しのところで騙されるところだったんだな」

「…………ごめん……なさぃ……」

サホビメの謝罪の言葉に、垂仁は首を横に振る。

「違う、さほのことじゃない。どう考えたって悪いのは、自分の妹に小刀を持たせて、高みの見物してるサホビコだろ。謀反《むほん》は死罪だ。**オレは、今から、サホビコを殺す**」

それを聞いてサホビメは青ざめる。

「え…………うそ……？」

サホビメが言葉に詰まると、垂仁は眉を困らせて少し口角を上げた。

「さほ……ごめんね？　皇居の暮らしはさほには合わなかったよね？　オレのワガママで側に置いちゃってごめん。この件が落ち着いたら、さほ専用に家を作らせるよ。だから今だけは、お留守番してて。オレは今**すぐ挙兵して、サホビコを討たないといけない時**だから」

「そんな…………垂仁……嫌っ…………」

サホビメはそれ以上言葉が出て来なくなってしまいうつむくと、垂仁は「ごめんね」とだけ言って静かに立ち上がり、サホビコ討伐に出て行ってしまった。部屋に残されたサホビメは、重すぎる罪悪感で思考がショートし、ただただ真っ黒な玉垣の庭を見つめた。


寝静まっていた都のあちらこちらで火が焚かれ出し、濃紺だった空が徐々にオレンジに染まっていく。周囲の声がザワザワ大きくなり、甲冑や武器が擦《す》れる音も増えてきた。確実に戦《いくさ》の準備が進められている。サホビメの胸がギューッと強く締め付けられた。

（垂仁、本気なんだ………どうしよう……さほのせいでお兄ちゃんが殺されちゃう。本当は**……本当は、全部さほのせいなのにっ！！！**）

サホビメは兄のことを思うと、いても立ってもいられず、気付けば裏門から皇居を逃げ出し、実家に走っていた。

サホビメが実家に着くとすでに稲穂を積み上げた即席の**稲城《いなぎ》という砦《とりで》を作って**おり、多くの兵士が慌ただしく行き来していた。戸惑《とまど》いながらサホビメが兵士を避《よ》けて稲城に入ると、**サホビコが**機敏《きびん》に兵士達に指示を出して、**待ち構え戦おうとしていた。**

「……お兄ちゃん？　なんで…………」

サホビメに気付くと、サホビコは安堵《あんど》の笑みを浮かべる。

「サホビメ！　よかった、無事だったか。万一と思って、見張りを置いておいたんだ。お前、失敗したんだろ？」

「あっ………あの……そぅ……なの。ごめんなさい……でも、**さほ、お兄ちゃんのことを思ったら心配で、耐えられなくて、裏門から逃げ出して稲城まで走って来たの！**」

サホビメは兄にすり寄ったが、サホビコはそれを避け、すぐに真剣な表情に変わる。

「いや、いいよ。それより**サホビメは、妊娠していたんだってな？**」

「え？　…………あ………ぅ……うん、ごめんなさい」

サホビコはイライラと頭を掻《か》く。

「ったく。それなら、さっさと言えよ。……**お前は今から、アイツんとこに戻れ**」

「えっ!?」

「これから戦なんだ。妊婦のお前を守りながら、戦えるわけがないだろ。戦、ナメんな」

「**嫌だよ！**　だって、さほのせいでこんなことになったんだもん。お兄ちゃんもうやめよ？　この武装してる人達引っ込めて、謝ればきっと大丈夫だよ。**さほの言うことだったら、垂仁はなんでも聞いてくれるから！　お兄ちゃんじゃ、垂仁に勝てっこないもん！！！**」

その言葉を聞くや否や、サホビコは《バッ！》とサホビメの手を払った。

「……俺、この戦いから逃げる気ないから」

「お兄ちゃん…………ごめ…………なさ……」

兄の真剣な姿に、サホビメは返す言葉をなくす。

――そして、自分自身も決意を固めた。

「…………分かった」

「よかった。なら、さっさと帰っ……」

この言葉を遮《さえぎ》って、サホビメはギューッと強く兄に抱きつく。

「さほは、お兄ちゃんを選んだの。だからお兄ちゃんとずっと一緒にいる」

「サホビメ？　お前、何言って……」

「**お兄ちゃんが殺される時は、さほも一緒だから**」

「はぁ？　…………………んだよ、それ……」

サホビコは苛立ってまた頭をクシャクシャッと掻いたが、それ以上は何も言わず妹をどけて戦の準備に戻ってしまった。

9

稲城の外から《ザワザワ……》《ガシャガシャ……》と大人数の軍がうごめく音が近づいて来る。垂仁の軍が到着したのだろう。稲城の兵士達は緊張で静止した。その中でサホビメは、物怖じもせず、稲城の外に出て行く。

このサホビメの登場に、垂仁軍は衝撃が走った。だって皇居にいたはずの皇后が、突如敵陣の中から現れたのだ。

サホビメは垂仁軍に向かって大声で叫んだ。

「すいにーんっ!!!　さほは、お兄ちゃんと一緒にいるって決めたからぁぁー!!!」

その声は垂仁にもしっかり聞こえたものの、垂仁の頭の処理が追いつかない。最後尾にいた垂仁は、慌てて馬を前に出した。

「え？　さほ？　なんでそこに……お兄ちゃん？　一緒？　ちょ、ごめん。意味が……てか、どうやってきたの？　徒歩？　さほ、妊婦でしょ？　何やってんの、早く戻って……」

「さほは、戻んないから」

サホビメが短く答えて、稲城の奥に戻っていく。垂仁は慌てて、声を荒らげた。

「は……はぁっ？　なんだよそれ、意味分かんない！　さほ、これから戦が始まるんだよ？分かってんの？？？　早くこっちにきて！　そこにいたら死んじゃうだろっっ！！！！」

しかし、そこからサホビメの反応は全くなくなってしまった。垂仁は口を開けたまま、ショックで稲城を見つめる。

「…………うそでしょ？　…………なんで……」

あまりにも急激な展開に、垂仁の頭がグチャグチャにこんがらがる。稲城の周囲をぐるりと包囲して戻ってきた将軍が、天皇の前に跪《ひざまず》き指示を仰《あお》いだ。

「……陛下、いかがいたしましょう？」

さっきから開きっ放しの口の中がカラカラに乾いて、垂仁の声がかすれる。

「んな、『いかが』って言われたって……」

だって、**サホビメは妊娠しているのだ。しかも、彼女のことが今も大好きで大好きで愛しくて仕方がないっていうのに。天皇になってからの3年間も、あんなに愛し続けたっていうのに。**どうしたらいいかなんて分からない。**やろうと思えば、今すぐにでも稲城を囲った垂仁軍が攻めてサホビコを殺せるのに……**垂仁は今にも泣き出しそうな顔で将軍を見つめた。

「…………さほがいるのに、攻撃できるわけないでしょ？」

結局、垂仁軍は稲城を攻めることができず、待機するしかなくなってしまった。

9

それからというもの、垂仁は何度も何度も稲城に使いを送り、サホビメの説得を試《こころ》みたが、彼女は頑《かたく》なに稲城から出てこず、結局サホビコを討伐できないまま、あっという間に数ヶ月が過ぎてしまった。

しかし、今日は久しぶりに稲城の周囲が慌ただしい。サホビメの出産が近いようだ。垂仁はこの数ヶ月間でほぼ自分の家と化した稲城近くの陣営で、そわそわ歩き回っていた。

「さほ…………ああ……いよいよ出産か。大丈夫かな？　他になんかオレにできることない？　妊娠中はお魚とお米と、葉酸の多い食べ物と、可愛いマタニティーウェアも送ったし、産屋は宮大工に作らせたし、薪《まき》とかガーゼもありったけ送ったし、助産師も凄腕のプロを雇ったし、あとは…………**臼《うす》を背負って家の周りを回ると、安産祈願になるんだっけ？？？**」

陣営の中では落ち着くことができず、飯炊き場に臼がないか探し回っていると、稲城の方から臣下の1人がバタバタ落ち着きなく駆けてきた。

「**陛下っっ！！　生まれましたああーーーっ！！！！！**」

「え？」

「皇后様もお元気で、母子ともに健康です！！！」

「え！　わ！　……うわあああ！！！！！」

「おめでとうございます！！！！！　元気な男の子です！！！！！」

「**男の子！**　そっかぁ……よかった…………これで少しは、さほの肩の荷が下りる……」

垂仁が安堵の表情でため息を漏らすと、臣下が気を遣って微笑みかけた。

「……陛下も…………気にされていたんですね？」

「ああ、うん。まあ…………オレは本当にどっちでもよかったんだけど、どうしても立場上、気にする人が多くて、さほが気に病んでたから…………」

そして目にいっぱいの涙を浮かべ、声を震わせながら臣下に語りかける。

「…………ほんと、あの子ったらバカだよね？　子供がいたっていなくたって、男の子だって女の子だって、さほはさほのままで、最高に素敵なオレの自慢の皇后なのにっ…………」

そしてボロボロ泣き出すものだから、臣下も涙腺が崩壊してしまう。

垂仁は名前も思い出せないモブの臣下と、しばらく一緒に号泣した。

「うああぁん……陛下ぁぁ………………！！！！！」

「んああぁん……臣下ぁぁ……………！！！！！」

こうして垂仁が攻めることができない間に、サホビメは出産までしてしまった。それから、いく日も経たないうちに、また稲城の周囲が慌ただしくなる。

「陛下！　大変ですっ！！！　皇后様が……！！！」

「えっ？」

臣下に促《うなが》されて垂仁が外に出ると、稲城の中からサホビメが出てきたではないか。その腕の中には、生まれたばかりの赤子がいる。垂仁が陣営の外に飛び出る。

「さほ……………**さほだ！　赤ちゃんと一緒に出てきてくれたっ！！！**」

垂仁はサホビメの元に駆け寄ろうとしたが、後ろから将軍に腕を掴まれる。

「**陛下っ！**　罠かもしれません。敵の射程範囲には、入らないでください」

「…………っ……うん……」

垂仁とサホビメの目が合う。いつもオシャレなサホビメが、髪は乱れ、服もアクセサリーもボロボロに見える。それだけ出産が大変だったのか籠城《ろうじょう》生活が過酷だったのか分からないが、

一刻も早くそこから連れて帰って、お風呂に入れてあげたい。

垂仁は『出産を終えてサホビメの気持ちが変わったかもしれない』と思い淡い期待を抱く。

しかしそれも虚《むな》しく**サホビメは赤子と稲城の外に出ると、**ほど近くで立ち止まってしまった。

そして、そっと**赤子を地面に置く。**

「……さほ？」

すぐ目の前にずっと会いたかった妻と、ずっとずっと待ち望んでいた赤ちゃんがいる。それなのに近づくこともできず、垂仁はもどかしく前かがみになった。一方のサホビメは、意を決

したように口を開く。

「垂仁っ！　もしこの子が本当に自分の子供だって思うなら、引き取って育てて！！！」

その言葉に垂仁の心がギューッと強く締め付けられる。

「さほ……なんで？　…………なんで、そんな言い方するの？　オレがさほのこと信じないわけないでしょ？」

「なら軍を退《ひ》いて」

「それとこれとじゃ話が違う。さほ、本当に分かってる？　さほはアイツに利用されたんだよ？　**オレ、サホビコのことは恨《うら》んでるし、許せないよ。でも、それでも、さほのことが愛しくてしょうがないんだ。**オレはさほを失いたくない。お願いだから…………戻ってきてよ」

垂仁は今にも涙を零しそうになりながら祈るように訴え掛けたが、サホビメは頑なにその場から動こうとしない。

「さほは戻らない。早くどうするか決めて」

「さほ……」

この緊迫した空気を察したのか、赤子が急に「**オギャーオギャー**」と泣き出した。サホビメがまだふにゃふにゃの赤子を不器用に抱き上げ、不安げにあやす。垂仁は深いため息をつくと、静かに答えた。

「分かったよ、さほ…………その子を迎えに行かせるから……少し待ってて」

「……うん」

垂仁はどうにかしてサホビメを取り戻そうと思い、すぐに兵士達を集め、中でも怪力かつ、素早く動ける人物を選《よ》りすぐりして作った、即席の精鋭部隊に指示を出した。

「みんな……こんなに長い間、付き合わせちゃってごめん。でも、これがさほを救える最後のチャンスなんだ。どうか…………協力して欲しい」

追い込まれた垂仁の訴えに、精鋭部隊も緊張感を持ってコクリとうなずく。

「赤ちゃんは今、さほが抱っこしている。だから、受け取る時に、かなりさほの近距離まで近づけるはずなんだ。そこで赤ちゃんを受け取ったら、その時に母親のさほも一緒に素早く奪《うば》い取って来て欲しい」

「「はっ！」」

「たぶんさほも、オレがさほを連れ出そうとしていることを分かって、警戒していると思う。あの子、あんな可愛い顔して、超頑固だから。絶対オレの言うこと聞かないし、絶対逃げようとするから。だから、服でも髪でも手でも……摑めるところなら、どこだっていい！　強引に引き摺《ず》ってでも、必ず連れ出してくれっっ！！！！！！」

「「はっ！！！」」

精鋭部隊は気合いを入れて、サホビメの元へ向かった。

垂仁の精鋭部隊が近づくと、サホビメはまた赤子を抱いて稲城の外に出てきた。今度は赤子を抱いたまま待っている。これならば容易に捕らえることができる。垂仁は遠くから祈るようにその様子を見守った。

精鋭部隊が怪しまれないようにとゆっくり、サホビメに近づく。そして先頭の1人がそっと**赤子を受け取り**、スーッと一歩下がり《**ザッ!**》と足を鳴らすと、それを合図に他のメンバーが一斉に**素早くサホビメを捕まえようと**襲いかかった。

まずは一番近くにいた兵士の手がサホビメの**髪**に届き**摑みかかる**。**しかしその髪は**驚くほど軽く、**するりと頭から落ちてしまった**。ベリーショートになったサホビメと至近距離で目が合ったかと思うと、彼女は走って稲城に向かう。

「えっ?」

慌ててもう1人が**手を握ると**、**ブレスレットが切れて玉が飛び散り**、もう1人が**服を摑めば** **ボロボロ布が破れ落ちた**。**サホビメは**その隙《すき》に稲城の中に戻ってしまい、**捕らえることができなかった**。

「…………うそ…………だろ?」

垂仁は、絶望的な表情を浮かべて、へなりとその場にしゃがみ込んだ。

精鋭部隊が垂仁の前で、ビシッと敬礼をして**報告**をする。

「**陛下! ご報告いたします!!!** 皇后陛下をお連れしようと試みましたが、**その御髪《おぐし》は自《おの》ずから落ち**、**御衣《みけし》はたやすく破れ**、**またその御手に巻かれていた玉《たま》の緒《お》もすぐに切れて**、バラバラに散ってしまいました。そのため、皇后陛下をお連れすることができず、御子のみをお連れいたしましたっっ！！！！」

「うん…………見てたから……知ってる……」

　垂仁が無気力に答えると、他の臣下が陣営に飛び入る。

「陛下！　先ほどの皇后様の千切れたブレスレットの件ですが、玉作《たまつくり》の人間から証言が届きました！　皇后様は、陛下であれば『きっと自分のことも奪いに来るであろう』と考え、事前に髪を剃り、その髪をかつらに仕立てて覆《おお》い、また玉の紐緒は腐らせて三重に巻きつけ、服は酒に浸けて腐らせ体に貼り付け、全て準備をした上で御子を抱いて外へ出てきたそうです！」

「…………あの……綺麗な髪を……剃った……なんて…………」

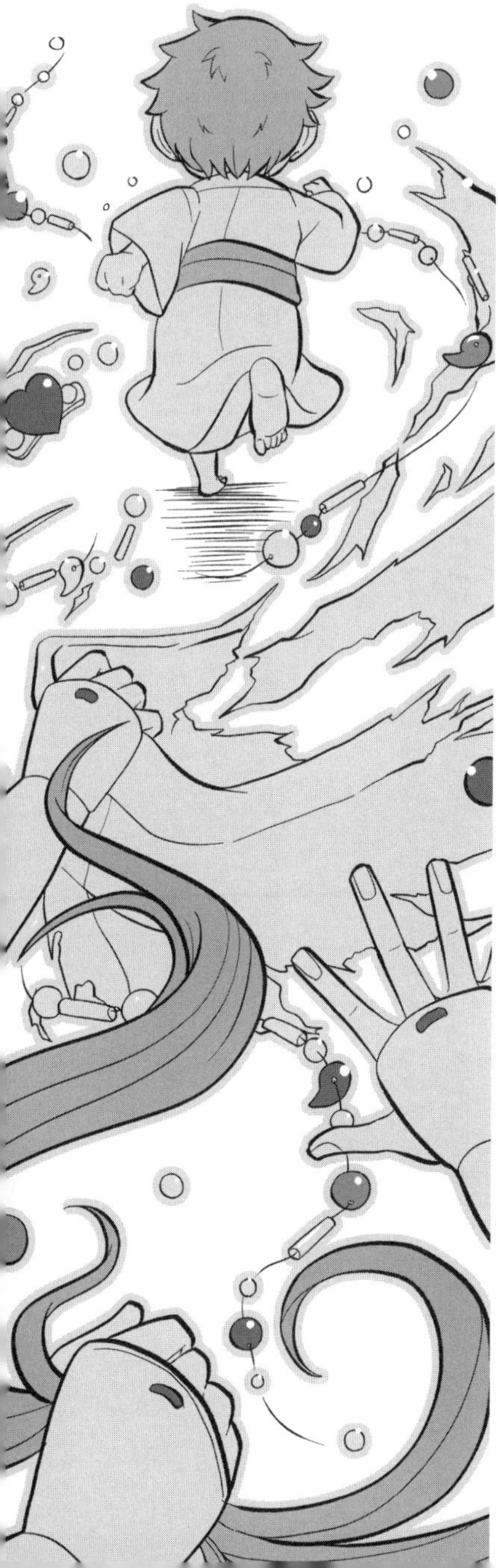

垂仁はうなだれ頭を抱えたが、何かに気がついてふと顔を上げる。

「てか、『玉作の人間の証言』って、どーゆーこと？」

「装飾品などを作る、玉作のプロです」

「そんなこと知ってる。じゃなくて、玉作がなんでそんな内部情報を知ってんだよ？」

「彼らがそれらを用意をしたそうです」

それを聞くや否や、垂仁は**《ダンッ！》**と勢いよく立ち上がった。

「**はぁっ？　何してくれてんだ！！！　さほの命がかかってるんだぞ？？？　あそこから連れ出せなかったら、さほは死ぬんだぞ？？？　分かってんのか？？？　ああもう、なんなんだよそいつら、バカだろ！！！！　関わった奴ら全員、全財産没収だっっ！！！！！！！！**」

こうしてサホビメの作戦に協力した玉作の民は垂仁に恨まれ、全ての私有地を没収されてしまった。このことから「地得《ところえ》ぬ玉作」ということわざが生まれ、賞与を得ようと欲を出して、逆に罰を受けてしまった人などに使われたとか。

垂仁は散々周りに当たり散らすと、バサッと陣営入口の布を払った。

そしてズカズカ陣営の外に出て行き、敵の矢の射程範囲内まで進んで行く。

「**もういい！！！　オレが行くっっ！！！！！**」

「**はぁ!?　陛下っ！！！！！　お待ちくださいっっ！！！！！！！！**」

兵士達は必死に天皇を押し戻そうとしたが、垂仁はそんな彼らに構わず、サホビメに向かって命令して大声で叫び出す。

「さほぉぉ！！！！　そこにいるんだろ、出てこおおおい！！！！！！！」

その声を聞いたサホビメが、稲城の隙間からピョコリと顔を出した。

「…………ふん。垂仁の考えることくらい、さほはお見通しなんだから。それに、こんな姿の皇后なんてもう、いらないでしょ？　さっさと稲城を焼いて殺して」

「嫌だ！！！　焼き殺すのは、サホビコだけで十分だっ！！！！！　さほはベリーショートも似合ってるっ！！！！！！！」

サホビメが少し顔を赤らめてたじろぐ。

「なっ…………垂仁ってば、どこまでバカなの？」

「バカはさほの方だ！　**だいたい子供の名前ってのは母親が絶対決めるもんだろ？**　この子の名前も決めないまま死ぬ気？　ひどくない？　この子、さほのせいで一生、ナナシノゴンベエノミコって呼ばれるよ？　可哀想だと思わないの？？？」

「え……それやだ…………」

サホビメが顔をしかめると、すかさず垂仁が詰め寄る。

「**ほらっ！**　嫌でしょ？　だから出てきて、**どうかこの子の名前を教えてよっ！！！**」

「じゃあ……」

「いや、『じゃあ』じゃなくてさ。……さほ、早くそこから出てきて、この子の名前ちゃんと考えて決めてあげようよ」

「嫌よ。さほはお兄ちゃんと一緒に死ぬの。垂仁は今からこの稲城を焼くんでしょう？」

「焼く」

その答えに、サホビメは何か思いついたようで手をパチンと鳴らす。

「あ、そうだ。**今から稲城を火で焼く時に炎の中で生まれた子だから、**『火の内で別れた』って意味で、**その子の名前は『本牟智和気《ほむちわけ》の御子《みこ》』にする**」

まさかのダークなネーミングセンスに垂仁は戸惑いながら、妻に名前の再考を要求する。

「え？　………いや……待って……さほ………その名前、この小さな子が一生背負うには、重すぎるでしょう……？　ねぇ、もう一度よく考えて……」

「はい。話は終わり。じゃ、火ぃつけて」

サホビメがまた稲城に戻ろうとするので、垂仁はさらに食い下がる。

「**いや！　まだ、終わってない！**」

「何よ」

「**オレ、子供、どうやって育てたらいいか、分かんないから！！！！**」

「はぁ？　**『イクメイリビコ、イクメンになりまぁす♡』**とか言ってたのだぁれ？　垂仁は、育メンになるんじゃないの？　口だけのなんちゃって？」

「いや、なんちゃってじゃないよ！　オレだって、オムツ替えとかはやるよ？　でも、オレ、おっぱい出ないじゃん。物理的に無理でしょ？　オレだけで、育てられるわけがない」

「乳母がいるじゃない」

サホビメの正論に、垂仁はなんとか切り返しをはかる。

「いっ…………いない。乳母がいないから、この子、お腹空いて死んじゃう」

「はぁ？　この時代の貴族で自分で授乳してる人なんか、いないから。垂仁だって乳母に育てられたでしょう？」

「……で……でもっ……もう…………しおれて出ないもん…………」

「**若い子雇えばいいじゃない！！！**」

「**でも！！！**」

「月齢の近い子供がいる**乳母と、お風呂係の大湯坐《おおゆえ》と、サポートの若湯坐《わかゆえ》を雇って育てて**」

「でもっ……」

このまま彼女が稲城の中に戻ってしまったら、もう救い出す手立てがない。垂仁は眉間いっぱいにシワを寄せて、なんとかサホビメを引き止めようと必死に言葉を考える。

しかし、サホビメの方は冷たくため息をついた。

「さよなら、垂仁」

そう言ってまた背を向けられる。垂仁は夢中で叫んだ。

「**ダメだよっ！！！　だって、オレにはさほが結んだ、瑞《みず》の緒《お》紐《ひも》があるからっっ！！！！！**」

「**はぁっ!?**」

サホビメが、頬を真っ赤にして振り返る。ちなみにこの『瑞の緒紐』とは、エッチした後に『次も君と以外しないからね♡』という約束のために、お互い結び合う紐のことだ。

　2人の掛け合いを聞いていた全員がピシッと固まる中、垂仁は恥じることなく叫び続ける。

「さほが『**呪いか!**』**ってくらい**キツく結んだ瑞の緒紐は誰に解かせればいいんだよっ!!!　**あれ、キツすぎて、さほにしか解けないんだ!!!　あの緒紐のせいで、オレ、もう、子作りできない!!!　天皇なのに、この子以外に子孫作れない!!!　さほのせいで日本、滅びるかもしんない!!!!!　責任取れよっっ!!!!!!!!!!**」

「なっ……なんで……それ、いつ結んだ緒紐よ……」

　籠城中はもちろん、妊娠が分かってからは垂仁に大切にされすぎて、抱かれた記憶なんか、一度もない。

「あん時のまんまに決まってんだろ!　もうこれ、何ヶ月結びっぱなしだと思ってんだ!!!結び目まじでカユイし、これ、尋常《じんじょう》じゃねーくらい臭せぇーんだぞ、バカーーッ!!!!」

「バカは……バカは垂仁じゃない……さほの他にもいっぱいお嫁さんいるくせに……」

「さほが妬《や》くからだろ」

　サホビメはクルッと回って、また垂仁に背を向ける。

「………丹波《たんば》のミチノウシの家に……姪っ子のヒバスヒメと妹のオトヒメがいるの…………2人ともさほとは違って、清らかな子だから。…………この2人を垂仁のお嫁さんにして」

ここまでしても頑なな妻に向かって、垂仁はなりふり構わず思いっきり叫ぶ。

「違ぁぁーーーう！！！！！！！　側室の話なんか、どうだっていいんだよ！　オレは皇后のさほに戻って来いって言ってんだ！　言わなくたって、分かんだろ！！！　オレら何年一緒にいたと思ってんだ！！！　いいかげん、空気読めよ！！！！！　察せ！！！！！！！！」

しかしサホビメは後ろ姿のまま下を向いてしまって、顔も見えない。

「何よっ……空気読めてないのは垂仁の方じゃない……さほに戻る資格なんかないの分かってるでしょう？　……もう…………戻れるわけないのに…………」

「そんなことない！　そっから、歩いて、こっちに、来るだけだっ！！！！！」

「っっさほは早く殺して欲しいの！！！　お願いだからさっさと火を放ってよ！！！！！」

サホビメが声を荒らげると、見かねたサホビコが稲城の中から出てきて彼女を引き寄せた。

「お兄ちゃん……」

垂仁にギッと睨《にら》みつけられながら、サホビコは妹の耳元でそっと囁く。

「サホビメ…………お前は今からでも、あいつんとこ戻れ」

「……嫌だ。さほはお兄ちゃんと一緒に死ぬの」

サホビメもサホビコだけに聞こえるように、小さく答える。

「今戻ったって、あいつはお前を責めない」

「分かってる」

そう言うとサホビメは兄の胸に顔を埋め、垂仁に見えないようにボロボロ泣き出した。

「分かってるよ………いくりんはね、今になってさほが戻ったって、全然怒らないで、さほのことぎゅーって抱きしめて……『よかった』って言っていっぱい泣くの………」

「………」

「そんなの、さほ耐えられない。だからお兄ちゃん、お願い………さほと一緒に死んで？」

サホビコは黙ったまま目を瞑る。そして深いため息をつくと、垂仁から隠すようにサホビメの肩を抱いた。

「………分かった」

そして稲城の中へ進む。


「まっ……**待てっ！！！**」

2人が稲城に戻るのを見て垂仁は慌てて走り出した。しかし、周りにいた兵士や臣下が一丸となって、天皇を止める。

「**嫌っ、やめろお前ら！　離せっ！！！**」

垂仁が押さえつけられながらサホビメに向かって叫ぶ。

「**さほ！　話はまだ終わってない！　頼むからこっちに来いよ！！！　本気で死ぬ気なのか？違うだろ？？？　泣き虫のくせにっ！！！　怖がりのくせにっっ！！！！！**」

垂仁が暴れるので、兵士達は心をひとつにして彼を担《かつ》いで陣営まで運んでいく。しかしそんな中でも垂仁は手足をバタつかせ必死に声を張り上げた。

「クソッ……**なんだよさほ！！！　ふざけんなよ、なんで出てこないんだ！！！　なぁ、聞こえてんだろ！！！　本気でオレに……本気で……オレに君を殺させるつもりか！！！　オイ、答えろ、さほっっ！！！　ふざけんな！！！！！　ふざけんなあぁぁーーー！！！！！！**」

　しかし最後まで必死に訴えかけても、彼女は出て来てはくれなかった。無理やり陣営に押し戻された垂仁は、椅子に座って天を仰ぐ。

　そしてしばらく黙りこくると、グッと息を飲み込み、静かに、そっと、口を開いた。

「ごめん…………ありがと。もぉ、大丈夫…………」

　そして垂仁は小さく体育座りにうずくまって、か細く消えそうな声で指示を出した。

「…………やってくれ」

　この指示で垂仁軍は、速やかにサホビコの稲城を制圧する。

　予想していたよりはサホビコの軍が強く、多少の苦戦はしたものの、それでもこの何ヶ月間が嘘のように、あっという間の出来事だった。

　そして燃え上がった稲城の中で、ようやくサホビコにとどめが刺されると、サホビメもその

後に従ったとの報告があった。

「そぅ。ご苦労様」

と、垂仁は何でもない様子だったが、報告を終えるとみんなすぐに席を外す。しばらくすると部屋の中から、しゃくり上げながらサホビメの名前を呼ぶ声が漏れてきた。

垂仁が大丈夫じゃないことくらい、誰もが分かっていた。

開化天皇《かいかてんのう》 9代
天照大御神《アマテラスオオミカミ》
イマスの娘に、息子が殺されかけたんだが
さほちゃん、ドンマイ★
御真津比売命《ミマツヒメノミコト》
崇神天皇の皇后。
垂仁天皇の母。
崇神天皇《すじんてんのう》
10代
日子坐王《ヒコイマスノミコ》
同母兄妹
異母兄弟
沙本毘古王《サホビコノミコ》
謀反の罪で殺される。
美知能宇斯王《ミチノウシノミコ》
四道将軍の一人。
日本書紀だと、
父のイマスではなく
ミチノウシが
丹波を平定する。
丹波在住。
垂仁天皇《すいにんてんのう》 11代
最愛の妻に浮気され、
殺されかけ、逃げられ、
死なれ、現在、
人生のどん底。
沙本毘売命《サホビメノミコト》
垂仁の元皇后。
兄の謀反に協力。
兄に従って命を絶つ。
ピュアな子に後妻になって欲しいの!
え? 私ですか?
4人娘全員どうぞ!
大好き♡
……
比婆須比売命《ヒバスヒメノミコト》
元皇后のサホビメから、
後妻としてヒバスヒメと
オトヒメが指名される。
本牟智和気御子《ホムチワケノミコト》
垂仁とサホビメの1人息子。
なかなか喋ってくれない。
弟比売命《オトヒメノミコト》
歌凝比売命《ウタゴリヒメノミコト》
円野比売命《マトノヒメノミコト》

丹波の4姉妹

垂仁はサホビメの忘れ形見となったホムチワケを、大切に大切に育てた。サホビメの遺言《ゆいごん》の通りに乳母を取り、沐浴係もメインとサブの2人雇い、オムツ替えだって挑戦する。

「はぁ……なんなの？　このちっちゃいおちんちん………超可愛いんですけど。……オレいつの日かこの子に『お父さん』なんて呼ばれたら、感動して泣いちゃうな」

そう言いながら、すでに涙目の垂仁の気も知れず、赤子は『ほげ〜』っと宙を眺めている。

「………君が……初めて口に出す言葉は、何になるんだろうね？」

ホムチワケのぷっくりした可愛いほっぺをムニムニしながら、垂仁は切なく微笑んだ。

しかし、ホムチワケはいくつになっても全く喋る気配がなかった。それでも垂仁は当然のようにホムチワケを見放すことはなく、今日も子供部屋を覗き込む。

「ねえ、ホムチワケ！　尾張《おわり》の相津《あいづ》で珍しい二股に分かれた杉が見つかったんだって！　取り寄せて、小舟を作らせようよ。2人で池に浮かべて一緒に遊ぼ？」

垂仁の言葉の意味を理解しているのかいないのかよく分からないが、ホムチワケはぽわっと微笑む。喋れなくとも、まだあどけない息子はたまらなく可愛い。『母親がいなくて、寂しい思いをしているのだろう』と感じた**垂仁は**、仕事の合間にできる限り**ホムチワケを一緒に連れ**

て遊ぶようにした。この夏は幹が二股に分かれた珍しい形の杉の木でY字型の小舟を作らせて、大和《やまと》の市師池《いちしのいけ》に浮かべたり、軽池《かるのいけ》に浮かべたり、色々なことをして遊んだ。しかしホムチワケは、相変わらず何も喋らないで、ぼーっとしている。

　そんな息子の姿を、垂仁は小舟の上でじっと見つめた。

「君は……なかなか喋ってくれないね？　…………なんでなのかな……」

　垂仁がぽそりと言葉を漏らすと、ホムチワケは母親そっくりの、クリッとした瞳をこちらに向けて首をかしげる。

「…………ねぇ……ホムチワケ？　……お母さん…………欲しい？」

　ホムチワケはまた意思なくぽわっと微笑んだ。

9

　垂仁はようやく意を固め、元皇后のサホビメに指名された通りに、丹波のミチノウシの娘達を呼び寄せた。垂仁は姉姫・ヒバスヒメと、その妹姫・オトヒメの2人だけを呼んだつもりだったが、喜んだミチノウシは、その妹のウタゴリヒメとマトノヒメの合わせて4人の娘全員を垂仁の元に送ってきた。

「あれ……なんで4人もいるの？」

謁見《えっけん》の間に入った垂仁は、玉座《ぎょくざ》に向かって歩きながら感情のない声を発した。2人より4人の方が喜ばれるだろうと漠然と思い込んでいた4姉妹は、垂仁の冷めきった表情に戸惑う。

長女のヒバスヒメが、慌てて頭を下げた。

「丹波のミチノウシの娘は4人姉妹でございます。皆《みな》で陛下にお仕えいたします」

玉座に座った垂仁は、すぐに返事をしない。異様な緊張感に、誰も声を出せない。しばらくすると、垂仁が質問を加えた。

「……ヒバスヒメとオトヒメはどの子？」

ヒバスヒメがすかさず答える。

「私が長女のヒバスヒメ。彼女が次女のオトヒメでございます」

「そう。じゃあ、後の2人は丹波に帰っていいよ」

「えっ？　しかし……」

ヒバスヒメの言葉を遮《さえぎ》り、垂仁は冷たく言い放つ。

「ブスはいらないって言ったんだよ。……君ら、そんなにひどく醜《みにく》い顔で、よく天皇に娶《めと》ってもらえると思ったな」

そしてさっさと退室してしまった。4姉妹は呆然《ぼうぜん》として、しばらくその場から動けなかった。

こうして垂仁は、ヒバスヒメと次女のオトヒメの2人だけを留め、三女のウタゴリヒメと四女のマトノヒメの2人は「ひどく醜い」という理由で、実家に送り返してしまった。

仕方なくウタゴリヒメとマトノヒメは姉達に別れを告げ、帰路についた。実家までの移動は御輿《みこし》だ。どうしても道中は注目を浴びてしまう。

行きはその視線が誇《ほこ》らしくて、心躍ったのに……今は違う。彼らは何を思って、この御輿を眺めているのだろうか。容姿が原因で天皇に結婚を断られた噂はすでにここにも広がっているのだろうか。……視線が…………つらい。


その晩、マトノヒメは宿で姉のウタゴリヒメと2人きりになると、ぽそりと話し出した。

「ねぇ……ウタお姉ちゃん…………？」

「ん？」

「私達さ……同じ両親から生まれた姉妹なのに『見た目が醜いから』って帰されたってこと、絶対に地元中で噂になるよね？」

「……うん」

「私っ……こんなの恥ずかしすぎて耐えられないよ……」

「うん」

「今すぐにでも死にたい」

「…………そう」

ウタゴリヒメは肯定も否定もせずに、静かにうつむいた。

翌日、山代《やましろ》の相楽《さがらか》に着くと、マトノヒメは木の枝に細い帯をかけ首を吊って死のうとした。

しかし、うまく括《くく》れず死ぬことができない。

「ねぇ……ウタお姉ちゃん、手伝って？」

妹に帯を差し出されると、ウタゴリヒメはぎゅっと眉間にしわを寄せて視線を逸《そ》らす。

「……できるわけないじゃない」

姉から幇助《ほうじょ》を断られると、マトノヒメは力なく「ごめんなさい」と言って、肩を落とした。

このことから、その土地は『懸木《さがりき》』と名付けられた。それがなまって今では『相楽』（京都府相楽《そうらく》郡）と呼ばれている。

御輿の中からマトノヒメはボーッと外の景色を見つめる。

「人って……どうやったら死ねるんだろう？」

やがて弟国《おとくに》の山の中に入ると、マトノヒメは今度は深淵を見つけて自ら御輿を飛び降りた。

そして、ついに彼女は亡くなってしまう。そのためこの地は『堕国《おちくに》』と名付けられた。今では『弟国』（京都府 旧・乙訓郡）と呼ばれている。


「え？　……あの子……自殺しちゃったんだ…………」

垂仁の元にも、彼女の訃報《ふほう》が届く。

「……そう」

しかしそれでも、垂仁の心が動くことはなかった。

9

こんな悲しい事件の直後に、ヒバスヒメは垂仁の寝室に呼び出される。可愛い妹が亡くなったばかりだというのに、意味が分からない。本音では断りたかったが、天皇に呼び出されてしまっては行くしかない。仕方なく呼び出しに応じた。

付き人から垂仁の自室として案内された場所には護衛がおらず、扉も開きっぱなしだった。過去に命を狙われたことがあるというのに、すごく不用心だ。

「………垂仁様？　入りますよ？」

ヒバスヒメが恐る恐る御簾《みす》を避けて、そっと足を踏み入れる。垂仁の寝室は生活感こそあるものの、どこかガランとしていて……寂しい部屋だ。垂仁は着流しのラフな部屋着でベッドのヘッドボードに寄りかかっている。

「あぁ。適当に座って？」

「……はぁ」

そう言われても、座る場所がベッドしかない。ヒバスヒメは垂仁からなるべく離れてベッドのフットボードにくっつくように、縮こまった。垂仁は静かに口を開く。

「妹さんが亡くなったって聞いたから」

「あぁ……」

「ごめんね」

「……いえ…………いいんです」

そう反射的に答えたものの、よくはない。ヒバスヒメが黙りこくると、垂仁は話を続けた。

「気乗りしない中で、亡き妻の遺言と思って２人を呼び寄せたのに、戸を開けたら４人もいて苛立ってしまった。妹さん達を本気で醜いと思ったわけじゃない。配慮が足りなかったね」

そりゃそうだ。天皇に『醜い』なんて言われて追い返されたら、国中の噂になるに決まっているのに。可愛い妹が死んだのは、完全にこの人のせいだ。

しかし……何か、奇妙な違和感が残る。

ヒバスヒメがジッと垂仁を見つめていると、彼は視線を外してスッと目を瞑った。

「じゃ、戻っていいよ」

「え？　それだけですか？」

「うん」

あっさり用件が済んでしまい、ヒバスヒメは間の抜けた返事をした。こちらは「天皇の嫁になれ」と言われ、それなりの覚悟を決めて嫁《とつ》いできたというのに。これまで夫婦らしいことは何ひとつしていない。ヒバスヒメは率直に疑問を投げかける。

「あの…………垂仁様が丹波から私達を呼ばれたのは、『お世継ぎ』のことを考えられたからではないのですか？」

「ううん、違う。ホムチワケにお母さんがいた方がいいかなって思って」

「はぁ……でも、言葉の出ないホムチワケ様ではお世継ぎになれませんよね？」

「そだね」

「『そだね』って……人の世になって垂仁様で11代目になります。ここまでずっと皇位は天皇直系の皇子《みこ》が継いでこられました。このままでは神代から続いた伝統が途切れてしまいます。……垂仁様は、お世継ぎを作られる気はないのですか？」

ヒバスヒメは思ったままをストレートに質問をした。すると垂仁は、ヘッドボードにもたれかかり、天井を仰ぎながら答える。

「あぁ…………うーん。まぁ、そうねー。どうなんだろうね……」

どこかぼんやりとして危機感のない答えに、ヒバスヒメはポカンと垂仁を眺める。

しかし、ふと思うところがあって、ヒバスヒメはベッドの上を四つん這《ば》いで、ハイハイして垂仁の元に近づいて行った。

「え、何？」

「…………ちょ、失礼します」

そして垂仁の腰回りを着物の上から触って『**噂のアレ**』を探す。

「**へっ!?　何急に!?!?!?**」

動揺する垂仁をよそに、ヒバスヒメはすぐに『アレ』を探り当てた。

「うわ。本当にあった…………『**呪いの緒紐**』」

「呪いの緒紐!?」

亡き妻の形見が予想外の呼ばれ方をされていたことに驚き、垂仁の声が思わず大きくなる。

一方のヒバスヒメは、いたって真剣に続けた。

「はい。10年以上前に結ばれたサホビメ様の『呪いの緒紐』が実はまだ結ばれたままになっていて、そのせいでお世継ぎができないのではないかという、大和で一番有名な都市伝説です」

「え、待って……**何その、張本人が知らない都市伝説**。てか、10年以上前ってどうゆうこと？　あれからそんなに経ってないでしょ？」

困惑して垂仁が眉をひそめると、ヒバスヒメがハッとして詰め寄る。

「垂仁様……しっかりなさってください。**あの事件から、今年でもう10年になります**」

「え？　…………うそ……」

衝撃の事実に呆然として目を見開くと、ヒバスヒメはグッと眉をつり上げた。

「やっぱり……垂仁様、このままではいけません！　**私がこの呪いを解《と》きますっっ！！！**」

使命感に満ちたヒバスヒメが、クワッと目を見開き、緒紐を解《ほど》くため両手を構える。垂仁は、反射的にガシッと彼女の両手首を摑んだ。

「は？　駄目だよ、駄目に決まってんだろ！　**さほの形見だもん！！！**」

「そのサホビメ様が、私に解かせるように言ったんでしょう！」

「へ!?　なんで君がそれ知って……」

垂仁が混乱する中、ヒバスヒメは彼の手を避けようと一度体を引いて構える。

「そりゃ、名指しで後任に指名されて、経緯を知らないわけないでしょう。てゆうか、大和の民で垂仁様とサホビメ様の『**あの伝説の問答**』を知らない人間なんて、いませんから」

「伝説の問答？　え？　まさか、あの最後のやり取りのこと？　**まじかよ、恥っっず！！！**」

赤面する垂仁に対して、ヒバスヒメは任務を遂行《すいこう》しようとまた仕掛けてきた。

「**さぁ！**」

「**え、まじで解く気!?**」

「解きますよ。なんのために私が指名されたと思っているんですか。この緒紐があるから、いつまで経ってもお世継ぎが生まれて来ないのです。**垂仁様にはここから頑張って、巻き返していただかなければなりませんっ！！！**」

「**ふっ！**　なんだよ、『巻き返し』って……君、真面目そうに見えて、まさかのエロっ子？」

垂仁が煽《あお》るように鼻で笑うと、ヒバスヒメはチッと舌を鳴らす。

「**帯が邪魔**」

「え？　嫌だ、恥ずかしい……」

頬を赤らめて布団を引き寄せる垂仁に、ヒバスヒメが真顔で襲いかかる。

「**そーゆうの、いいから**」

「うわ、ちょっ！　待って……こうなるとは思ってなかったから、心の準備が……」

「**大丈夫です。優しくします**」

このセリフを聞くや否や、垂仁が急に「**ブフッ！！！**」と吹き出した。一方のヒバスヒメは垂仁が吹き出した理由が分からず、首をかしげる。

「**ふはっ！**　何それ……一回り以上も年下の子に、そんなこと言われちゃ敵わないな」

何かにツボって笑っている垂仁をヒバスヒメが不思議そうに見下《みお》ろす。


そして散々笑い切った垂仁は、脱力して天井を見上げた。

「………10年……そっか………あれからもう、そんなに経ってたんだ……」

「はい。このままでは、垂仁様の止まったままの時間が動き出しません」

「うん……そだね。君の言う通りだ。……参ったよ、ヒバス。オレの負けだ」

観念《かんねん》して両手を上げた垂仁は、開き直って彼女をからかうように軽く微笑んだ。

「でもオレ、セカンドバージンだから優しくしてね？」

「はい？」

垂仁の言葉の意味が分からず一瞬静止したヒバスヒメだったが、今になって彼が笑った理由が分かってしまい、全身がボッと熱くなる。それを見て垂仁が、また吹き出した。

「**ふっ！**　ヒバスはもっとクールな子かと思ったのに」

「垂仁様こそ……もっとヤバイ方かと………そんな風に笑うとか……思わなかった……」

ずっと能面みたいな顔をしていた垂仁が、急にコロコロ表情を変え出したので、ヒバスヒメは戸惑い恥ずかしくなって、うつむく。それを垂仁は下から覗き込んだ。

「ヒバス？　ほら」

「はい？」

「いいよ。緒紐、取るんでしょ？」

「あっ……はい！」

垂仁が自ら腰の帯を解く。そこには、10年もの間、時が止まったままのボロッボロの緒紐が……ヒバスヒメが、緊張しながらそっと緒紐の結び目に手を当てる。

すると緒紐は、自ら解けるように簡単にするりと取れてしまったではないか。

「え？　……取れた？」

呪いかってくらいに固く結ばれていた緒紐が、あっという間に解けてしまい、ヒバスヒメは戸惑い固まる。垂仁は黙りこくったままだ。ヒバスヒメは不安になり顔を見上げた。目が合うと垂仁は困り笑いを浮かべる。涙がいっぱいだ。

「……へへっ……ごめっ……ん……」

そしてすぐ下を向いて顔を覆ってしまった。泣いてる。ヒバスヒメはどうしたら良いか分からず、慌てて垂仁をぎゅっと抱きしめた。

「っっ……垂仁様……私っ、ごめん……なさい……」

今になって取り返しのつかないことをしてしまったような気がして、ヒバスヒメの胸が急に締め付けられた。また照れくさそうに「へへっ」と笑って、垂仁も顔を上げる。

「大丈夫。ごめんね、なんか色々思い出しちゃった。でも……もう、大丈夫」

そんなこと言ったって、こんな悲しい顔で微笑まれたら、こっちが泣けてしまう。堪《こら》えられなくなって、ヒバスヒメがポロポロ涙を零すと、垂仁が優しくそれを拭った。

「ふっ、なんでヒバスが泣くの？」

「だって……私…………何もっ……考えてなくって……」

「いいよ。だって、次はヒバスが新しい緒紐、結んでくれるんでしょ？」

そう言って引き寄せられると、余計に涙が止まらなくなってしまう。ヒバスヒメは袖《そで》に顔を埋めながら、垂仁の問いにうなずいた。

そしてやるせなく、垂仁の頬に両手を当てる。

「私はっ、絶対、あなたのこと、裏切りません。だから…………安心して欲しい……です」

「………そぅ……ありがと」

垂仁は切なげに微笑むと、頬に当てられたヒバスヒメの左手を自分の右手に取って指を絡ませ、ぐっと彼女の上に覆いかぶさった。


その夜から徐々に自分を取り戻していった垂仁は、ヒバスヒメに助言された通りに、人生の後半戦でしっかり巻き返し、サホビメを含む7人の妻との間に13人の息子と3人の娘の、合計16人もの子供を授かることになる。

つい数年前まで、どこか寂しげでガランとしていた皇居は、小さな子供達の声で活気に満ちていた。ヒバスヒメは寝不足でぼーっとした頭で、騒がしい庭の様子を眺める。

「………確かに……『巻き返さないといけない』とは言ったんですけどね………」

「ん？　ヒバス、どうかした？」

後ろから声をかけたのは、まだ寝巻き姿の垂仁だ。

「私は八千矛神《やちほこのかみ》の封印でも解いてしまったのでしょうか？」

「ふっ！　何それ？　魔王の封印でも解いたみたいに……」

ヒバスヒメをからかって、垂仁が「ガォー」と悪魔の真似事をする。

「八千矛神の封印を解きし乙女よ……**我は皇子のみならず皇女も欲しいのだーっ♡♡♡**」

「**ひゃ!?　朝っぱらからふざけないでくださいっっ！！！**」

やがてヒバスヒメは垂仁の皇后となり、2人の間には4男1女の合計5人も子供ができた。

CHARACTER CHART

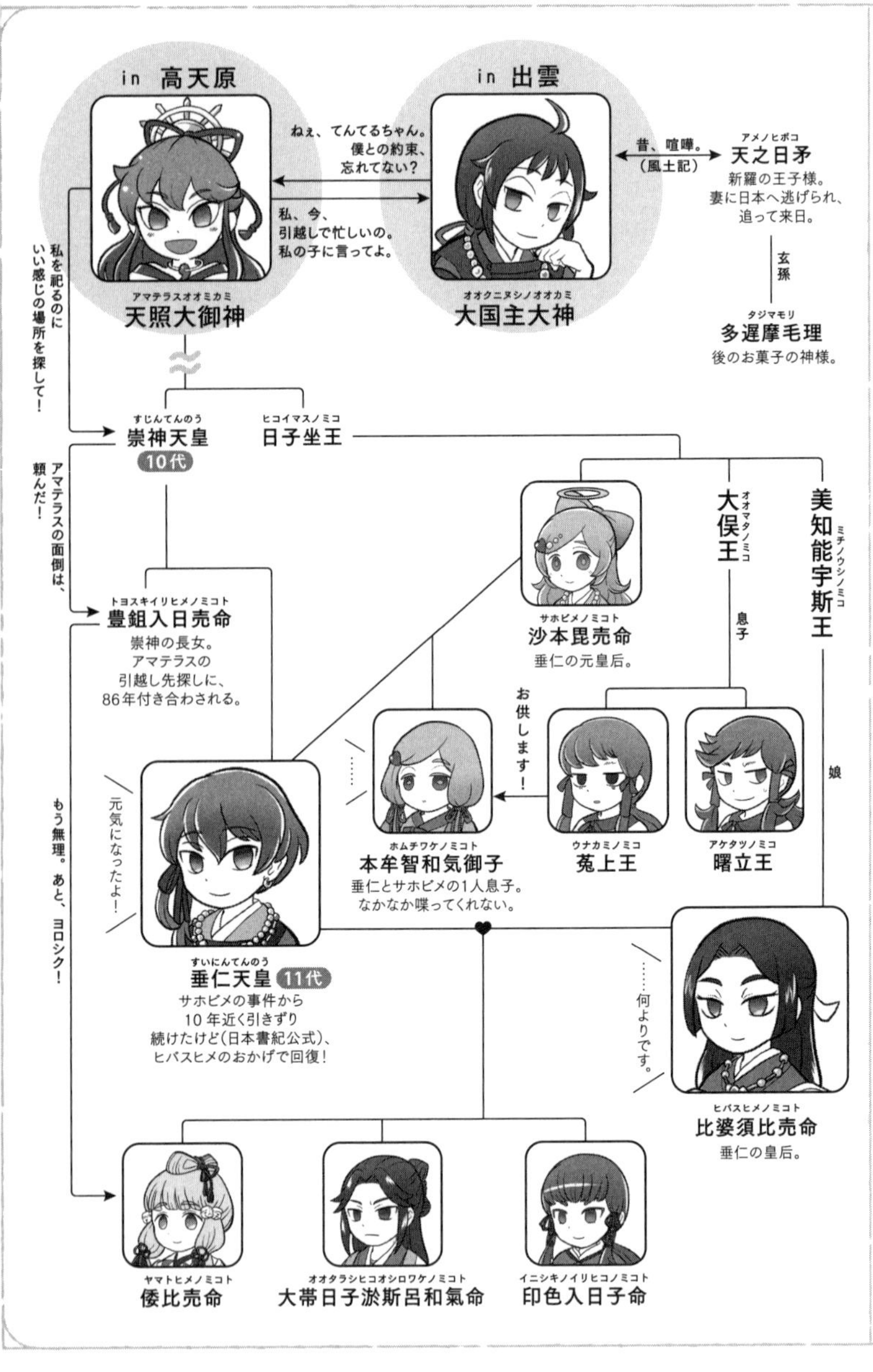

伊勢神宮の起源

「はぁっ！　もう……可愛い…………大好きだよ、子供達っっ♡♡♡」

すっかり元のゆるい性格を取り戻した垂仁が、ヒバスヒメとの間に生まれた長男のイニシキノイリヒコと、次男のオオタラシヒコをぎゅーっとハグした。

「……やめてください」

ただ子供といっても、もう思春期になるタラシに低い声で拒絶され、垂仁はよろめく。

「**あぁんっ♡**　タラシったらいつの間にそんなイケボになったの？？？　今パパ、ドキッてしちゃった。てか、身長、めっちゃ伸びたね？　パパより全然大きい……**3メートルはある？**」

「あるわけねぇだろ、このボケ老人」

タラシからは、これとないくらい冷たい視線が送られてきたが、垂仁は逆に嬉しそうに息子の腕に頬をスリスリした。タラシがあまりにも嫌そうな顔をするので、兄のイニシキが呆れて笑いながら父親をたしなめる。

「こらこら、お父様。そんなにしつこくされたらタラシに嫌われますよ？」

「すでに嫌いだ」

タラシは冷たい声で父親に自分の気持ちを告げたが、垂仁はそれを無視して叫ぶ。

「そんなこと言わないで構ってよ！！！　寂しいのっ！！！！　だって、オレの可愛い可愛いヤマトヒメがアマテラスに取られちゃったんだもん！！！　お願い、なぐさめて！！！！！」

そう言って、垂仁はわんわん泣き出した。

このヤマトヒメとは、垂仁とヒバスヒメの間に生まれた長女のことだ。崇神天皇の御代に、アマテラスの御霊《みたま》の八咫鏡《やたのかがみ》を皇居の外に祀《まつ》ることになったので、崇神の娘のトヨスキイリヒメが人生をかけて、ずっと祀る場所を探していたのだが、結局、アマテラスのお気に召す場所が見つからず……つい先日、ヤマトヒメが引き継ぐことになったのだ。

垂仁はまた叫んで、タラシにすがりつく。

「うわぁぁん！　ヤマトヒメがアマテラスにいじめられてたらどうしようぅっ！！！！」

「はぁ………構ってられんな」

タラシは面倒臭そうに父親を払うと、さっさと歩いて行ってしまった。

9

一方その頃。垂仁から八咫鏡を託《たく》されたヤマトヒメは、アマテラスを祀る場所を探すために、皇居からほど近い、宇陀《うだ》の筱幡《ささはた》（篠畑《ささはた》神社）に来ていた。

「さーてと！　とりあえず実家は出たものの、アマテラス様が気に入る場所って、どうしたら分かるのかしら？　トヨスキイリヒメ様にアドバイス聞いておけばよかったな」

ヤマトヒメは試しに八咫鏡を取り出し語りかけてみる。

「おーい。アマテラス様ー。聞こえますかー？　宇陀なんてどうですかーー？」
《いや、近すぎでしょ》
鏡が喋った。
「わひゃっ!?!?!?!?」
驚きで手を滑らせそうになり、ヤマトヒメは慌てて八咫鏡をぎゅっと強く握りしめた。鏡が小さく《キャッ！》と声を上げる。
《……ちょっ！　ヤマトヒメちゃん、私のこと落とさないように気をつけてよね！！！》
「びっくりした……だって、急に鏡が喋り出したから………**え？　アマテラス様？？？**」
《そうよ。黙ってたら、どの場所がいいのか分からないでしょ？　あんた、トヨスキちゃんと私がどうやって旅してたと思ったの？》
「なっ……なるほど………」
《ふふっ！　でもその新鮮な反応、いいわ～。**これからよろしくね、ヤマトヒメちゃん！**》
「わっ。**はいっ！　よろしくお願いします、アマテラス様！！！**」
こうしてヤマトヒメは、アマテラスと一緒に女子旅感覚で、各地を回ることになった。

しかし、近江国を回っても、美濃国を回っても反応がいまいちだ。

「あのぉ………アマテラス様？　こちらはいかがですか？」

《そうねぇ～。この辺で有名なのは、ブランド牛か………私、肉より魚派なのよね》

（噂通りのワガママッ！！！）

ヤマトヒメとアマテラスは、やがて伊勢国へと入った。険しい岩山を越えると海が広がり、太陽が反射してキラキラと輝いて見える。

「わぁ……綺麗。アマテラス様、あれ見てください！　海に可愛らしい岩が2つ、夫婦みたいに寄り添ってる…………素敵だな……」

《本当ね……壮大な海に、清々しい緑…………とっても美しい国ねっ！》

「ええ、そうですね」

《しきりに波が打ち寄せてる。……はぁっ…………激しい波の下に潜《ひそ》む海産物達……さぞかし美味しいんだろうな……アワビ……タイ……伊勢海老……アワビ……アワビ……》

アマテラスが恋する乙女のように、とろんとした声で海産物の名前を唱えていく。ご機嫌なのが、声だけでも伝わってくる。

（アマテラス様の反応、今までの中で一番いい気がする…………）

ヤマトヒメは、アマテラスに恐る恐るいつもの質問をした。

「あの……アマテラス様？　…………伊勢国はいかがでしょうか？」

《うんっ！　国の端っこだけど、とっても綺麗な国だと思うわ！！！》

「えっ？　じゃあ……」

《決めた！　私、この国にするっ！！！》

アマテラスがそう言うと、天から一筋の光が《**パアァァッ！**》と八咫鏡に降り注ぎ、輝いて人の形になったではないか。眩しくて目を瞑ったヤマトヒメがそっと目を開くと、すぐそこに可愛らしい女の子が立っている。

「え？　まさか…………あなたが、**アマテラス様!?**」

「そうよ、悪い？」

アマテラスが照れくさそうにそっぽを向くとヤマトヒメは首をブンブン横に振って、嬉しそうに彼女の手を取った。

「ううん！　めちゃめちゃ可愛いです！！！　うちの最高神、最強に可愛い！」

ヤマトヒメからキラキラ眩しい笑顔を浴びたアマテラスは、頬をピンク色に染めて遠慮がちに微笑んだ。

「くすっ……何よそれ。おだてても何も出ないんだからね。**それより、ヤマトヒメちゃん！**」

「はい！」

「私、住むのは海沿いより、緑が多

いところがいいわ！　一緒に散策して、このあたりで一番素敵なところを探しましょうよ！！！」

アマテラスが、ヤマトヒメの手を引っ張る。

「はいっ！！！」

こうしてアマテラスは伊勢国に初めて天から降りてきた。

そして伊勢の中でも一番気に入った五十鈴川《いすずがわ》の近くの高台に、祀られることを決める。

そしてヤマトヒメは『斎王《さいおう》』という巫女さんの宮司バージョンのような役職に就き、引越し作業が終わった後も、アマテラスのお世話ができるように、アマテラスを祀った神宮からほど近い五十鈴川のほとりに、『磯宮《いそのみや》』という名前の斎宮《いつきのみや》を建てた。ちなみに『斎宮』とは斎王が住む宮殿という意味だ。

これらが現代では人気パワースポットになっている、伊勢の『神宮』の起源になる。

皇太子決定

「ねぇー！！！　イニシキ、タラシー、聞いてー！！！　ヤマトヒメがね、アマテラスを祀る場所見つけたんだって！！！　伊勢だって！！！　うわーん！　よかったよぉー！！！」

ヤマトヒメから嬉しい報告を受けた垂仁は、長男次男にまたぎゅーっと飛びついた。しかし仕事の打ち合わせを邪魔され、次男のタラシが怒りをあらわにする。

「**んあぁぁっ！！！　ウッッゼェッッ！！！！！！**」

　それを長男のイニシキが慌ててフォローする。

「**うわ！　タラシ、落ち着いて！**　それにお父様も……俺ら、散々仕事振られて、今、忙しいんだから。少しは配慮してくださいよ」

「ひゃん……ごめん……嬉しくてつい………」

　垂仁がしゅんと肩を落とすと、長男のイニシキは腰に手を当て天皇を叱り出す。

「俺らだってもう大人なんです。お父様が俺らを大切にしてくれてる気持ちは嬉しいけれど、いい加減、子供みたいに接しないでください。いつまでもこの調子だと、本気でタラシに嫌われてしまいますよ？」

「**いや、すでに嫌いだが？**」

　すかさず被せてきたタラシだったが、垂仁は聞こえなかったように泣き真似をする。

「えー、やだ。オレ、大好きなイニシキとタラシに嫌われたら泣いちゃう。えーん」

「**だから、すでに、だいぶ前から嫌いなんだが？？？**」

　すると、垂仁はふと何か思いついて**《パチン！》**と手を叩き、息子達の顔を覗いた。

「**あ、そうだ。２人は最近、何か欲しいものはないのかい？**　好きなものなんでも言って？？？　息子達に好かれるためなら、パパはなんでもあげちゃうからっ♡」

　この必死な姿に、イニシキが呆れて「ははっ！」と笑う。

「全く、『子供扱《あつか》いしないで』って言ってる側から……お父様ってば、そーゆーとこズルイよなぁー。てか、それ、職権乱用じゃないですか？」

「んん～？　じゃあ、イニシキくんは何もプレゼントいらないのかな～？」

垂仁が挑発的に視線を送ると、イニシキはニッと笑う。

「いいえ？　俺は『新しい弓矢のセット』が欲しいです」

「よしよし、いいよ！　可愛い息子のためだもん。特注で作らせちゃう♡」

「**よっしゃー、ラッキー！**」

立派になった息子が、久しぶりに子供みたいにはしゃぐ姿に、垂仁もご満悦だ。

「で、タラシは？」

次はタラシを覗き込むと、モノに釣られたのか彼もやっと口角を上げてくれた。そして端的《たんてき》に欲しいものを述べる。

「**皇位**」

「ん？」

「天皇の位が欲しいです」

「はい？」

「だから、皇位をください」

このタラシのリクエストに、垂仁は「**ブファッ！**」と吹き出した。

「**何それ、やばー！　あっはっはっ！　やっぱ、タラシはいいキャラしてるわー！！！**」

「で？」

「ははっ！　……ああ、いいよ。じゃあ、オレが死んだら、君に皇位を譲ろう」

あまりにもあっさり垂仁が認めたものだから、今度は長男のイニシキが慌てる。

「へ？　うっそ？？？」

垂仁はニッと笑って、次男のタラシを見つめた。

「タラシ、必ず君がオレの後を継ぐんだよ？」

「承知しました」

タラシが頭を下げた横で、イニシキは思わず父親の袖を摑む。

「え？　嘘？　待ってよ、お父様。皇太子って、こんな雑談中に決めるものじゃなくない？」

しかし、垂仁からは『もう済んだ話』と言わんばかりの笑みを向けられてしまう。

「チャンスを逃したね、イニシキ？」

「本気？」

「うん、本気♡」

「あぁー、もぉーー！　嘘でしょー？？？　それマジで、やる気なくすっっ！！！！」

いつも落ち着いているイニシキが、オーバーリアクションでしゃがみ込む。それを見てタラシは満足げに口角を上げた。

「それでは兄上、仕事の続きを」

「ぐぬぬぅー……はいはい。分かりましたよ、**皇太子殿下っっ！！！！**」

イニシキは恨めしそうに返事をした。

しかしその後も、なんだかんだでイニシキは、各地に農耕用の池を3つも作ったり、自分の宮の河上宮（大阪府阪南市）で太刀を千本も作らせて石上神宮《いそのかみのかみのみや》に奉納したり、河上部を定めたり、兄弟達の中ではずば抜けてしっかりとした業績を残す。

そしてこの雑談がきっかけで、垂仁の後は本当にタラシが継ぐことになった。

オオクニヌシの呪い

「さてさて。皇太子も無事に決まったことだし……あとは愛しのホムチワケだなぁ」

サホビメとの間に生まれた、ホムチワケ。彼は、今日も庭でぽーっと空を眺めていた。自分で身だしなみを整えることもないので、拳8つ分にも伸びた顎髭《あごひげ》が、胸元にたらーんと垂れっぱなしになっている。ホムチワケはこれだけ成長しても、何も話すことができなかった。

「オレ………君とも笑ってお喋りがしたいのにな」

外廊下から垂仁がホムチワケを切なく見つめる。今は空高くを飛んでいる白鳥の鳴き声が、気になっているようだ。確かに白鳥がこんなに真上を飛ぶのは珍しい。

「いいものが観られたね、ホムチワケ」

垂仁が声をかけると、ホムチワケが口をパクパク動かして、何か言おうとした。

「え？」

こんなこと、初めてだ。

「ホムチワケ？　……今、何か喋ろうとしなかった？？？」

垂仁は目を見開き、ホムチワケに語りかけたが、彼はまたぽわっと空を見上げてしまう。

「だっ………**誰かっ！！！　ねぇ、誰か来てっっ！！！！！**」

慌てて叫んで、人を呼ぶ。そして、鳥に詳しい山辺《やまのべ》のオオタカを遣わすために呼び出した。

「**オオタカ！！！　大変！！！　今さっき、ホムチワケが何か言おうとしたの！！！**」

「はっ！」

「**白鳥！！！！**」

「はっ？」

「**あの白鳥を連れてきたら、ホムチワケが何か話すかもしれない！！！　さっき、皇居の上を飛んでた白鳥を捕まえてきてっ！！！！！**」

「はっ………はい！！！」

ぶっちゃけ、『そんな白鳥、とっくにどっか飛んでいってるだろ』と心の中では思ったが、**天皇の勅命《ちょくめい》だ。その鳥を取りに行くしかない。**とりあえず外に出ると、後ろからまた垂仁の声が聞こえた。

「**オオタカ！！！　いたっ！！！　あの白鳥だ！！！　あれ、捕まえてっっ！！！！！！**」

「えっ……あ、あれ？」

「**そう！　あれっ！！！　オオタカ、GOー！！！！　今すぐGOーーー！！！！！**」

「はっ、**はいぃぃっっっ！！！！！**」

オオタカはダッシュでその白鳥を追いかけた。

しかし「捕まえて」なんて言われたって、空を飛ぶ鳥だ。そう簡単に捕らえることはできない。オオタカは白鳥を追って、紀伊国《きのくに》（和歌山県）から播磨国《はりまのくに》（兵庫県）に走り、また追って因幡国《いなばのくに》（鳥取県）を越えて丹波国（京都府）に到って、それでもまだ捕まえることができず、但馬国《たじまのくに》（兵庫県）に走り、今度は東方まで巡って追って、近江国（滋賀県）に行って、そこからさらに美濃国（岐阜県）を越えて、尾張国（愛知県）を伝って信濃国《しなののくに》（長野県）まで追って、ついには越国《こしのくに》（北陸のどこか）まで走ってそこでようやく和那美《わなみ》の水門《みなと》に網《あみ》を張る。

そこでやっっっっっっっっとの思いで、白鳥を捕まえることができた。

「へっ…………陛下…………っ……捕ま……え…………た……」

オオタカは、持ち帰った白鳥を垂仁の前に献上《けんじょう》すると、パタリと力尽きる。

「**もーー！！！　オオタカったら、遅い！！！**　もう、何ヶ月経ったと思ってんの？？？」

「でも、めっちゃ頑張りました……」

「あ、そぉなの？　ま、でも、白鳥捕まえてくれたならいっか！　お疲れ！」

「ありがたき……しあわs…………」

「ホムチワケーーー！！！　ねぇ、誰か、ホムチワケ呼んできてーーっ！！！！！！」

垂仁の命で、臣下がすぐホムチワケを連れてくる。**垂仁はまたこの鳥を見せればホムチワケが何か物を言ってくれるかもしれないと思い、**息子の姿を見るや否や、オオタカから白鳥の入った袋を奪い取り目の前で開いて見せた。

「ねぇ、ホムチワケ、見て見て！！！　あの時の白鳥だよっ！！！！」

　しかし、ホムチワケの反応はない。

「…………ホムチワケ？」

藁《わら》にもすがる気持ちで、垂仁は息子の顔を覗き込む。**しかしその期待虚しく、ホムチワケは**白鳥に興味すら示さず、**何か喋ることはなかった。**

「喋らない…………か……」

垂仁がしゅんと肩を落として、オオタカに白鳥を押し付ける。

「ホムチワケの部屋から見えるところに、適当に繋《つな》いでおいて」

「はぁ……」

オオタカは自室に戻っていく垂仁の後ろ姿を切なく見つめた。

9

「だめ………だった……」

初めて何か摑めたと思ったとっかかりがなくなってしまい、垂仁はすっかり意気消沈してベッドにパタリと倒れ込む。

「さすがにヘコむなぁ………」

垂仁は悲しい気持ちで涙を浮かべてうずくまると、そのまま寝落ちしてしまった。すると、夢を見てどこからか……声が聞こえたような………気がした。

『僕の神殿を皇居みたいに建て直すこと。そうしたら、あの御子は必ず言葉を得るよ』


「……え？」

垂仁がふと目を覚ます。

「誰かいるの……？　何か言った？」

しかし、返事はない。寝室はガランとしている。

「あ………あれ？　……今のってお告げ？　なんか、こーゆーの久しぶり。『あの御子』ってホムチワケのことだよね……ん？　『僕の神殿』って言った？　『僕』って誰のこと？　え？　**オレ、誰の神殿を建てたらいいの？？？？？**」

垂仁は目覚めてすぐにベッドを出て、部屋の奥から太占《ふとまに》の占いセットを取り出し、その場でさっきの夢が誰のお告げなのかを占う。

そして炎に焼かれて、ピシピシッとヒビの入った牡鹿の骨を凝視《ぎょうし》して結果を読み取った。

「これは…………オオ……クニ…………？」

分かった。あの神様だ。有名なあの……。

「大国主大神《おおくにぬしのおおかみ》の御心だ！！！　因幡の素兎《しろうさぎ》！！！　鳥取行かなきゃ！！！！」

垂仁がダッシュで外に出ようとすると、誰かに着物の襟首を引っ張られ、背後から知らない声に怒鳴られた。

「違ぁぁぁう！！！！！　出雲《いずも》だ、出雲っっ！！！！！！　島根県っっっ！！！！！！！」

「**うおぇっ！！！　……は？？？　誰!?!?!?**」

急に首が締め付けられ、驚いて振り返ると、さっきまで誰もいなかった空間に、やたら顔が綺麗な人が腕を組んで佇《たたず》んでいた。**しかし、全く、知らない人だ。**

「え…………ほんとに誰？　普通に不法侵入なんだけど」

するとイケメンは、不機嫌に言葉を吐き捨てる。

「垂仁くんとかいったっけ？　君さ、出雲と因幡を間違えるのって、古代からガチのタブーだからね？　まじで気をつけて？　このまま因幡行ったら、呪い増やすよ？？？」

「え？　『呪い増やす』？　ってことは、まさか……あなたが…………**大国主大神？**」

「そうだよ、見れば分かるでしょ。こんなに顔がいい神、僕の他にいないから」

オオクニヌシが蔑《さげす》むように視線を送ると、一方の垂仁はキラキラと瞳を輝かせた。

「うぉぉぉ～！！！　ホンモノの八千矛神だぁぁ～～！！！　超、憧《あこが》れてたんですけど！！！オレ、ファンなんですーーーっっ！！！！！！！」

「へ……うそ？　なんで？」

オオクニヌシが垂仁の予想外の反応に戸惑う。

「うわぁ～！　本物に会えるなんて、天皇やっててマジで良かったぁ～！！！」

「いや、なんで？？？　僕、絶対、男に嫌われるタイプだと思うんだけど……」

「え～？？？　そんなことないですよ～！　だって、伝説の種馬じゃないですかぁ～！！！！男に生まれたからには誰しも一度は夢見ますって！！！！」

「え、あ、そぉ？　そぉかな？　いや、別に男に褒められたところで、僕にはなんのメリットもないんだけど、そう言われると悪い気はしないな……ありがと。でも、にわかでも僕のファン名乗るなら、**島根と鳥取は絶対、間違えないでね？**」

「へへっ♡　すみません。あの辺、土地勘なくって」

「天《あま》つ神《かみ》が癇《かん》に障《さわ》るの、そーゆーとこよ？」

「ごめんなさい♡」

垂仁がヘラッと笑うと、オオクニヌシはバツが悪そうに首を掻《か》いた。

「いやしかし、僕のファンとは知らずに、悪いことしちゃったな」

「あ、そうだ！　ホムチワケの呪いって、一体……」

「そうそう。あれね、**思いっきり僕の個人的な私怨なんだ**」

オオクニヌシは仁王立ちが面倒臭くなり、垂仁のベッドに勝手に座って足を組む。すかさず垂仁は自分の晩酌《ばんしゃく》用のお酒を注いで、オオクニヌシをもてなした。

「どうぞ」

「ん、ありがと。…………でも、君も全く関係ないわけじゃなくてね？」

「あの、それってなんか、オレがマズイことしちゃった感じですか？」

「いやぁ……君ってか、天つ神ってか……**主にてんてるちゃん？**」

「『てんてるちゃん』？　その方は、一体、どなたで……」

「天照大御神《あまてらすおおみかみ》」

「**あぁっ！　アマテラス！！！**　天照……あ、てんてる！　わ。やば。可愛い」

憧れの人との会話を楽しむ垂仁をよそに、オオクニヌシはベッドに座ったまま深刻な顔で頭を抱える。

「そう…………そうなんだ。困ったことに彼女、僕より年上の最高神のくせして、**ものすごく**

可愛いんだ。だから僕も、基本は全部、てんてるちゃんのワガママを許してきたつもりだよ？　でもさぁ……**あの子、人に国譲らせておいて、感謝の気持ちとかないわけ？**」

その質問に垂仁はドキリとして胸に手を当てる。

「えっ？　あー。えっとぉ……すみません…………**ウチの娘が何か失礼を？**」

「いや、失礼ってかさ……君の代までちゃんと、僕の神殿の約束の話は伝わってるの？」

神殿の約束と言ったら、オオクニヌシが国譲りの際にタケミカヅチに出したあの条件だ。

「それは、もちろんです！　国を譲った代わりに、『高天原《たかあまのはら》に届くくらい大きな大きな神殿を建てて、オオクニヌシ様を祀った』ってやつですよね？」

「うん……で、それ、**何千年前の話だと思ってる？**」

「ん？」

「**とっくの昔に朽《く》ち果ててるんだけど**」

「え？　あっ…………あれー……これデジャヴかなー？　この流れは、父さんの御代ですでに経験済みの気が…………………**ごめんなさい。早々に手配いたします**」

垂仁が申し訳なさそうに頭を下げる。

「うん、そうね。まぁ、君に悪気がなかった事は分かったから、とりあえず君の息子にうちの神殿参拝させてよ。そしたら喋れるようにしてあげるから」

「えっ……それだけでいいんですか？」

「うん。本当は、神殿建ててからって思ってたんだけど………ファンサで♡」

「オオクニヌシ様ぁぁぁ！！！　好きぃぃ！！！　めっちゃ好きぃぃぃ！！！！！！！」

「だから喋れるようになったら、ちゃんと神殿建ててよね？」

「かしこまりましたっっ！！！」

「それと、せめて60年に一度くらいはメンテナンスしてもらえない？　僕は20年毎にイチイチ建て替えろだなんて、ひどいワガママ言わないからさぁ……」

「了解です！　オレ、オオクニヌシ様がどんな女の子を連れ込んでも恥ずかしくないような、ちょ～デカくてカッコイイ神殿作りますねっっ！！！」

「あ、そぉ？　なら、期待して待ってる。**バブル臭漂う高層マンションの最上階のイメージ**でよろしく」

「お任せくださいっ！！！」

垂仁がビシッと敬礼をすると、オオクニヌシは穏《おだ》やかに笑う。

「くすっ！　なんだ……こんなことなら、もっと早く顔出せばよかったな。垂仁君とたくさんお話しできて楽しかったよ」

「オレも………オオクニヌシ様とお話しできて、嬉しかったです」

「じゃ。用件だけで申し訳ないけど、僕はこれで失礼するね」

オオクニヌシはにっこり笑ってヒラヒラ手を振ると、スッと消えてしまった。

垂仁が部屋の外へ目を向けると、朝日が差し込んできた。全く寝た気がしなかったが、すぐに出雲へホムチワケを向かわせることにした。

「あ、いや、でも、待って？ ……ホムチワケ1人じゃ旅は不安だし、誰か一緒に付いて行ってもらわないとダメだよね？　どうしよう…………誰がいいかな……」

そこで垂仁は得意の占いで、**出雲の大社を参拝するのに、誰をお供にするのが良いか占うことにした。すると、ヒバスヒメの従兄弟《いとこ》のアケタツの名前が浮かび上がる。**

「アケタツッッ！！！！！」

「はいっ！！！」

天皇直々に呼び出され、アケタツはピシッと背筋を伸ばした。垂仁は天皇らしく、威厳たっぷりに勅命を告げる。

「昨晩の夢で大国主大神より神託があった。我が息子ホムチワケと共に出雲へ向かい、出雲の大神の神殿を参拝させるのだっ！」

「承知いたしました！」

垂仁の勅命を受け、アケタツは速やかに出発しようと動いた。が、しかし愛息子の初めての旅だ。垂仁はなんだかとっても不安な気持ちになる。

「あ………でも……ちょっと待って……アケタツで本当に大丈夫かな？」

「はい？　陛下の占いの結果で出たのですから、大丈夫なのでは？」

「あ、そうだ。誓約《うけ》よう……アケタツ、ちょっと、誓約《うけい》して？」

『誓約』とは、神話の時代によく出てくる占いのことだ。神様がやってたような占いを人間にやれとは、なかなかの無茶振り。**でも天皇に言われたらやるしかない。**アケタツは垂仁に言われた通り、鷺巣池《さぎすのいけ》で誓約をすることにした。

池の周りの木々に、たくさんのサギが止まっている。アケタツは念を込めて大声で叫んだ。

「ホムチワケ様が私と出雲に行って、大国主大神を拝《おが》むことで本当に効果が出るなら、この鷺巣池の木に住んでいるサギ達よ、落ちろーっ！！！」

すると、そのサギ達が急にバサバサバサッと地面に落ちて、死んでしまったではないか。

「**ぎゃっ！！！**」

まさかこんなにハッキリ占いの結果が現れるとは思わなかったアケタツは、驚きと罪悪感から、また誓約を加える。

「や……やっぱり、生き返れ！！！」

すると、サギがバサッと生き返って、枝に戻っていった。

「すごい………陛下！　今の、ご覧になりました？　**とても良い結果ですっ！！！**」

アケタツが垂仁に満面の笑顔を向ける。

「うっ……うん！」

「では、早速いっt……」

「待った！！！」

「はい？」

「いや、ちょ……ちょっと、待って？　今のはリハだから……**次は、本番いってみようか？**」

「しかし、今のは明らかに……」

「念には念をっ！！！」

（……さっきのが念には念を入れた誓約じゃなかったの？）


アケタツは疑問に思ったが、**でも天皇に言われたらやるしかない。**次は甘樫丘《あまかしのおか》の先にある、**葉っぱが生き生きと大きく広**がった、立派な樫の木に誓約をかける。

「出雲の大国主大神を拝むことで、本当の本当に効果があるなら**樫の木よ枯れろっ！！！**」

するとすぐに**樫の木は枯**れた。

「わ……本当にすごい……魔法使いにでもなった気分………」

でもやっぱり心苦しいので、アケタツは誓約を加える。

「やっぱり、蘇れ！！！」

その声で、樫の木はすぐにまた元の生き生きとした姿に戻った。アケタツは垂仁にパアッと笑顔と向ける。

「**陛下！**　今のご覧に……」

しかし、垂仁は半泣きだ。アケタツはホムチワケのことを心配しすぎて、行動に移れない垂仁の心情を察する。

「あのぉ………陛下？」

「………へ……？　アッ。アケタツすごかったね？　**ここでアケタツに名を授けよう。倭者《ヤマト》師木登美豊朝倉曙立王《シキトミトヨアサクラノアケタツノミコ》という名前に……**」

「いや、そんなことより、よろしければ私の弟のウナカミも一緒にお供させましょうか？」

垂仁はキラキラした潤目《うるめ》で、アケタツを見つめた。

「**うんっ……！！！**」

こうしてようやく出発を許された**アケタツは弟のウナカミと、ホムチワケのお供として従い、旅に出る**支度を整えた。そして旅立つ前に垂仁の元へ挨拶に来る。ホムチワケは相変わらず、ぼーっとしたままだ。

アケタツは垂仁の前で90度に頭を下げる。

「それでは陛下、行って参ります！」

「う……うん………いって……ら………」

しかし、アケタツが踵《きびす》を返すと同時に、すかさず垂仁は彼の背中に抱きついた。

「**んあああああ！！！　やっぱ待って！！！！！　もうちょい待って！！！！！！！**」

「**陛下っ！！？？**　しかし…………」

アケタツが振り返ると、垂仁はまた目にいっぱいの涙を浮かべている。

「いや、その…………あの……ほら！　**オレ、『道』を占ってなかったでしょ？**」

「道……ですか？」

「**そう！　今、いい感じの道を占うから！！！　ちょっと待ってて！！！！**」

「はぁ……」

垂仁は自分の部屋に走ると、占いセットを持ち出してきた。そして、高級な牡鹿の肩甲骨をガンガン火で炙《あぶ》っていく。

「えっと、最短の**奈良山**のルートは…………**足が悪い人や盲目の人に会う**。末吉。微妙だな。なるほど。じゃあ、**大阪の山**は……あー、こっちも**同じ結果**か……あとは、紀伊国側の木戸《きと》ルート？」

その言葉に、アケタツはパッと顔を上げる。

「えっ？　紀伊国って、出雲と真反対じゃないですか。かなり迂回《うかい》しないといけな……」

「**あっ！　木戸ルートは脇の入口だから吉って出た！！！　アケタツ！　木戸ルートから出雲に行って！！！！**」

「…………はい…………かしこまりました」

アケタツは諦めて無表情で対応した。垂仁はそわそわ落ち着きなく、占い道具を仕舞《しま》ったり出したり意味のない動きをしている。

「はぁ……息子の旅立ちって、こっちが緊張しちゃうね？　あ、そうだ。ホムチワケが通ったところみんな記念に部《とも》を定めようかな？　品遅部《ほむちべ》にしよう……いい名前な気が………」

「陛下。そろそろ出ないと、本気で日が暮れてしまいます。その方が危険かと」

「へ!?　あっ、そっか！　そうだよね、うん、分かった！　行ってらっしゃい！　アケタツ、ウナカミ、くれぐれもホムチワケをよろしく頼んだよ？？？？」

「承知いたしました。では！」

そう行ってアケタツが一歩踏み出すと、垂仁は今度は思いっきりホムチワケに抱きついた。

「んぬあああぁぁぁ！！！　ホムチワケェェェェ！！！！！！！！」

そのオーバーリアクションにもホムチワケはぽわっとしていて、状況を理解しているのかも分からないが、垂仁は泣きながら続ける。

「ホムチワケ？　本当に気をつけて行くんだぞ？　つらくなったら、いつでも帰ってこいよ？　無理はするな？　疲れたらアケタツにおぶってもらえ？　盗賊に襲われたらアケタツ盾《たて》にして見捨ててもいいから、お前だけは絶対無事に帰ってくるんだぞ？？？　分かったな？？？」

（はぁ………転職したい）

呆れて立ち尽くすアケタツの隣で、ホムチワケはまたぽわんと笑った。

9

やっと垂仁から解放され、わざわざ紀伊国から回って出雲に向かったホムチワケ一行だが、占いが当たっていたのか、何もトラブルに遭わずスムーズに出雲に着くことができた。

大国主大神の参拝を終えても、ホムチワケの言葉はまだ出ないままだったが、とりあえず目的は果たせたので一行は帰路につくことにする。


しかしせっかく**出雲まで来て**、**大国主大神を参拝した**だけでそのまま帰るのはもったいない。

アケタツは**帰り際に**ホムチワケの手を引き、斐伊川《ひいかわ》のほとりまで連れてきた。

「ホムチワケ様？　この斐伊川には、あのヤマタノオロチと須佐之男命《すさのおのみこと》が戦ったという伝説が残っているんですよ。そして……あちらを、ご覧ください！」

アケタツが指差した先には穏やかな**斐伊川**が流れ、**その上に橋をかけるように**、**丸太を組んで作った**ロッジ風の**仮宮**《かりみや》が建っていた。即席で作られたのか、木の皮も付きっぱなしの建物だが、荒々しいダークブラウンのデザインが逆にカッコイイ。

アケタツはホムチワケの方を振り返ると、にっこり笑う。

「**じゃじゃーん、サプラーイズ！！！**　実はホムチワケ様が大神を拝んでいらっしゃる間に、仮宮を作らせたんです！　ここまでの長旅お疲れ様でした。旅先だからささやかですけど……今日はここで宴会しましょ？」

ホムチワケは返事をしなかったが、いつもよりなんだか嬉しそう……にしている気がする。

アケタツは仮宮**にホムチワケを招《まね》き入れる**と、早速、酒を注いだ。

「ホムチワケ様、はいどうぞ！　ここからの景色、最高でしょう？」

この仮宮は眺めがよく、斐伊川の川下に青葉の茂った風流な小山が見えた。それは**出雲国《いずものくにの》造《みやつこ》の先祖にあたるキヒサツミが**ホムチワケの言葉が出るように願い、**人工の青葉の山を飾り、斐伊川の川下に立てて**大国主大神を祀ったものだったが、アケタツは知らずにその美しい景色に見とれた。

そこに一仕事終えたキヒサツミが、**ホムチワケにご馳走を献上しにきた。**

「ホムチワケ様、出雲へようこそ。こちらぜひ、皆さんでお召し上がりください！」

「わ、美味しそう！　わざわざ、ありがとうございます」

ご馳走を受け取ったアケタツがお礼を言った**その時、ホムチワケが話し出す。**

「お気遣いありがとうございます、キヒサツミさん。ところで、**この川下にある青葉の山は、山だと思って見ていたのですが、違いますよね？　もしかして、出雲の石《いわ》くまの曾宮《そのみや》の葦原《あしはら》の色許《しこ》男大神《おのおおかみ》に仕えるために作られた、祭事用の広場なんですか？**」

「はい？」

喋れないと聞いていたホムチワケが、あまりにも流暢《りゅうちょう》に話し出したので、キヒサツミはポカンと口を開ける。アケタツはホムチワケの言葉の意味が分からず首をかしげた。

「ん？　葦原の色許男大神って誰？　そんな神様いたっけ？」

「**ふっ！**　アケタツ知らないの？　大国主大神の別名だよ。須佐之男命もそう呼んでた」

「へー。ホムチワケ様って、神話詳しいんだ。**……え？　待って？　ホムチワケ様？**　いや、ホムチワケ様が喋るわけなくない？　今のって、ウナカミ？？？」

　アケタツがパッと弟の方を向くと、ウナカミは首を横にブンブン振ってホムチワケを指差す。

　そのアケタツのアホっぽい顔を見てホムチワケは、「ブフッ」と吹き出す。

「あははっ！　アケタツ、何ボケてんの？　今、喋ったの、どう考えても俺でしょ？」

「へ？」

「何？　どうかした？」

「喋った……」

「え、ああ……うん……普通に喋るけど………」

「うわぁーーー！！！　喋ったぁぁぁぁーーーーーーー！！！！！！」

　しかも人生で初めて言葉を発したとは思えないくらい、めちゃくちゃナチュラルに喋るではないか。**アケタツとウナカミは**ホムチワケの声を**聞いて喜び**、しっかりした佇まいを**見て**また泣きながら**大喜び**をした。

「やば、普通に喋ってる！　すご！！！　本当に大国主大神の呪いだったんだ。ホムチワケ様がこんなに喋る姿見たら、陛下、絶対に泣いて喜ぶ……**ああっ！　一刻も早く陛下に知らせてあげたい！！！　はっ！　そうだ、早馬！！！　馬で帰ろう！！！**　このあたりに、駅使《はゆまづかい》いなかったっけ？？？」

　アケタツの質問にウナカミが首をかしげていると、ホムチワケがまた喋る。

「あぁ、馬で帰るの？　そしたら、駅家《うまや》に行かないといけないな。朝廷直轄の駅使を頼るなら、檳榔《あじまさ》の長穂宮《ながほのみや》が一番近いんじゃないか？」

「**ホムチワケ様、なんでそんなに詳しいの？？？？？？？？**」

　この『駅家』とは、古代の高速道路インターチェンジ的存在で、駅家と駅家の間は道が整備され、馬がダッシュで走れるようになっている。『駅使』はそれを管理したり、実際に早馬を出したりする使いのことだ。アケタツは少しでも早くホムチワケを垂仁に会わせたくなって、早馬のいる**檳榔の長穂宮**（富能加《ほのか》神社）に向かうことにした。

　一行は森の中を進み、やがて宮殿が見えてくると、ホムチワケが嬉しそうに笑ってアケタツの方を振り返る。

「あ、アケタツ見て！　長穂宮ってあれじゃないか？　ほら。あの屋根、檳榔で葺《ふ》かれてる。さすが『檳榔』の長穂宮だな！！！」

「ん？　あじまさ？」

「ビロウのことだよ。ヤシ科の植物。よく南国に生えてて、葉っぱが手みたいに、ビローって細長く広がってる植物、分からない？」

　ホムチワケは両手をピロピロさせて、ジェスチャーを交えながら説明をする。

「えっと……ヤシの実がついてるやつ？」

「あー。若干違うけど……雰囲気はそんな感じ。ビロウにはヤシの実みたいな大きな実じゃなくて、巨峰みたいな実が生る。食べられないんだけどな」

「へぇ……そうなんだ」

「ま、この辺じゃ見ないから、知らなくて当然だよ。あれもきっと、筑紫《つくし》かどこかから、わざわざ輸入してるんだろう。洒落《しゃれ》てるなー」

「ホムチワケ様………**なんでそんなに詳しいの？**」


ホムチワケ一行は長穂宮に着くと早速、駅使に馬を頼む。彼らも言葉の出なかったホムチワケのことを知っていたようで、喜んで馬を手配してくれた。しかし、長穂宮に着くまでの間に日が暮れてしまったので、とりあえずその晩はここに泊まることにする。

「それでは、ホムチワケ様。お部屋までご案内いたします」

長穂宮で案内に出てきた美しい女性が頭を上げると、ホムチワケの顔が《ボフッ》と真っ赤に染まった。

「**へっ!?　きっ……君は？？？**」

「ヒナガヒメと申します。ホムチワケ様のご案内を任されまして……」

「わっ、あっ……なっっっ………**なるほどっっ！！！！**」

人生で初めて言葉を発してから、ここまでずっと博識《はくしき》キャラを演じていたホムチワケが、急にオタオタと挙動不審になる。その姿に、アケタツとウナカミは静かにうつむいた。

（（ホムチワケ様が…………一目惚れをしておられる！！！！））

「ああっ……あっ……アケタツ？　ウナカミ？　ど……どぅっ…………？」

ホムチワケが助けを求めるように、自分達の方を向いてきた。今日まで呪いのせいで言葉を喋れなかった、ホムチワケ……**この恋、全力で応援してあげたい。**

アケタツとウナカミは、彼らが2人きりになれるように、スッと身を引いた。

「アッ、ホムチワケ様！　我々はまだすることがあるので、お先にどうぞっ！！　こちらはお気になさらず！！！　**おふたりで、どうぞ、ごゆっくり！！！**」

「おおっっ…………おぅっ……？？？？」

「ホムチワケ様、頑張ってっ！！！　応援してますっっ！！！！！」

「へっ？？？　おおお？？？　お……おおうっ！！！！！」

アケタツとウナカミにガッツポーズで送り出されると、ホムチワケも気合いを入れてクルッとヒナガヒメの方を向いた。彼女も空気を察したみたいで、少し顔を赤らめる。……しかし、嫌がってはいなそう。

「では、こちらへ……」

「は……はいっ！」

ホムチワケはヒナガヒメの後に続く。アケタツとウナカミが祈るように、ホムチワケを見守った。やがて2人は、暗闇の中へ消えて見えなくなってしまった。

――その祈りが神様に届いたのか、**ホムチワケはヒナガヒメ**という美人と2人で寝室に入り**一晩の幸せな時間を過ごすことができた。**

ホムチワケは彼女が眠ったことを確認すると、1人でぎゅーっと枕に顔を埋める。

（かわい…………かった……すごく可愛かった…………ヒナガヒメ……まだ名前しか聞いてないけど……もし彼女がいいなら…………一緒に、大和に帰りたいな）

ホムチワケが枕から顔を上げて、彼女を見つめる。長い髪に隠れた彼女の美しい顔が見たくなり、ヒナガヒメの頬にそっと右手を添えた。

「ヒナガ……ヒメ…………ん？」

ホムチワケの声が不意に漏れる。なんか……手触りが……さっき触れていた人肌とは違う。もっとペタペタしているというか……鱗みたいにポコポコしているというか…………？

違和感を覚えた**ホムチワケは彼女を髪の隙間から覗き込む。**すると、そこにいた生き物と目が合い、ホムチワケは一瞬硬直した。**蛇だ。**

「**うわっっ？？？**」

巨大な蛇が自分の隣で横たわっていたことに気付いて、ホムチワケは思わず大声を上げた。すると蛇は驚いて、ビクッと身体を震わせる。

《ホムチ……ワケ…………さま……？》

「**ぎゃぁっっ！！！！　喋ったぁぁ！！！！！！！！**」

命の危険を感じた**ホムチワケは、怖くなって**飛び起きると部屋の外に**逃げた。**するとすぐに、アケタツとウナカミが慌てた様子でこちらに駆け寄ってきた。

「**ホムチワケ様⁉　どうなさったんですか？？？**」

ホムチワケは、よろけながらアケタツの方へ駆け寄る。

「へっ……蛇っ…………！！！」

「え？　蛇？」

アケタツがホムチワケの指差す方に目をやると、蛇というには大きすぎる人間サイズの大蛇がこちらにくねくねと近づいて来ていた。そして、なんか、喋った。

《……いか…………な……い…………デ》

「「「**ギャアアアァァァぁぁぁ！！！！！！！！！！！！！！！**」」」


3人は恐怖で絶叫すると、一目散にその場から逃げ出した。

《ああ……悲しい…………悲しい……ホムチワケさま…………》

この声はヒナガヒメの声だ。振り返ると、下半身が蛇の姿のヒナガヒメが追ってきていた。

「**ヒィィッッッ！！！！！**」

そのあまりの禍々《まがまが》しさに、思わず変な声が出る。怖い。怖すぎる。まさか初恋の相手が蛇だったなんて……トラウマ確定だ。すると、前を走っていたアケタツが前方を指差した。

「**ホムチワケ様！　あの浜辺！！！　ボートがありますっ！！！**」

「ボート？　本当だ。よし、あのボートに乗って逃げれば、流石に追ってこられないだろう！　さようなら！　蛇のヒメっ！！！」

3人は急いでボートに乗り込み、全速力で漕《こ》いだ。

すると間髪容れずに浜辺が《**ビカンッッ！**》と強く光る。

「「「えっ⁉」」」

驚いて、光の方向に目を向けると、逆光の中にボートに乗った人影が浮かび上がった。

《逃がしませんわ……ホムチワケ様………》

ヒナガヒメが憂《うれ》い悲しんで神力《しんりき》で**海原を明るく照らし追ってきたのだ。**

「「「**嫌あああぁぁアアアァァァぁぁぁ！！！！！！！！！！！**」」」

3人は**ますます怖く**なって、とにかく力の限りボートを漕いだ。しかし明かりに照らされてしまい、位置がバレバレなので、なかなか引き離すことができない。山沿いを行くと、途中に山が窪んで、岸に上がりやすくなっている場所を見つけた。そこで、この**山のたわみに**ボートをつけて陸に上がる。アケタツはなぜか、そこ**からボートを引いて**山へ駆け出した。

「**え？　待って、アケタツ！　なんでボート引っ張ってるの？？？**」

「**考えがあります！　とにかく走って！！！**」

「お、おう！」

3人はとにかく走った。ヒナガヒメもボートを岸につけ、すぐ後を追ってくる。しかしこちらは重いボートを引いて山を登っているので、今にも追いつかれてしまいそうだ。

一行が危機感を募《つの》らせて山を越えると、その先に草原の広がる谷が見えた。

「ホムチワケ様！　ここでボートに乗ってください！！！！　ウナカミもっ！！！！」

「えっ、えっ？　アケタツ？　うそ、まさかっっ？？？」

「そのまさかですっ！！！！」

不安定なボートに乗り込んだホムチワケは、よろめいて後ろを振り返る。すると、すぐそこまで来ていたヒナガヒメの悲しい顔と目が合ってしまった。人の姿だとやっぱり可愛い。

《ホムチワケ様っ……！》

「ヒナガヒメ……」

つい先ほどまで結ばれていた2人が見つめ合う。

《…………ホムチワケ様？》

ヒナガヒメは愛おしそうにホムチワケの名前を呼ぶと、ニョロリと90度に首をかしげて、切なくピョロロと舌を出した。

「ごめん。やっぱ、蛇は無理だっっっ！！！！！」

「そう叫んだ瞬間、アケタツがボートを力いっぱい押して乗り込んで、『**ズサーーーッッ！**』て、谷を3人で滑り落ちたんだ！！！　あれはマジでシビれた。

おかげでなんとか引き離せて、その後は、馬も手に入ったから、逃げて大和まで戻って来たんだけど…………超、大変だった…………」

せっかく言葉を得た可愛いホムチワケが、手振りを加えてオーバーリアクションで報告をしてるというのに、垂仁は体育座りでうずくまったまま動かない。

それを見たホムチワケは、むすっと頬を膨《ふく》らませて、腕を組んだ。

「**なぁ、お父さん聞いてるの？？？**」

このセリフを聞くや否や垂仁はたまらなくなり、ボロボロ涙を流しながらホムチワケに駆け寄って《**ガバッ！**》と抱きついた。

「**うああん！！！　…………ホムチワケぇ……よかった……よかったよぉ…………**」

2人のやり取りを、後ろからずっと泣きながら見ていたアケタツとウナカミは、涙を拭って今回の旅について垂仁に報告をした。

「ぐすっ、それで陛下…………大国主大神を拝んだことによって、このようにホムチワケ様が言葉を話せるようになりまして…………それで、こうして参上って来ました……」

「アケタツ……ウナカミ……本当にありがとう…………本当にありがとね？」

垂仁が袖から半分だけ顔を出して、アケタツとウナカミに笑顔を向ける。

「ああんっ、陛下ぁぁ…………**私も陛下に喜んでもらえて嬉しいです……！！！**」

すると、もの静かな弟のウナカミも袖で涙を拭って声を出す。

「私もっ……兄のおかげで、ホムチワケ様のお供をすることができてよかったです」

この嬉しい言葉を受け、垂仁はとびきりの笑顔をウナカミに送った。

「うん！　ありがとう、ウナカミ……**じゃあ、ウナカミはもう出雲に帰っていいからねっ！**」

「……ん？　は？　………出雲……に？　帰る？　ですか？」

意味の分からない言葉に、ウナカミが首をかしげた。すると、垂仁は『コンビニでおにぎり買ってきて』くらいのノリで、勅命を告げる。

「そう！　オオクニヌシ様に神殿造ってあげなくちゃいけないから、造ってきて！」

「えーーー……あーーー………私が？」

「うん。だって、アケタツと一緒に旅したウナカミなら安心して任せられるもん！」

「……はぁ」

「ちなみに、オオクニヌシ様の希望は『バブル臭漂う高層マンションの最上階のイメージ』だって。じゃ、よろしく！」

まさかの無茶振りに、ウナカミは心を無にして返事をした。

「……………はい…………かしこまりました」

こうして喜んだ垂仁は、すぐにウナカミを出雲に戻し、オオクニヌシの神殿を造らせた。

「ふふ、あとはホムチワケとの思い出が未来永劫色褪《あ》せないように、部《とも》も定めないとなぁ～♡　まず、ホムチワケに鳥を取ってきた記念の『鳥取部《ととりべ》』と、鳥を飼った記念の『鳥甘部《とりかいべ》』と、ホムチワケの初めての旅立ち記念の『品遅部』。あとは、ホムチワケが赤ちゃんの時の思い出の『大湯坐』と『若湯坐』……本当はもっと作りたいけど、まずはこのくらいでいいかな？」

父親の謎のつぶやきに、ホムチワケは顔をしかめる。

「え？　待って。俺の記念の『部《とも》』って何？」

愛息子から質問を受けると、垂仁は得意げに腕を組んだ。

「ふふ～、最近、子育ても落ち着いたからさ～。実は国家運営頑張ってるの。ほら、父さんの御代に『弓端《ゆはず》の調《みつぎ》』『手末《たなすえ》の調《みつぎ》』って税を納める制度作ったの、覚えてる？」

「ああ……そのおかげで、大掛かりな公共事業ができるようになって、民が潤ったとか」

「それそれ！　でも、『生活で余るものを納めろ』なんて言われても、人によって生活環境が違うんだから、もっと具体的にお願いしないと大御宝《おおみたから》が困っちゃうでしょ？」

「……あー。なるほど」

「だから、まずは大御宝を『部』でグループ分けして、一般の人は『土地の名前』とか『皇族《こうぞく》の名前』とか？　適当につけて農業技術や織物技術をレクチャーして作業してもらって、季節ごとに、成果物を納めてもらう感じにしてみよっかなーって思って！」

「なるほど。それで『品遅部』とかいう話になったのか」

「そうなのー！　あ、でも『鳥取部』とか『大湯坐』とかの、鳥を捕まえるプロとか赤ちゃんの面倒を見るプロとか？　何か、特化したスキルがある人は、それっぽい部の名前をつけて、お給料を払って雇う感じにする方がいいかなと思ってて。その辺、まだ試行錯誤中っ！」

「へぇえー……お父さんって、ちゃんと天皇っぽい仕事もしてたんだな………」

いつもゆるい父親が実はちゃんと仕事をしていたことに驚くと、垂仁はホムチワケにドヤァと上目遣いを送った。

「ふふ～ん♡　すごいでしょ？　パパのこと、尊敬してくれてもいいんだよ？」

「いやもう、尊敬してる」

「ひゃんっ♡♡♡　ホムチワケ、だいちゅきっっっっ♡♡♡♡♡♡♡」

そうして、垂仁はホムチワケに由来する部をいくつも定めた。

この部民《べみん》制度が実際、いつから始まったのかは分かっていないが、垂仁の御代から『部《とも》』を定めた記述が増えていく。『部』は主に3種類あり、功績や職業から名前を取った『品部《しなべ》』と、皇族の名前から取った『名代《なしろ》』『子代《こしろ》』があった。

今回の例だと『鳥取部』や『大湯坐』が品部。『品遅部』が名代・子代にあたる。古代には、この『部』から「この人、あの職業なんだ～」とか、「この人は、あの辺に住んでるんだ～」など、ある程度分かるようになっていたようだ。

現代の苗字も部の名残をとどめていて、品部だと、機織りをしていた機織部《はたおりべ》さんが『服部』さんになったり、船を渡す職業から『渡部』さん、占いの職業から『卜部』さん、そして今回垂仁が新設した『鳥取部』は、今では県名にも使われている。

また、名代・子代だと、21代、雄略《ゆうりゃく》天皇の本名『大長谷《おおはつせ》』から取った『長谷部』さんとか、16代、仁徳《にんとく》天皇の息子の『大日下王《おおくさかのおう》』から取った『日下部』さんとか。聞いたことある名前が、意外とたくさんあるので、苗字のルーツを調べてみたら、自分のご先祖様が古事記に載っていたなんてサプライズが、あったりなかったりするかもしれない。

殉死の禁止令

「……えっ!?　オレの話、長い？　もしかして、誰も興味ない？？？」

垂仁が不安げに次男かつ皇太子のタラシを見上げると、彼は端的に答えた。

「はい。全く興味がないので、自室に戻っても？」

そう言ってタラシが立ち上がると、垂仁は《**ガシッ！**》と息子の袴《はかま》にすがりつく。

「**待って！！！　行かないで！！！　お願いだから、今日はパパの部屋に泊まって！！！！　今にも一緒に寝て！！！　だって、タラシも聞こえるでしょ？　この、うめき声！！！　お化けが出そうで怖いんだっっ！！！！！！！！**」

うざったくしがみついてくる垂仁を蔑《さげす》んで見下ろし、タラシは低い声で返事をする。

「父上……これは幽霊ではなく、『生きた人間』のうめき声です」


「**いやぁぁぁぁぁ！！！！！！　やめてえぇぇぇぇ！！！！！！！！**」


実は、この親子。垂仁の弟のヤマトヒコが亡くなったので、葬儀のために身狭《むさ》の桃花鳥坂《つきさか》（奈良県橿原《かしはら》市）まで来ていた。

垂仁の弟ということは皇族なので、それなりに立派な御陵《みはか》が作られたのだが……**この葬儀の時**になぜか**初めて**、**御陵に人垣**（殉死者）**を立てる**ことになり、側近をしていた人達が集められ、全員**生きたまま**御陵の周りに埋められたようで……その人達が何日も死ねずに、昼夜泣きながらうめいている声が、垂仁の泊まる仮宮にも聞こえていたのだ。

「ああっ……いたたまれなすぎる…………無理。つらい。…………ねぇ、タラシ？　……オレが死んだ時には、あんな殉死なんて絶対やらせなくていいからね？」

「承知いたしました」

そう言って、タラシがスッと部屋を抜け出そうとしたので、垂仁は扉の前ですかさず息子を羽《は》交《が》い締めにして捕まえる。

「逃すかよっっ！！！」

「クッ……離せ！　俺は、自室で、一人で、寝るんだっっ！！！！」

「嫌だぁー！！　オレもタラシの部屋で一緒に寝るーー！！！！！」

結局、垂仁は自分の部屋で寝ることができず、無理やりタラシ一家の寝室に潜り込み、付き添いで来ていた幼い孫のオウスまでも巻き込んで、親子孫三代・川の字で寝た。

9

それから数日後。ヤマトヒコの御陵からようやくうめき声が聞こえなくなったので、垂仁はそっと殉死者達を埋めた溝を覗いた。

彼らはなんとか亡くなることができたようなのだが、そのまま腐ってしまい、犬やカラスが集まって死肉を食べにきていた。まるで地獄絵図だ。

「**んああっ！！！**　やっぱり見るんじゃなかった……エグい………エグすぎる。だいたい、なんでこんなこと始めようと思ったの？　古代中国史にでもハマった？　何でも大国の真似したらいいと思わないで。怖すぎる………」

垂仁は叔父のヤマトヒコが亡くなった悲しみよりも、殉死の惨《むご》さで頭がいっぱいになりながら帰路についた。

皇居に着いた垂仁はすぐに臣下達を集めて、訴えかける。

「今日はみんなに、『殉死』についてよく考えてもらいたい」

今回、殉死の惨さを知った臣下達は、神妙な面持ちでコクリとうなずく。垂仁は続けた。

「殉死って、亡くなった人が生きていた時に、大切にしていた人達が付き従うものでしょ？　それってめちゃくちゃ痛ましくない？　オレは、君達にあんな死に方して欲しくないよ。君達だってオレが死んだ時に、あんな苦しい死に方したくなくない？

いくらどこかの古い風習だからといっても、良くないことなら従わなくていいと思うんだ。

……しっかり考えて、話し合って、今後は殉死をやめるようにしようよ」

垂仁は一旦間を置くと、殉死の光景を思い出して苦しそうに眉をひそめる。

「あんなの…………ダメだよ。……もう、やめよう」

この垂仁の勅命のおかげで、日本では殉死が禁止になった。

非時の香の木の実

「はぁ…………オレ……死にたくないな…………」

垂仁は自分のベッドにうつ伏せになって、枕にボフッと顔を埋めた。それを見たヒバスヒメは思わず笑ってしまう。

「ふふっ、それだけ長生きしていて、何をおっしゃいますか。垂仁様が今年でおいくつにならはれたのか、私はもう数えられなくなってしまいましたよ」

「うーん。たぶん、１５０歳くらいだとは思うんだけど……正直、オレも曖昧《あいまい》」

「クスッ……全く。またタラシに嫌な顔をされちゃいますね？」

ヒバスヒメが茶化して笑うと、垂仁は口を尖《とが》らせ肩をすくめた。

「あぅっ。それ言わないでよ。あの子ったら、毎日『**まだ死なないの？**』って顔でオレのこと見てくるんだから」

《ブフッ！！！》

「「え？」」

突然、部屋の外から誰かが吹き出した声が聞こえたので、垂仁とヒバスヒメは驚いて扉の向こうに目をやった。すると、最近よく見かける青年が、扉の横で掃除道具を持って顔を真っ赤にして立ち尽くしているではないか。天皇皇后両陛下から同時に視線を受けて、青年は今にも泣き出しそうになって、縮こまった。

「**うわっ！　わ、えと……申し訳ございませんっ！！！**　…………盗み聞きをするつもりはなかったのですが、廊下掃除をしていたら自然と聞こえてきてしまって……陛下のお言葉でついタラシ様のあのお顔が浮かんでしまい…………うっかり……吹き出してしまって……」

青年がうろたえながら言い訳をしていると、垂仁が笑い出す。

「**あははっ！**　いいよー。まじ、タラシのあの顔はねー。ウケるよね？？？」

「…………恐れながら……」

下を向いてしまった青年の顔を、垂仁は優しく覗き込む。

「ところで君、どこの子だっけ？」

「あっ、あの、僕は但馬のヒナラキの息子で……タジマモリと申します」

聞き覚えのある名前が出てきたので、垂仁は彼の出生を確認する。

「但馬？　あ。もしかして天之日矛《あめのひぼこ》のお孫さん？」

「いえ……玄孫《やしゃご》です」

「えぇっ!?　玄孫っ!?　ヒボコが新羅《しらぎ》から日本に来て、そんなに経ってたっけ？？？」

まさかの昔の知り合いの玄孫だった。思わず垂仁の声が大きくなる。するとタジマモリは、感動で瞳をキラキラ輝かせた。

「わ……ヒボコ様のこと覚えていてくださったんですね……**嬉しいですっ！**」

しかし、ヒバスヒメはその名前を知らなかったようで、垂仁に質問をする。

「ヒボコ様……ですか？」

「うん。オレが即位してすぐの頃に新羅から来た王子様。懐かしいな～。ヒボコ、キャラ濃くてさー。めっちゃ面白いヤツだったの。玄孫ちゃんもあの話聞いたでしょ？」

「はいっ！　わ。すごい。生きる伝説からご先祖様のお話を聞いてしまった……」

「生きる伝説？　……ああ、まぁ、これだけ長生きしてたらそうなるか」

垂仁が困り笑いを浮かべると、タジマモリは一拍置いて、真剣な表情に変わった。

「あの……ところで陛下。……陛下は、長寿を…………いえ……『不老不死』を……お望みでしょうか？」

タジマモリの悪魔の誘いのようなセリフに、垂仁は首をかしげる。

「へ？　そりゃー、不老不死になれたら、嬉しいけど……」

「では恐れながら……陛下は常世《とこよ》の国の伝説の『非時《ときじく》の香《かく》の木』をご存知でしょうか？」

「ときじく……ノカク？　の、木？　植物？」

「はい。先祖より伝わる話によれば『非時の香の木』は四季を通してその葉が散ることなく、常に緑の葉をつけているそうです。初夏に白い花を咲かせて、冬は黄金色の美しい実が生り、時を忘れてしまいそうなほど爽やかで清涼感があり、どこか甘みのある香りがするとか」

「へー。いいね、そんなアロマ欲しい」

「そして、その実を食べると……**不老不死になれるそうです**」

「え？」

「非時の香の木の実……」

「トキジクノカクノコノミ……」

垂仁がゴクリと生唾を飲み込むと、タジマモリはキメ顔でグッと拳を握った。

「通称『**みかん**』！！！」

「**みかんっ？？？？？？？**」

「別名『橘《たちばな》』」

「なっ……なんて魅惑的な名前なの？　めっちゃ食べたい…………お正月からおこたに包まりながら大量摂取して不老不死になりたい……」

「ご入用であれば、ヒボコ様直伝の床暖《オンドル》もご用意いたします」

「え？　床暖？　やった。床暖があれば、この時代でもおこたに潜れる。あれ……なんだろうこの新しいのに懐かしい感じ。**是非とも手に入れたい、『非時の香の木の実』！！！**」

　垂仁はキラキラと目を輝かせたが、その肝心の入手方法がどう考えても難しい。

「んー。でも常世の国なんて、どうやって行くのかな？　『常世の国』が不老不死の国なのは知ってるけど、神話では片道切符だし……行った人が誰も帰って来ないから、本当は死者の国なんじゃないかって、聞いたことあるし……」

「それが、先祖の話によれば、筑紫国の先で新羅の近くにあるそうで」

「筑紫国と新羅の近く？　それって、対馬じゃなくて？」

「いいえ、対馬よりももっと西にあって、より韓国感があるって言ってました」

「まじか。想像以上に常世の国情報、具体的だな。……いやでも、新羅の王子様のヒボコから伝わった話なら、信頼できるか……」

　垂仁は真剣な面持ちで目を瞑って、しばらく腕を組むと、パッと顔を上げタジマモリの方を真っ直ぐ見つめた。

「ねぇ、タジマモリくん。常世の国に行って『非時の香の木の実』を採ってきてよ！　オレ、不老不死になりたいんだっ！！！！」

「**えっ、僕!?　わあ！　僕が陛下のお役に立てる日が来るなんて……とても嬉しいです！！！**ヒボコ様が陛下にお世話になったお話は、散々聞かされて育ったので……」

「え？　ヒボコってば、家族にそんな話してくれてたの？　なんだよ～。こっちこそ嬉しい！

「…………はあっ…………もう…………あのツンデレ王子めっっ！！！」

垂仁が昔を思い出してヘラヘラしていると、タジマモリはピシッと敬礼をした。

「それでは早速、出航の準備を進めさせていただきますっ！！！！」

「うんっ！　頼んだよーーー！！！」

垂仁は意気揚々《いきようよう》と去っていくタジマモリに、笑顔で手を振った。

しかし、タジマモリが見えなくなると黙って話を聞いていたヒバスヒメが、動揺《どうよう》した面持ちで夫の袖を摑む。

「垂仁様…………一体、何を考えて……」

「ふふっ！　不老不死の実なんて、面白いものがあるもんだね？」

「……本気で信じていらっしゃるんですか？」

どうやら、ヒバスヒメはタジマモリの話を信じていないようだ。垂仁は静かに微笑んで目を瞑る。

「もちろん。……ねぇ、ヒバス？　タジマモリくんが実を採って帰ってきたら一緒に食べて、どっか田舎に越して隠居生活しようよ」

「またそんな夢物語みたいなことを……玉座をほったらかして、田舎暮らしなんかできるわけないじゃないですか」

「ふっ、大丈夫だよ。非時の香の木の実を手に入れて、オレが不老不死になれば『天皇は死ぬまで天皇』なんてルール、あっという間にふっ飛ぶでしょ？」

「え？」

ヒバスヒメが夫の顔を見上げると、垂仁は苔生《こけむ》した美しい深緑色の玉垣の庭をぼんやりとした摑みどころのない表情で見つめていた。

「……面倒なことはぜーんぶタラシに任せて、2人で田舎に逃げようよ」

「垂仁様……」

「残り少ない余生くらい、ヒバスと一緒にゆっくり過ごしたいじゃない？」

そう言って自分に向けられた垂仁の笑顔があまりにも切なくて……気付けば前妻のサホビメよりずっと多くの時間を共に過ごしてきたヒバスヒメは、思わず夫にぎゅーっと抱きついた。


一方の**タジマモリは、垂仁の命**で部下を引き連れ、**『非時の香の木の実』を求めて常世の国へ旅立つことになった。**しかし、場所にはなんとなくアテがあっても、そこは神話に出てくる伝説の国。一筋縄では辿り着くことができず、散々苦労して、**やっとの思いでその国を見つけることができた。**

「見つけた……これが常世の国…………すごい。海がコバルトブルーだ……」

見渡す限りの美しい海。島の壮大で迫力のある岸壁を避け、白い浜辺に船をつけるとタジマモリはバシャンと海に降り立つ。

「ひゃっ！！！　……冷たっっ…………！！！！」

常世と言われて、なんとなく常夏の島をイメージしていたが、冬だし海の水は普通に冷たい。

船を引き錨《いかり》を下ろすと、タジマモリ一行は『非時の香の木の実』を求めて、島の中に足を踏み入れた。

そこは冬だというのに濃い緑の木がたくさん生えており、濃いピンクの花を咲かせている。

さらに歩みを進めて視界が開けると、今度はあたり一面にふわふわとした淡いピンクのスキ畑が広がっていた。なんて素敵な、ゆめかわ映えスポットだろう。

「うわぁ……まるで夢の国みたいだ…………ここが……常世の国…………」

タジマモリがその景色に見とれていると、誰かが奥を指差した。

「タジマモリ様！　あそこ見てくださいっ！」

そこには、黄金に輝く実が大量に生っているではないか。

「あった！　絶対にあれだ！！！　やった、これで陛下に喜んでもらえる！！！！」

タジマモリは『非時の香の木の実』を採ると、すぐに大和国《やまとのくに》へ帰った。

こうして、実の生った葉を花かんむりのようにくるりとまとめた縵《かげ》八《や》縵《かげ》と、実のついた枝を矛のように見立てた矛《ほこ》八《や》矛《ほこ》を献上しに皇居へ来る。

「陛下、長らくお待たせしました！　『非時の香の木の実』をお持ちいたしましたっ！！！」

しかし謁見の間にはなぜか垂仁はおらず、本来なら天皇が座るはずの玉座には皇后のヒバスヒメがちょこんと座っている。彼女は切なく微笑み、黙ったままだ。

タジマモリの心が一気に不安で覆われる。

「あ、あの……皇后……様…………陛下は…………どちらに？」

その質問に、ヒバスヒメは一度ゆっくり深呼吸をしてから、静かに答えた。

「…………タジマモリさん、せっかく採ってきてくださったのに、ごめんなさいね、あの人、あなたが常世の国に行っている**間に、御隠れになってしまった**の……」

「え……？」

「ごめんなさい……身勝手な人よね。人に物を頼んでおきながら、先に逝ってしまうなんて。……あんな…………夢物語ばっかり残して……ね？」

毅然《きぜん》とした態度を見せていたヒバスヒメだが、言葉の途中でポロポロ涙が流れ出す。タジマモリはハッとして頭を下げた。

「皇后様…………申し訳ございません！　僕の仕事が遅かったばっかりに……」

「いいの。だって、人の寿命は神様が作ったものなんだもの。そもそも変えてはいけないものなのよ。だからどうか、タジマモリさんも気に病まないでね？」

ヒバスヒメが袖から少し顔を出して涙いっぱいに微笑みかける。

タジマモリは今にも泣き出しそうな気持ちをグッと堪えて、非時の香の木の実を**半分に分け**

縵《かげ》四《よ》縵《かげ》、矛《ほこ》四《よ》矛《ほこ》を皇后のヒバスヒメに託すと、もう半分を抱え込んだ。

「……タジマモリさん？」

「皇后様……きっと、陛下がご存命だったら、皇后様と一緒に食べたはずだから。もう半分は、僕が最後まで責任を持って御陵にお持ちいたします。それでは……失礼します！」

「そう…………ありがとう……」

「遅くなっちゃって…………本当に、すみませんでした」

そう言って、タジマモリは皇居から20キロ以上離れた垂仁の御陵へ走った。そして辿り着くや否や御陵の戸口の前に縵四縵、矛四矛を奉って置いて泣き叫ぶ。


「陛下あぁぁ！！！　常世の国から非時の香の木の実を持って参上りましたあぁぁ！！！」


そして散々叫んで叫んで叫んで泣いて泣いて泣き尽くすと、その場で亡くなってしまった。

この『非時の香の木の実』は、今では『橘』と呼ばれている。みかんの原種だ。

また常世の国から甘いフルーツを持ち帰ったタジマモリは、やがて『お菓子の神様』として祀られるようになった。

垂仁の享年は153歳。御陵は菅原《すがわら》の御立野《みたちの》（奈良県奈良市）にある。


そして、皇后のヒバスヒメも垂仁の後を追うように亡くなり、彼女の御陵を作った際には、垂仁の詔の通り殉死はやめて、代わりに土で、人や馬や家や色々な物を象らせた埴輪《はにわ》を作り、御陵の周りにたくさん飾った。

この時に**『石祝作《いしきつくり》』と『土師部《はにしべ》』の2つの部が定められたそうだ。**こうして石の棺を作ったり埴輪を作る専門職ができた。

ヒバスヒメの御陵は狭木《さき》の寺間《てらま》（奈良県奈良市）にある。


死者を御陵に納めるための長い長い殯《もがり》の儀式期間を終えて、一息ついたタラシは、お堀の外から父親の墓を眺めていた。垂仁の御陵のお堀には、小さな人工の島が浮かんでいる。先日、急遽作られた、タジマモリのお墓だ。島の上には細くて若い橘の木が植えられていた。

水面の反射に照らされた真新しい御陵は静かに輝いて、ひぐらしの鳴き声が物悲しく響く。この情緒的な風景をタラシは腕を組んで、冷たく睨みつけた。

「フン……殉死はやめさせたのだろう。最後の最後まで締まらん御代だったな」

そう吐き捨てるように言葉を漏らすと、後ろからタラシの息子のオウスの声が聞こえた。

「あっ！　父上、見つけました～！！　母上が探してましたよ？　もしかして、おひとりで祖父上のお墓参りでしたか～？？？」

「……まさか。視察だ」

タラシが短く答えると、オウスは瞳を輝かせる。

「わ～。さすが父上、かっこいい！　ふふっ、ついに父上が天皇か～。祖父上が死んじゃったのは寂しいけど、楽しみだなぁ～。来年のお正月には、父上の英姿が見られますねっ！」

初代・神武《じんむ》天皇が正月に即位したこともあって、天皇の即位はキリの良い正月にすることが多い。オウスは楽しみと言わんばかりに、ぴょんぴょん落ち着かずに飛び跳《は》ねた。

しかし、タラシは冷めた表情で視線を逸らす。

「いや、正月まで待たない。この秋には即位する。なにせ、そこで呑気に眠っているヤツが、仕事をサボってばかりだったからな。田畑の整備、食の管理、さらに崇神帝が平定した土地の管理まで進んでいない。課題が山積みだ。時間が惜しい」

「おー！　なんか分かんないけど、父上、すごぉーーいっ！！！」

息子から尊敬の眼差《まなざ》しを向けられると、タラシは険しい表情で御陵の西から真っ赤になって照りつける太陽を見つめた。

「……俺の御代で、大八洲《おおやしま》の全土をまとめ上げてみせる」

皇太子時代から、フツフツと練ってきた国家構想を一刻も早く実現したい。大和の平野だけでなく、もっと広範囲に。

「しかし全国を管理するとなると、人材不足は課題だな。いつ裏切るかも分からん親族は使いたくないし、やはり自分の子を使うのが確実か」

そう言ってタラシは、まだ幼いオウスに視線を落とした。オウスからはヘラッと気の抜けた、頼りない笑顔が返ってくる。その顔を見てタラシは、バツが悪そうに顔をしかめる。

「すると…………天皇として、まずすべきは子作りか」

タラシはいたって真剣な表情で、茜色から深紫へと変わっていく美しい夕焼け空を見上げた。

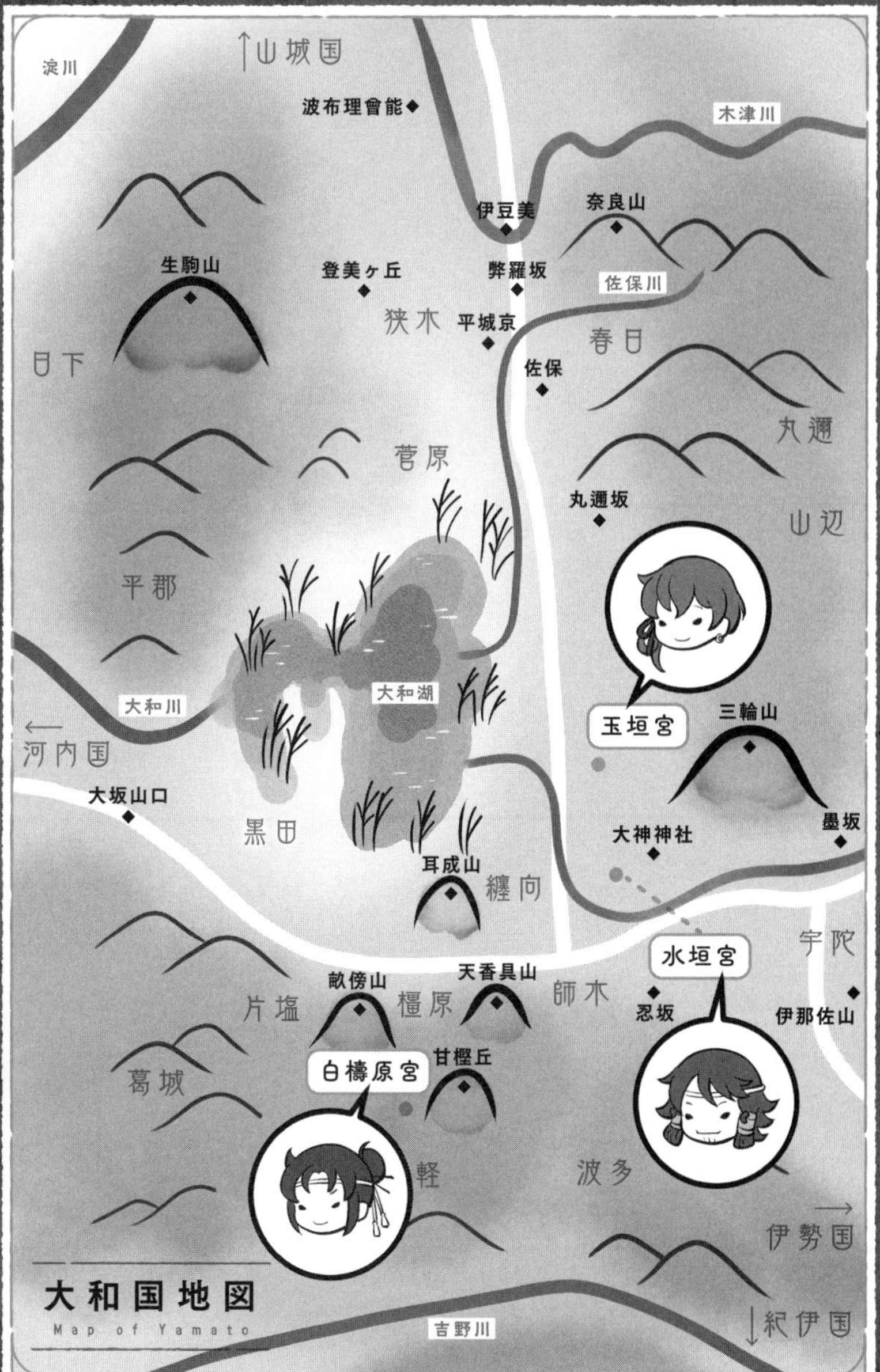

淀川
↑山城国
波布理曾能
木津川
伊豆美
奈良山
生駒山
登美ヶ丘
弊羅坂
佐保川
狭木
平城京
春日
日下
佐保
丸邇
菅原
丸邇坂
山辺
平郡
玉垣宮
三輪山
大和湖
大和川
←
河内国
大坂山口
黒田
墨坂
大神神社
耳成山
纏向
宇陀
水垣宮
畝傍山
天香具山
片塩
橿原
師木
忍坂
伊那佐山
甘樫丘
白檮原宮
葛城
軽
波多
→
伊勢国
大和国地図
Map of Yamato
吉野川
↓紀伊国

跋《ばつ》

仲良し
同母弟
皇子は何も
悪くありません。
そうだ、俺は悪くない。
入鹿と蝦夷が悪い。
燃えた歴史書
どうするの？
なんか…律令とか戸籍とか歴史とか、
あれしてこれしておいて。
藤原(中臣)鎌足《ふじわら(なかとみ)のかまたり》
中大兄皇子(天智天皇)と
乙巳の変を起こした人。
臨終の折に天智天皇から
「藤原」姓を賜る。
天智天皇《てんぢてんのう》
38代
中大兄皇子の名前で
有名な人。
主にこの人のせいで、
歴史書が燃えた。
天武天皇《てんむてんのう》
40代
「歴史を編纂しよう」と
勅命を出した人。
崩御によって企画が
ペンディングに。
息子
娘
無茶振りでは？
息子
政治をサポート
夫婦
藤原不比等《ふじわらのふひと》
右大臣。
首皇子の祖父。
元判事。
若い頃は草壁皇子の
舎人だったとの噂も。
43代 元明天皇《げんめいてんのう》
本名・阿閇皇女。
夫も息子も亡くし、
孫の首皇子が
即位できるように
なるまで
臨時で即位。
草壁皇子《くさかべのみこ》
天武天皇の御代の皇太子。
即位前に薨御。
文武天皇《もんむてんのう》
42代
首皇子《おびとのみこ》
後の聖武天皇。
夫婦
ママ友。仲良し。
阿礼、お話を聞かせて！
喜んで！
あーちゃん、
大好き～♡
古事記の
編纂組
橘三千代《たちばなのみちよ》
元明天皇の大嘗祭で、
杯に橘を浮かべた
おしゃれな演出で
「橘」姓を賜る。
古事記を
ラノベ化なんて、
正気とは思えない。
稗田阿礼《ひえだのあれ》
天武天皇の勅命で
「帝紀」と「旧辞」を
暗唱した人。
太安万侶《おおのやすまろ》
元明天皇の勅命で
古事記を編纂した人。
※712年当時
※天皇の名前は漢風諡

時の権力者・藤原不比等《ふじわらのふひと》の無駄に広い邸宅。その中にある生活感のないガランとした一室で元明《げんめい》天皇は這いつくばったまま動かず、暖かな西日に照らされていた。

その姿があまりにもつらそうで、見かねた安万侶《やすまろ》が声をかける。

「あ……あの…………陛下？　少し休憩を挟《はさ》みましょうか？」

「いいの…………続け…………つ……づ……**うぁぁんっ……垂仁《すいにん》様あぁ！！！！！**」

元明は堰《せき》を切ったように、ボロボロ泣き出した。安万侶は気まずく肩をすくめる。

「そんなに泣くシーンだったたっけ？」

安万侶が呆《あき》れていると、元明の隣に座っていた三千代《みちよ》がそっとティッシュ箱を献上《けんじょう》する。

「ねー、あーちゃん、鼻水やばいよ？　そのお化粧剝がれて、すっぴん幼な顔の阿閇《あへ》ちゃんが出てきちゃったら、可愛すぎて天皇のイメージ崩《くず》れちゃうっしょ～？」

「ウッ……みーちゃんっ……ありがとう…………」

元明は数枚のティッシュを広げると、その中に「チーン」と顔を埋めた。

「はぁっ……垂仁様、好き…………」

「ふっ、あーちゃん泣きすぎ。ってか、神武《じんむ》さん？　のお兄ちゃん死んじゃったあたりから、ずっと泣いてなかった？」

「えっ!?　そんなことはないでしょう？　確かにシーンごとには、ちょっと……堪《こら》えられないものがあったけれど……でもイッセ様も……うっ………**あぁん！　イッセ様ぁ！！！！**」

「うわ。また泣いたし」

三千代の顔が引きつると、元明は慌ててティッシュで顔をゴシゴシ拭いた。

「はっ……ごめんなさい。また取り乱してしまったわね？　**でも、みーちゃん、よくない？　先人の皆さま方、よくない？　尊《とうと》くない？？？**」

「あぁ、うんっ！　思ってたのよか、数千倍楽しかったー！！！」

この三千代の薄っぺらい感想に、元明は感動してキラキラと瞳を輝かせる。

「そう！　そうでしょう？　**日本の建国のお話って、とっても素敵なの！**　初代・神武天皇の東征《とうせい》のお話からして素晴らしかったでしょう？　それに崇神《すじん》帝も！　この地で国を開いた神武天皇は、『初めて天下を治めた天皇』だけれど、『シラス』には『統治』という意味と同時に『周知する』という意味もあるから、法律を初めて施行《しこう》した天皇として、崇神帝は初めて日本のあり方を知らせた天皇になるの……そして何より、垂仁帝！　とても情熱的な方だから恋愛のお話が魅力的すぎて、国としての業績はあまり目立たないのだけれど……殉死を禁じただけでなく代わりに埴輪を習慣化したり相撲の起源にもなっていて、日本文化の基礎を築き上げた方なのよ？　私、大好きで……この平城宮の朱雀《すざく》門を出て右手に、垂仁帝の御陵があるの。なんて贅沢なの？　呼吸するだけで、胸が熱くなるわ……**ねぇ、みーちゃん？　私達、推しと同**

じ空気を吸って今、この地にいるのよ？？？　幸せでしょう？？？？？」

　そう興奮気味に言って親友を見つめると、三千代は幸せな顔で元明の肩に寄りかかった。

「………スゥー……」

「……みーちゃん？」

　元明に覗《のぞ》き込まれると、三千代は甘えるように彼女の肩で頬《ほお》ずりをする。

「ん～？　あ～、ミチねぇ～。あーちゃん、大好きぃ～～♡♡」

「………うん……私も大好きよ、みーちゃん」

　元明はいつものことだとでもいうように、諦めて肩を落とした。一方の三千代は天皇の話を全く聞かずとも、悪びれずヘラッと笑う。

「へへ～。あーちゃんの声ってさー、聞いてるだけで幸せな気持ちになれるよね～～♡♡♡」

「あら、そうかしら？　ありがとう」

　どこか物悲しげに元明が口をつぐむと、三千代の方は目が冴えてきたようで、やりきったとばかりにググーーッと伸びをした。

「いやー。しかし、ミチ、阿礼《あれ》にょんのお話、最後まで聞けると思わなかったなぁー！！！」

　その言葉に元明がまた《パァアッ！》と、輝く笑顔を放つ。

「みーちゃんっ！　阿礼のお話は最後まで聞けたのね？」

「うん！　あっとゆー間だったよ？　歴史って、案外楽しいんだねっ！　ほら。ミチって常に今を生きるタイプっしょ～？　だから昔のこととか全然興味なかったけど、聞いたら聞いたで面白かったし、前より日本のこと好きになれたわ」

　またこの三千代のうっすい感想に、元明の目が感動で潤む。

「あぁ！　みーちゃんが、歴史を好きだなんて……嬉しい……」


　そして元明は困り眉をまた困らせて、不安そうに三千代の顔を覗き込んだ。

「そ……それで……あの……みーちゃん？　私があなたにあげた『橘《たちばな》』って名前に込めた意味は…………分かってくれたかしら？」

「あっ、うん。分かった分かった！　**ミチも、みかん好きだよ！**　可愛い名前、ありがとね、あーちゃんっ！！！」

　この三千代の的外れの回答に動揺《どうよう》して、元明がしどろもどろに語り出す。

「**えっ⁉**　あっ……そう。確かにそうなのだけれど……その、『橘』は『非時《ときじく》の香《かく》の木の実』という実が元になっていてね……？」

　元明が説明を加えると、三千代はハッと口を開いて、パチンと手を叩く。

「あ、分かった。それ、不老不死の実っしょ？」

「そうっ！　……**それよ、みーちゃん！！！**　よかった……理解できたのね？」

　阿礼の話を聞いて理解しただけなのに、元明が今にも泣き出しそうな顔をするので、三千代は思わず笑ってしまう。

「あははっ！　ミチって、そんなにあーちゃんの話、理解できてなかったー？？？」

「ふふっ、そんなことはないけれど……でも、あなたとこのお話ができることが嬉しいの」

三千代がだらしなく「うへへ♡」と笑うと、元明は彼女の両手を取り微笑《ほほえ》んだ。そして、ゆっくりとした口調で語りかける。


「それで…………私があなたに『橘』の名前を選んだ理由なのだけれどね？　不比等がお父様の鎌足《かまたり》さんから継いだ『藤原』って名前があるでしょう？」

「ああ！　それでプピちょんの名前、『中臣《なかとみ》』から『藤原』になったって言ってた」

「そう。あれは、お父様……**あ。**　みーちゃん？　『天智《てんち》天皇』って、分かるかしら？」

「**？？？**」

「中大兄皇子《なかのおおえのおうじ》」

「『乙巳《いっし》の変』の人！」

「そうそう、大丈夫。正解よ？　その人が、後の天智天皇で、私の父なのだけれどね？　この『藤原』という名は、お父様が鎌足さんの臨終の折に贈ったものなの。きっと、鎌足さんのことを想って『不死』とかけてつけた名前なのだろうな…………と、私は思っていて」

「不死？」

「うん……まあ…………そうは言っても、お父様は多くを語る人ではなかったし、鎌足さんの出身が『藤原』って場所だからというのもあるのだけれど…………でもね……私は感じるの。

あの名前には『これからも藤の原みたいに美しく、ずっとずっと永遠にあなたの子孫が栄えていきますように』って、祈りを込めてつけたのだろうなって……」

三千代が「え～。ロマンチック～」と瞳を輝かせると、元明はもの悲しげにうつむく。

「うん。そして……もし叶うのなら………『もっと……あなたに生きていて欲しい』って。そんな、お父様の願いが込められていたのだろうなって」

「わ。……何それ、切ない」

「そうなの。とても切なくて綺麗な名前だなって……結局、鎌足さんはこの翌日に亡くなってしまったけれども……その儚さも含めて、素敵な名前だなって思っていて………大好きで。それで私もみーちゃんと、あの2人みたいに生涯信頼し合える仲になれたらいいなって思って………あなたにも『不死』の意味を持つ『橘』の名前を選んだの」

元明の控えめな微笑みを見つめて、三千代の目が潤む。

「……あーちゃん………」

「右大臣《うだいじん》・藤原不比等の妻に、ぴったりの名前でしょう？」

「ええぇぇぇーー？？？？？　えぇー？？？？？　やばー。なにそれ、あーちゃん……ミチ、泣いちゃうんだけど。やばい。まじ泣きするっっ！！！！！」

三千代がポロポロ泣き出し、元明の手をぎゅーっと握り返す。

「よかった……ふふっ、本当はこの話、何度かしたことがあるのだけれど………やっと、ちゃんと、想いが伝わったみたい」

「あーちゃんっ！！！！　ミチ、バカでごめんっっ！！！！！！」

「ううん。そんなことないわ？　ただ……ちょっと意味が重いかなって、心配していたのだけれど………気に入ってもらえたかしら？」

　元明が照れくさそうに視線を落とすと、次の瞬間、三千代は親友に思いっきりハグした。

「もちろんだよーっ！！！　ぜんぜん重くなんかないっ！！！　ミチ、超嬉しいもんっ！！！うあああぁぁぁん！！！！　あーちゃん大好きぃぃーー！！！！！！」

　すると元明も目を閉じ、三千代の背中に両手を回す。

「私も……大好きよ、みーちゃん。もし、あなたがいなかったら…………今の私はどうなっていたか分からないもの……」

　元明の幸せそうな微笑みに、傍《かたわら》でずっとこの様子を見ていた安万侶と阿礼の心が、ギュッと締め付けられた。安万侶は気を遣《つか》ってちょんちょんと阿礼の袖《そで》を引っ張る。阿礼も気付いて、2人の邪魔にならないように、そっと後ろに下がった。

　だって……本当だったら、元明の夫が天皇になるはずだったのだ。それなのに彼は即位する前に亡くなってしまった。その悲しみを乗り越えて、やっと息子が天皇になれたのに、今度は彼も若くして亡くなってしまった。いくら元明が天皇として気丈に振る舞っていたって、心を痛めていないわけがない。

　そんな元明を間近で支えたのであろう三千代との会話を、たまたま居合わせた部外者の自分達が聞くなんて野暮《やぼ》だろう。安万侶と阿礼は礼をして静かに立ち上がると、扉に向かった。

元明は目を閉じたまま、三千代の耳元で優しくささやく。

「みーちゃん…………いつも私に元気をくれてありがとう」

そしてそっと目を開き、安万侶と阿礼が下がろうとしていることに気付くと、元明は三千代に抱きついたまま、阿礼に視線を送った。

「阿礼…………ありがとうね？」

「……いいえ。……元明様のお役に立てたなら…………よかったです」

阿礼は肩をすくめて軽く微笑み返すと、ぺこりと頭を下げて安万侶と共に退室した。

不比等邸からの帰り道。安万侶は上機嫌で阿礼の肩をつついた。

「**あーれーさんっ！**　今日もお疲れ様でした！　見ました〜？　あの陛下の幸せそうな顔っ！　ふふっ、俺まで嬉しくなっちゃったー。阿礼さんのおかげですねっ！　**大好き〜っ！！！**」

安万侶が先ほどの三千代のように、大きく両手を広げて抱きつこうとすると、阿礼はスッと避《よ》けて冷静に彼の脇腹を正拳でど突く。

「**くっつくな、バカ**」

「**あだっ！**　そんな!?　……阿礼さん、俺らに、陛下と三千代様みたいな信頼関係は……？」

「フン。安万侶があの2人に触発《しょくはつ》されてボクに懐《なつ》くのはいいが、あれは絵面が良いから許された抱擁《ほうよう》だぞ」

「ああ……それ、すごい説得力ある」

　安万侶はフッと夢から覚めたように、冷静さを取り戻した。阿礼は話を続ける。

「しかし今日で中巻、終わらせられなかったな。……ここからがいいところだったのに」

　その言葉に、安万侶はバッと顔を上げてハイテンションで叫ぶ。

「**ヤマトタケルッ！！！　神功《じんぐう》皇后ッ！！！　オオサザキッッ！！！！！**」

「それ」

「確かに、それは俺も聞きたかったです！　古事記の盛り上がりどころだもん。やっぱ中巻もなんだかんだで熱いな。……てか陛下、垂仁天皇であんな泣き崩れちゃって、ヤマトタケルの話は最後まで聞けますかね？」

「そうだな……ヤマトタケルは原文がいいから。あれでは、また元明様を泣かせてしまうな。ククッ、この国の女帝を何度も泣かせてしまうとは、ボクも罪な男だ」

　阿礼が得意げに鼻を鳴らすと、安万侶が吹き出した。

「ふっ！　罪な『男』か。……それより陛下、阿礼さんが男だって気付いていますかね？」

　その言葉に阿礼は女の子のように大きく可愛らしい目を最大限に鋭《するど》くして、キャンキャン安万侶をまくし立てる。

「はぁぁ？　ふざけるな。ボクはどっからどう見たって、立派な日本男児だろうがっ！！！」

「えー？　だけど陛下、阿礼さんにくっつきすぎじゃないですか？　不比等様だって、陛下とあんな風に手を繋《つな》いだことないと思いますよ？　絶対、女だと思われてますって」

「へっ!?　そんな……あれはきっと、元明様がボクを信頼して……」

「稗田《ひえだの》阿礼《あれ》、女性説」

「失敬な。ボクは男だっ！！！！！」

舎人《とねり》といったら男の職業なのに、「名前が巫女っぽいから」とか、「稗田氏がアメノウズメから続く女系の家だから」とか色々と理由をつけられ、しばしば女性説が取り沙汰される阿礼の怒りを受け止め、安万侶は仏の顔で手を合わせた。

「ま、俺は阿礼さんが男でも女でも受け入れますよ。男《おのこ》の娘《いらつめ》なんて、古事記にも記述があるくらいの、日本古来の伝統ですもんね？」

「否定してやりたいが、そうもできない微妙なラインだな」

「次回は、『女装男子』が日本の礎を築く物語ですか」

「語弊があるが、やはりこれも否定はできない。てゆうか、朝は散々文句を言っていたくせに、今や安万侶の方がノリノリじゃないか」

「ふふっ！　だって、陛下にあんなに喜んでいただけたんだもん。俺の気だって変わります。**阿礼さん、次回も期待していますからねっ！！！」**

安万侶と阿礼が次回の話で盛り上がっていると、背後でザッと地面を踏みしめる音がする。

「**させるかよ**」

「**ぎゃっっ⁉⁉⁉**」

この聞き覚えのある低い声。恐る恐る振り返ると、やっぱりあの人だ。……阿礼は嫌悪感たっぷりに、眉間にしわを寄せる。

「出たよ。不比等め。**お前、右大臣のくせに暇だよな？**」

阿礼に嫌味を言われると、不比等は腰に手を当て不機嫌にこちらを見下《みくだ》してきた。

「貴様らに振り回されているだけだ。聞いたぞ。今回も終わらなかったんだとな。垂仁帝までしか進んでいないようだが、一体、どれだけ時間を使う気だ。仕事が遅すぎる」

「はぁ？　古事記の制作期間は４ヶ月だぞ？　超、速かったろうが！　不比等なんか何十年も『律令《りつりょう》が～律令が～』とか言ってるくせに。お前、いくつ律令作る気なんだよ。ボクらの方がよっぽど優秀だ。給料上げろ」

「大宝《たいほう》の律令は、とっくに施行済みだ。それに律令というものは、時代の変化に合わせて常にブラッシュアップしていくものなんだよ。貴様のお遊びと俺の仕事を一緒にするな」

「へーへー。崇高《すうこう》なお仕事お疲れ様ですぅ～～」

阿礼のナメくさった態度に、不比等も苛立って奥歯を噛《か》みしめる。

「稗田阿礼……これ以上、陛下の貴重な時間を、貴様のくだらない妄想に付き合わせるつもりはない。どうせ貴様の考える『ラノベ』とやらのことだ。次回は女装させたヤマトタケルを、あれやこれやしないと出られない室屋に閉じ込め、破廉恥な目に合わせるつもりだろう」

「**はぁ？　んなことするかよ、ばーかばーか！**　確かに創作も入れてるけど、ちゃんと原文に沿ってるっつーの。**それに、ヤマトタケルは女装も顔の良さも公式でだなぁ……！！！**」

阿礼と不比等の痴話喧嘩がヒートアップする中、元明の使者として見覚えのある人が安万侶の元に駆け寄ってきて、それを遮《さえぎ》った。

「あっ、あのぉ……ご歓談《かんだん》中、申し訳ありません。安万侶様……と、阿礼様？　ですよね？　あの、私、陛下から伝言を賜《たまわ》りまして……」

「「**なんだ（よ）？？？**」」

阿礼と一緒に、右大臣の不比等にまで睨《にら》まれ、使者は慌てて仰《の》け反る。

「**ヒッ！　不比等様っ!?　なぜここに？？？　ごめんなさいっ！！！**」

まさかの右大臣の登場に、使者が萎縮《いしゅく》してしまったので、安万侶が気遣い声をかけた。

「あの。安万侶は私ですけど……用件、伺いましょうか？」

「わ、安万侶様！　よかった、では申し上げますっ！　『**明日のランチ、みーちゃんのお家で一緒にいかが？　ヤマトタケル様のお話、楽しみにしているわっ♡**』……とのことでした！」

その伝言に、不比等は使者をさらに鋭く睨みつけて、低い声でゆっくり喋《しゃべ》る。

「……あれは、三千代の、家では、ない。俺の、家だ」

「ごめんなさいっっ!!!!　では、伝言は以上なんで、私は失礼しますっっ!!!!!」

右大臣から凄《すご》まれ、使者は逃げるように元明の元に帰って行った。


伝言を聞いた阿礼は、勝ち誇《ほこ》った笑みで不比等に挑発的な上目遣いを送る。

「ククッ、勅命《ちょくめい》とあらば従わねばならんな。ご要望に添えず、すまんな。**プピちょん♡**」

阿礼と目が合うと、不比等は苦虫を噛み潰したような表情を浮かべて、堪《た》えがたいこの現実を直視できずに両手で顔を覆《おお》った。

「………クッ!　もう嫌だ。死にたい……!!」

この右大臣が本気でヘコんでいる姿に、安万侶は慌てて阿礼を睨みつける。

「わっ!　不比等様、ごめんなさいっ!!!　コラ、阿礼さん不比等様に謝って!!!!!」

しかし安万侶に怒られても阿礼は動じずプイッとそっぽを向いて、今や雲の上の存在となってしまった元同僚の弱みを握れたことを喜び、ニヒヒと笑った。


こうして次回は、元明とのランチ付きでラノベ語りを許されたのだった。

あとがき

最後までお付き合いいただき、ありがとうございました！　ラノベ古事記・中巻〈前編〉は、お楽しみいただけましたでしょうか？　古事記上巻の、神話部分の書籍は数多くありますが、中巻以降となるとどうしてもレベルの高い専門書が増えてしまうので、少しでも気軽に楽しく読めるお手伝いができたなら、幸せです！

そしてやっぱり……**古事記、めちゃくちゃ面白くないですか？？？？？**

ラノベ古事記のことを、みんなが『面白い！』と褒めてくれるのも、もちろんすごく嬉しいのですが、でも私なんか、古事記沼に落ちただけのしがないオタクで、そもそも古事記がものすごく面白いんだって主張したい。古事記を残してくれた、安万侶《やすまろ》や阿礼《あれ》ちゃんが天才なんです。

ありがとう……ありがとう…………生まれてくれてありがとう……。

とはいえ、古事記の原文となると素人にはハードルが高くて。私自身、執筆しながら本当に勉強不足を感じる日々です。おそらく、安万侶がめちゃくちゃ頭よかったので「**はい？　当然**

このくらい知ってますよね？」って爽やかな笑顔を浮かべながら、ごっそり彼にとっての一般常識を抜いて書いたから、難しく感じるんだろうな……と。

なので、「**そんなん、知るわけないでしょう！**」と、私が安万侶に訴えたかった部分は、なるべく現代人がピンと来る説明を添えました。私なんか、古事記沼に落ちるまで「縄文・弥生時代の次は平安時代ですよね？」なんてレベルの人間だったので、その分、丁寧な説明になっていると思います 笑。

でも、古事記に恋をしてしまったからには、この素敵な書物を残してくれた大好きな人達が嫌な気持ちにならないように、できる限り正しく伝えたいという想いも強くて。今回は、原文の現代語訳部分が、どこか分かるように工夫してみました。

さらに、校閲様のお力添え（**まじ神でした**）で、楽しい読み心地ながらも安心できる仕上がりにできて、とっても満足しています！

原文については、倉野憲司先生の『古事記』（岩波文庫）の読み下し文が、すごく好きで。超僭越ながら、倉野先生の読み下し文をベースにして、ラノベの中に入れ込みました！　私が『どこが訳した人の解釈や説明で、どこが原文に書いてあることなのか？』というところを理解するまでにかなり苦労したので、当時、『詳しくなくても、原文が分かる本があったらいいのにな……』と、感じていたものを形にできたと思います。

これでまた誰かを古事記沼に落とす、お手伝いができたら嬉しいです！　だって建国神話がこんなに熱いなんて、美味しすぎるもん。ずるいよ日本。あざとい。大好き。大手ゲーム会社はみんな神武東征をＲＰＧにして発売すべきですね!!　**買います！！！**

私は初めて古事記を読んだ時、すごく衝撃で。『なんで日本の基礎なのに、今まで知らなかったんだろう？』と疑問に思ったのですが、そこに大人の事情があったのを知りまして。
どうやら明治時代に近代化のため、先進国に負けないようにモリモリ神話を盛って布教した上で、戦争に負けてしまったものだから、ＧＨＱさんに「嘘を教えるな！」と怒られちゃって、戦後はずーっとタブー扱いをされてしまったとかで……。

って、それ、古事記、全然、悪くないじゃないですかぁぁぁ！！！！！！

だって桃太郎に対して『鬼が出てくるので事実とは言い難く、これは当時の権力者が云々』なんて言う人、いないですもん。**古事記、超被害者です。**そして時は令和。やってきました、古事記を自由に楽しんでも、あれやこれや言われない時代がぁ！　**いよっしゃぁぁぁ！！！**
だから中途半端な昔のイメージは早急に取っ払って、早くみんなで奈良時代の古事記で盛り上がりたいなって♡　「推し神は？」「最推しの天皇は？」って気軽に会話できる日が待ち遠しいです♡♡♡　**その夢を叶えるためにも、まずは布教からアァァッッ！！！**

いかんせん70年以上、大人の事情で語られてこなかったので『日本人ほとんど、日本がどうやって建国されたのか知らない』という……笑。なので古事記の布教活動にもラノベ古事記をご活用いただけたら嬉しいです！　これからもラノベ古事記は『古事記ファンによる二次創作』という初心を忘れず、公式様にご迷惑がかからないよう気をつけつつも、古事記が布教できるよう創作活動を続けて行きたいと思います！　**やっぱり、原文が一番の宝物♡**

また末筆にはなりますが、長い間2作目を待ってくださったＫＡＤＯＫＡＷＡのご担当者様、今回も可愛いイラストを描いてくださった、東京モノノケ様。神校正者様、かっこよく装丁を仕上げてくださったデザイナー様、綺麗に印刷してくださった印刷会社様。作品に関わってくれた全ての皆様。そしてラノベ古事記を見つけてくれた、そこのあなた様！！！　皆様のおかげでなんとか続編が出せました。本当に本当にありがとうございました！！！！

次回はヤマトタケルからです。はい。名前を聞くだけでもしんどいですね！　大好き!!!!!!次も楽しんでいただけるよう、精進します。それではまた、お会いできますように～

２０２１年11月22日　小野寺　優

シリーズ全部読んでくれなきゃ出ない!!!

ラノベ古事記

ラノベ古事記

日本の建国と初国シラス物語

2021年11月22日 初版発行
2024年11月30日 第2刷発行

著 —— 小野寺 優
発行者 —— 山下直久
編集 —— ホビー書籍編集部
編集長 —— 藤田明子
担当 —— 野浪由美恵
発行 —— 株式会社KADOKAWA
〒102-8177
東京都千代田区富士見 2-13-3
TEL 0570-002-301（ナビダイヤル）

イラスト —— 東京モノノケ
装丁 —— 名和田耕平デザイン事務所
印刷・製本 —— 大日本印刷株式会社

PROFILE

小野寺 優　おのでら・ゆう

7月12日生まれ、東京都在住のWEBデザイナー。古事記が好き過ぎて、2014年10月に古事記を現代的に口語訳したサイト『古事記を現代語訳っていうかラノベ風にしてみた』を立ち上げたところ、「わかり易くて面白い」との口コミが広まり、月間約50万PVの人気サイトに。現在はTwitterやFacebookなどで古事記の豆知識を配信中。

［お問い合わせ］
https://www.kadokawa.co.jp/
（「お問い合わせ」へお進みください）
＊内容によっては、お答えできない場合があります。
＊サポートは日本国内のみとさせていただきます。
＊Japanese text only

ISBN978-4-04-736727-2　C0093